KB271773

TURNING POINT

터닝 포인트

FUSION FANTASTIC STORY
홀로선별 장편 소설

터닝 포인트 1

홀로선별 장편 소설

초판 1쇄 찍은 날 § 2012년 4월 25일
초판 1쇄 펴낸 날 § 2012년 5월 2일

지은이 § 홀로선별
펴낸이 § 서경석

편집부장 § 권태완
편집책임 § 어정원
디자인 § 이혜정

펴낸곳 § 도서출판 청어람
등록번호 § 제1081-1-89호
등록일자 § 1999. 5. 31
어람번호 § 제1-1376호

주소 § 경기도 부천시 원미구 심곡2동 163-2 서경B/D 3F (우) 420-822
전화 § 032-656-4452 팩스 § 032-656-4453
http://www.chungeoram.com
E-mail § chungeoram@chungeoram.com

ISBN 978-89-251-2855-9 04810
ISBN 978-89-251-2854-2 (세트)

FUSION FANTASTIC STORY
홀로선별 장편 소설

TURNING POINT

터닝 포인트

1

도서출판 청어람

CONTENTS

따르르릉~!

요란한 알람 소리에 영빈은 힘겹게 눈을 떴다.

"뭔 놈의 알람이 이렇게 시끄러워? 꿈자리 사나워 머리 깨질 거 같구만."

모든 게 꿈이었을까? 두 눈을 꾹 누르며 깊은 숨을 내뱉었다. 모든 게 끝났다고, 포기하고 싶다고.

꽤나 괴상한 꿈을 꿨다.

꿈 탓이 아니어도 정말 일어나기 싫은 영빈이었다. 피로와 무기력에 잡혀 영빈은 눈을 감았다.

탁탁… 탁……

그런데 그때…….

"영빈아! 어서 씻고 밥 먹어야지. 학교 늦겠다!"

"내 나이가 몇 살인데 학교를 가요, 어머니!"

시계가 조용해지자마자 다시 이불을 더욱 깊숙이 눌러쓰며 뒤척이던 그의 귀로 꽤나 익숙한 엄마의 잔소리가 들려왔다. 그는 워낙 비몽사몽인 상황인지라 늘 그랬던 것처럼 짜증스럽게 투정을 부렸다.

하지만 곧 그는 벌떡 일어났다.

"가만… 어머니……? 어머니라고? 그럴 리가…….."

도저히 있을 수 없는 일이 일어났음을 이쯤에서야 깨달은 것이다. 그의 어머니는 이미 십삼 년 전에 고혈압 때문에 뇌출혈로 쓰러졌다가 결국 일 년도 채 지나기 전에 돌아가셨다.

만일 그 당시 자신이 속만 덜 썩였어도 어쩌면 어머니는 진작 병원을 가보셨을지도 모른다. 당신의 몸 상태가 이상함을 느끼면서도 어머니는 사업을 한답시고 늘 사고만 치는 영빈의 뒤처리 때문에 언제나 돈에 쫓길 수밖에 없었고 그로 인해 병원 한 번 변변히 가볼 수가 없었다.

그것이 그의 가슴에는 큰 멍울로 남아 있었다.

그런데 그렇게 돌아가신 어머니의 목소리가 들려오다니……. 이게 대체 어떻게 된 일일까 싶은 영빈이었다.

영빈은 떨리는 마음을 겨우 진정시키며 조심스럽게 방문을 열려고 하다가 또 한 번 놀라고 말았다.

“어라, 이 방문…….”

오래된, 그러나 너무나 익숙한 문손잡이가 영빈의 시야에 들어왔다. 조금은 페인트칠이 벗겨진 방문, 그리고 살짝 빛이 바랜 김완선 포스터.

너무도 생생한 것 같은데 현실 속에서 일어날 수 없는 일들이 연속으로 일어나자 영빈은 결국 이게 모두 꿈이라고 여길 수밖에 없었다. 꿈이 아니고서야 이미 오래전 자신이 사업 때문에 직접 팔아버렸던 예전 집에서 이렇게 버젓이 자고 일어날 수는 없는 일이다.

“미치겠네. 그래, 일단 나가보자. 확인해 보면 알겠지. 꿈인지 아닌지.”

딸깍…….

그는 떨리는 걸음으로 거실을 지나 주방으로 향했다.

알람 소리 너머로 희미하게 들리던 턱턱거리는 소리가 명확하게 들려왔다. 이는 흡사 식칼로 뭔가를 썰고 있는 듯한 소리였다.

그리고 주방 안으로 들어섰을 때 열심히 음식을 만들고 있는 그리운 어머니를 발견할 수 있었다. 철모르는 고등학생 시절 무렵의 모습 그대로였다. 건강하고 아름다우며 우아하셨던 바로 당신 말이다.

“어, 어머니…….”

“일어났구나. 밥 되려면 아직 좀 남았으니 어서 씻어라. 그런데 얘는 징그럽게 웬 어머니? 엄마 소리밖에 할 줄 모르던 녀석이 갑자기 철이라도 들었나?"

국의 간을 맞추다가 돌아선 어머니의 얼굴에는 언제나처럼 환한 미소가 걸려 있었다. 그런 어머니의 모습을 보게 되자 영빈은 왈칵 눈물부터 쏟아졌다. 비록 꿈이라 해도 그저 좋았다. 그래서인지 그는 천천히 어머니 쪽으로 다가가더니 와락 그녀를 끌어안았다.

"엄마~!"

"어머나! 얘가 갑자기 미쳤나. 왜 이래?"

이십 년 전 그때는 단 한 번도 어머니를 안아 드리지 못했었다. 사내놈이 어머니를 안는 것은 창피한 일이라고 여겼기 때문이다. 어차피 지금은 꿈이다. 게다가 당시와 지금의 자신은 엄연히 다른 사고방식을 가지고 있었다.

"엄마, 사랑해요……. 그리고… 죄송해요."

이 짧은 한마디에 그가 지금까지 가슴속에 담아두었던 어머니에 대한 모든 감정이 들어 있었다. 그것을 느낀 것일까? 꿈속의 어머니는 처음에는 놀라는 것 같다가 곧 그의 듬직한 등으로 손을 가져가더니 꼭 끌어안아 주었다.

그녀의 얼굴에는 흐뭇한 미소가 떠올랐다.

그런데 바로 그때…….

―이때가 네가 동정을 지지고 있던 무렵인가. 열아홉 살이라니… 생각보다 순진했군. 어쨌든 이제 계약하자, 인간이여.

그의 귓전으로 어젯밤 꿈속에서 만났던 괴상한 할머니의 목소리가 들려오는 것 아닌가.

그 덕분에 비록 가물거리기는 했지만 그는 조금씩 자신이 꿈이라고 여겼던 일들이 하나둘씩 떠오르기 시작했다.

Chapter 01

골 때리는 인연

1

째에엥~!

"웃, 추워. 어으, 참……. 내가 또 생각 잘못한 거 아냐?"

2012년 2월 15일 수요일.

차량통행이 뜸해지기 시작한 새벽 2시에 영빈은 찬바람이 몰아치고 있는 제일 한강교 위를 움츠린 자세로 걷고 있었다. 그는 이런 엄동설한과는 전혀 어울리지 않게 추레한 양복 한 벌만을 달랑 입고 있어 더욱 눈길을 끌었다. 그러나 알고 보면 그리 이상할 일도 아니었다. 그는 내내 따뜻한 승용차 안에만 있었기 때문이다.

평소 히터가 빵빵한 차를 타고 다니는 데다가 걷는 것을 워낙 싫어하는 성격 덕에 한겨울에는 바깥 공기를 쐴 일이 거의 없었다. 그러다 보니 그 흔한 털외투 하나 없이 겨울을 나곤 했다.

"곧 죽을 놈이 추위를 겁내다니……. 나도 참 한심하긴 한심한 놈이야. 하긴 그러니 이 모양 이 꼴이지. 큭큭."

자조적인 웃음과 함께 중얼거리고 있는 내용으로 보아 그는 자살을 결심한 것이 분명했다. 그런데 그런 사람치고는 말투가 너무 가볍고 표정 또한 태연해 보였다.

민영빈은 자신이 걸어온 길을 되돌아보며 차분히 교각을 셌다.

하나, 둘, 셋, 넷.

영빈이 알고 있기론 수심이 가장 깊은 곳이 자신이 서 있는 두 번째 교각과 네 번째 교각 사이에 위치한 이곳이라고 한다.

막상 검푸르게 넘실거리는 깊은 물을 보게 되자 영빈의 입에서는 긴 한숨이 흘러나오고 말았다. 막상 뛰어들 생각을 하니 암담했던 모양이다.

"내 나이 서른아홉에 이게 뭐냐. 돌아보면 진짜 아무것도 없네. 어머니 보고 싶다. 현아랑 윤아도."

영빈은 과거를 떠올리며 한숨을 내쉬었다. 가족들과 완전히 소원해진 자신, 그리고 먼저 가신 어머니. 그의 곁에는 아무도 없었다.

어머니를 떠올리자 그의 눈시울은 금방 새빨개졌다. 너무

나도 그리웠던 것이다.

그는 그렇게 잠시 회한에 잠겨 있었다. 그러다가 마침내 결심했는지 입술을 굳게 다물고 곧 다리의 난간을 움켜쥐었다. 이제 뛰어내릴 모양이었다.

그런데 바로 그 순간, 어디선가 지금 상황과 그다지 어울리지 않는 이질적인 소리가 들려왔다.

"흑흑… 흑……."

"……?"

처음에 영빈은 자신이 환청을 들었다고 생각했다. 누구라도 새벽 2시가 넘은 겨울밤에 한강변에서 어떤 여자가 울고 있는 소리를 듣는다면 비슷한 반응을 보였을 것이다. 그러나 한 가지 이상한 것은 흐느끼는 소리가 현실감이 느껴지지 않는다는 점이었다. 마치 그의 영혼에 속삭이는 듯한 그런 신비함이 숨어 있었던 것이다.

'키이잉~! 훌쩍~!'

결국 영빈은 소리가 나는 쪽으로 걸어갔다. 죽음 앞에서도 불쑥 치켜드는 지랄 맞은 그놈의 호기심이 문제였다.

"하이고… 내 팔자야……."

울고 있는 사람은 놀랍게도 작고 몹시도 초라해 보이는 꼬부랑 할머니였다. 그녀는 비렁뱅이같이 겉에 넝마를 걸친 채 구석에 앉아 울고 있었다.

"웃, 춥다. 저기… 할머니……."

겨우 잠깐 걸은 것뿐이었지만 몹시도 추웠는지 영빈은 다시 한 번 몸을 한차례 떨면서 조심스럽게 할머니를 불렀다.

스윽…….

"……."

"제가 참견할 일은 아니지만 대체 이 늦은 시간에 여기서 뭐하고 계세요? 오늘 날씨도 추운데 어서 들어 가셔야지요."

낯선 사람이 부르자 놀란 것일까? 할머니는 몸을 잔뜩 웅크리며 조심스럽게 영빈을 올려다보았다. 그러자 그 순간, 영빈은 강렬한 충격에 덜컥 가슴이 내려앉는 것 같았다.

'헉……. 할머니 눈이 어쩌면 이렇게 맑고 아름다울 수가 있지? 게다가 푸, 푸른색. 연세도 많으신 것 같은데 정말 신기하네.'

비록 어두운 밤이었지만 아직까지 한강을 달리는 차가 제법 있는 데다가 가로등이 여기저기 켜져 있는 상태였다. 그러다 보니 울고 있던 할머니의 얼굴은 꽤나 선명하게 보였다.

피부는 쪼글쪼글하고 얼굴 여기저기에 검버섯도 피어 있어 이제 곧 무덤에 들어갈 사람처럼 보였지만 동양인 같은 외모와 달리 매우 선명하고 또렷한 푸른 눈을 가지고 있었다.

그뿐 아니라 막 태어난 아기보다 더욱 맑고 투명한 눈이어서 이를 바라보고 있노라면 자신의 모든 것을 정화할 것이란 확신이 들었다. 영빈은 이날까지 이렇게 신기한 눈을 가진 할머니는 처음 보았다.

“내 사정을 알면… 자네가 도와주기라도 할 텐가?”

‘진짜 이 할머니, 혹시 여자애가 변장한 거 아냐? 어쩜 목소리가 이렇게 앳될 수 있지? 목 아래까지 내려온 주름만 아니면 영락없이 소녀가 꾸몄다 해도 믿겠어.’

말투는 세상 다 살아온 노인네가 맞았지만 할머니의 목소리는 그야말로 영롱하면서도 깜찍했다. 성우로 나선다면 소녀나 아가씨 역할을 해도 충분할 만큼.

“저기… 돈이 필요한 일이라면 도와드리고 싶어도 그럴 수가 없어요. 제가 지금 부도가 나서 거덜 난 상태거든요? 휴우…….”

할머니의 말에 그는 역시나 하는 얼굴로 이렇게 힘없이 이야기했다. 원래 영빈은 천성이 착한 사람이라 만에 하나 자신이 한창 잘나갈 때 같았으면 선뜻 이 할머니에게 도움을 주려 했을 것이다. 하지만 지금은 말 그대로 빈털터리가 된 상황이었다.

“정말 돈 문제만 아니라면 도와줄 수 있다는 말인가? 귀찮은 일이 될지도 모르는데?”

“설혹 귀찮은 일이라 해도 어르신께서 마음이 편해지실 수 있다면 기꺼이 도와드릴 수 있죠. 가는 마당에 그 정도 일인들 못하겠어요?”

“가긴 어딜 간다는 겐가?”

“아, 아닙니다. 어쨌든 제가 무엇을 하면 될까요?”

차마 노인네 앞에서 죽으러 간다고 할 수는 없었기에 그는 말을 얼버무리며 이렇게 되물었다.

"내 부탁은 그리 어려운 게 아니야. 단지 나를 한 곳에 데려다 주기만 하면 되는 일이지. 만일 앞으로 24시간 안에 그곳을 찾지 못하면 나는 죽을지도 모른다네."

"어, 어딥니까, 거기가?! 말만 하세요. 차로 갈 수 있는 곳이라면 제가 꼭 모셔다 드릴 테니까."

노인네가 처량한 표정으로 이렇게 말하자 영빈은 대뜸 큰소리를 쳤다. 다른 것은 몰라도 자신이 죽기 전에 이 부탁만큼은 들어주고 싶었다. 어쩌면 이게 자신의 마지막 선행이 될 수도 있다는 생각이 들었기 때문이다.

"가만있자……. 그나마 낮에 어떤 학생이 가르쳐 줬는데, 지명이 뭐였더라……. 아 맞아. 문경이라고 했어. 문경에 정말 맑고 깨끗한 계곡이 있다고……."

"문경이라면 혹시… 운달계곡을 말씀하시는 거 아닙니까?"

"오! 맞아. 거기야. 거기에 가면 오래된 전나무 숲도 있다더라고."

할머니의 말을 들은 영빈은 갑자기 뒤통수를 한 대 맞은 기분이 들었다. 아무래도 이 노인네가 치매에 걸렸다고밖에 생각이 들지 않는 상황이었다. 한겨울 새벽 2시에, 그것도 한강변에 앉아 울다가 기껏 꺼낸 이야기가 뜬금없이 운달계곡에 가자니……. 누가 들어도 정상적인 이야기는 아닌 것이다.

"저기… 할머니. 이 추운 겨울에 계곡이라니요. 게다가 지금은 새벽 2시라고요."

"제발……! 제발 날 거기로 데려다줘! 그래야 내가 살 수가 있어! 응?"

그렇지 않아도 어울리지 않게 크고 맑은 눈이 더욱 커졌다. 게다가 그 속에 염원을 담고 자신을 바라보며 이렇게 말을 하는데 마음이 약해지지 않을 수 없었다.

설혹 이 할머니가 제정신이 아니라 해도 그녀의 부탁을 거절할 용기는 이제 아예 우주 저 멀리로 날아가 버렸다.

"좋습니다! 갑시다, 까짓것!"

그렇게 자살하기 위해 한강 다리 위에 섰던 영빈은 새벽 2시, 전혀 뜻하지 않게 만난 기이한 할머니와 더불어 차를 타고 야간 여행을 떠나게 되었다.

영빈의 오른발이 밟는 액셀러레이터 소리가 한밤의 다리 위에서 울렸다.

2

시간이 그래서인지 아니면 도로가 좋아져서인지 서울에서 문경까지 가는 시간은 영빈이 생각했던 예상 이상으로 짧았다. 불과 2시간이 조금 안 되서 문경 톨게이트를 벗어난 것이다.

"그런데 할머니, 설마 진짜 계곡 안까지 들어가시려는 건 아니시죠?"

운전석에 앉아 차를 몰던 영빈은 룸미러로 뒷좌석에 앉아 있는 노인을 슬쩍 살피며 이렇게 물었다. 그러자 이내 날아든 것은 호통에 가까운 목소리였다.

"멍청한 소리! 들어가지도 않을 거면 뭐하러 여기까지 데려다 달라고 했겠나. 그것도 죽으려고 빌빌거리고 있는 녀석한테 말이야!"

처음에는 그렇게 불쌍한 척을 하더니 막상 목적지가 가까워지면서부터는 할머니의 태도가 달라졌다.

목소리는 여전히 소녀 같았지만 말의 내용은 영락없이 괴팍한 할머니였다. 그녀는 수시로 정신이 오락가락하는지 여기까지 오는 동안에도 계속해서 헛소리를 하곤 했다.

예를 들어 열심히 운전하고 있는 그를 유심히 바라보다가 뜬금없이 자신이 정령계에서 왔다는 둥, 차원의 폭발에 휘말린 탓에 재수가 없어 대한민국 서울에 있는 한강변에 떨어졌다는 둥, 심지어 한강물이 너무 심하게 오염되어 자신이 얼마 살 수 없다는 둥의 황당무계한 이야기였다.

'이거 재수가 없다보니 죽기 전에 미친 할머니까지 데리고 다니게 되었네. 차라리 아까 그냥 물속으로 뛰어들고 말걸……. 왜 참견을 해가지고 이런 헛소리를 들어야 하나. 진짜 나란 놈은……. 어휴, 말을 말자, 말아.'

그의 천성은 본디 선한 편이다. 그래서 이런 정도지 만일 다른 사람이었다면 벌써 할머니를 내려놓고 도망쳤을 것이 분명했다. 물론 그도 지금 후회하고 있었지만 차마 대놓고 할머니에게 뭐라 하지는 않았다.

'당신도 참 딱하시우. 어쩌다 그렇게 되셨대요? 아무튼 자식 놈들이 몹쓸 문제야. 살아계실 때 잘해 드려야지, 하여간……. 그래, 나라도 좀 잘해 드리자.'

그가 할머니에게 구박을 받으며 이런 생각을 하는 동안 내비게이션은 어느덧 목적지에 도착했음을 알렸다. 마침내 운달계곡 입구에 도착한 것이다. 그는 여기에서 잠시 차를 세우더니 다시 한 번 확인 차 물었다.

"여기가 운달계곡 입구예요, 정말 계곡 안까지 들어가실 겁니까? 아직 날씨가 상당히 추워요."

"나… 여기서 내리면 되는 거여?"

하지만 그가 뭐라고 떠들거나 말거나 이미 할머니는 결심이 서 있었던 것인지 이렇게 묻기만 하였다.

"휴우……. 아직 내리지 마세요. 계곡이 목적지면 좀 더 안까지 차로 들어갈 수 있어요."

부르릉~!

비록 시간이 꽤 흐르긴 했지만 이곳은 과거 영빈이 한 번 와봤던 곳인지라 그는 망설이지 않고 차를 움직였다. 기왕 이렇게 된 거 이 깊은 산중에 할머니만 내려놓고 갈 수는 없는 노릇이었다.

　현재 시간 오전 4시 20분. 당연히 주변에는 개미 새끼 한 마리 보이지 않을 시각이었다. 지금 내린다 해봐야 길이 어두워 할머니가 넘어질지도 모르는 상황이다. 영빈은 김룡사 주차장 한편에 접어들었다.

　"할머니, 여기에서 일단 쉬었다 가죠. 조금만 쉬다 보면 곧 날이 밝을 테니 그때 저와 함께 계곡에 가보도록 해요. 아셨죠?"

　"안 들려 안 들려! 자네나 쉬게. 나는 내릴 테니!"

　달칵!

　그가 분명 김룡사 주차장에 차를 세우며 잠시 쉬기를 권했지만 할머니는 막무가내로 차문을 열어 곧장 내렸다. 그러자 영빈도 어쩔 수 없다는 듯 고개를 절레절레 내두르며 내릴 수밖에 없었다.

　쉬이익~!

　"으읏! 추워라. 할머니! 안 추워요?"

　평소 외투를 잘 챙기지 않고 다니는 것을 후회할 만큼 뼈에 사무치는 차가운 산바람이 영빈의 몸을 휘돌아 감쌌다. 영빈은 온몸을 후두루 떨며 엄살을 섞어 할머니에게 말했지만 전혀 대꾸하지 않았다.

　성큼성큼.

　"할머니……"

　"쉿! 들린다, 드디어 들려. 나를 부르는 맑은 물소리가……. 이제 얼마 남지 않았어!"

분명히 꼬부랑 할머니였던 그녀였다. 하지만 매우 성큼성큼 걷는 할머니는 더 이상 허리를 구부리고 있지도, 불편하게 걸음을 옮기지도 않았다. 마치 젊음을 들이켜기라도 한 사람처럼 너무도 당당하게 서서 앞서기 시작한 것이다.

판이하게 달라진 분위기와 몸짓에 영빈은 흠칫하고 말았다. 조금 전 그 노인네가 맞는다는 것을 그가 알 수 있는 것은 쉴 새 없이 내뱉는 헛소리뿐이었다. 꼭 귀신에 홀린 듯한 기분이 드는 영빈이었다.

"할, 할머니……. 괜찮으세요?"

"저리 비켜!"

휙~!

할머니를 붙잡으려 그녀의 어깨를 짚었던 영빈의 손을 할머니는 매우 세차게 뿌리쳐 냈다. 이쯤 되면 영빈으로선 어쩔 방법이 없었다, 그저 따라가는 수밖에.

'아……. 이상해. 대체 왜 이러시지? 아무리 봐도 상태가 수상한데…….'

영빈은 할머니가 자신을 밀쳐내고 또다시 계곡을 따라 이어진 산길을 미친 듯이 오르는 모습에 걱정하는 시선을 보냈다. 그리고 이내,

"같이 가요, 할머니~!"

"……."

　매서운 추위와 어둠 속에서 그렇게 두 사람은 잠시 동안 걷기만 했다. 원래 운달계곡은 한겨울에도 물줄기가 끊이지 않고 흐른다고 했다. 영빈은 말로만 듣다가 정말로 계곡 물 소리가 쉬지 않고 계속해서 들려오자 왠지 자연의 신비함에 잠시 빠져드는 기분이 들었다. 그런데 그때…….

　"오오……! 여기야! 마침내 나는 살았어!"

　후다다닥!

　"할, 할머니! 위험해요. 어서 이리 나오세요!"

　계곡물이 모여드는 어느 한 지점에 이르자 갑자기 할머니가 미친 듯이 계곡 안쪽으로 뛰어드는 게 아닌가. 그 모습을 보고 영빈은 기겁할 수밖에 없었다.

　여기에서 갑자기 저 할머니가 사고라도 당하면 자신의 입장이 정말 곤란해질 수도 있는 터였다. 아무런 연고도 없는 그가 정신 착란 할머니를 이곳까지 데려와 무슨 짓을 하려 했나 질문하면 대답할 말이 없었다. 불현듯 그런 생각이 들자 그의 마음은 다급해져 할머니를 따라 계곡으로 뛰었다.

　하지만 더 황당하고 기가 막힌 일은 그가 할머니를 붙잡기 전에 벌어지고 말았다.

　"나의 사랑스런 아이들아! 나를 영접하라!"

　휘익~ 풍덩~!!

　"할… 머, 니!"

　서울에 있을 때만 하더라도 곧 쓰러질 것처럼 비실대던 할머니가 계곡 깊숙이 들어오자 물 만난 고기처럼 펄펄해지는 것까진 좋았다.

하지만 무어라 외치며 정말 물고기라도 된 양 물속으로 풍덩 뛰어들 때는 영빈의 정신이 다 아득해지고 말았다. 미치려면 곱게 미치지, 이 새벽에 자신까지 끌고 이 깊디깊은 산속까지 들어와 가실 건 또 무엇이란 말인가.

만약 할머니가 숨이라도 넘어간다면 자신은 저 할머니를 죽인 범인으로 몰릴 확률이 크다. 선행의 대가가 겨우 이런 거라니…….

그 짧은 시간에 영빈은 별별 생각을 다하며 그녀가 뛰어든 물 쪽으로 급히 다가갔다.

"멈춰라. 너는 내 생명의 은인이다. 그런고로 지금부터 일어나는 일을 보게 되었다 해도 널 탓하진 않겠다. 대신 지금부터는 그 어떤 일이 일어나도 절대 참견하지 마라! 만에 하나 내가 의식을 치르는 동안 물 안으로 들어온다든지 아니면 돌을 집어 던지는 등 방해되는 행위를 한다면 안타깝지만 난 널 죽여야만 한다. 알겠느냐?"

"아니 대체 할머니……."

"알아들었으리라 믿고 그럼 거룩한 의식을 시작하겠다. 제 누비안뜨 케일 베 타이나룬 포이셔스 타야… 마하리안느 루 메오……."

영빈이 얼빠진 표정을 짓거나 말거나 할머니는 가만히 눈을 감더니 그가 평생 단 한 번도 들어본 적이 없는 언어로 중얼거렸다. 그러자 놀랍게도 그녀의 주변에 있던 물들이 일제히 하늘로 솟구쳐 올라 할머니를 감싸는 듯한 장관이 펼쳐지기 시작했다.

3

수십 차례 오르내리며 흡사 분수쇼와 같은 장광을 펼치던 물이 이윽고 잠잠해졌다. 그러나 영빈의 놀라움은 거기서 끝난 것이 아니었다.

"저, 저럴 수가……. 말도 안 돼……."

찰랑찰랑~ 쏴아아아…….

사실 계곡물은 그리 깊지 않았다. 그녀가 물속에 있다 해도 완전히 잠긴 것은 아니었지만 그렇다 해도 허리 가까이 찰 정도 수위는 되었다. 그런데 지금 그렇게 잠겨 있던 그녀의 몸이 점차 허공으로 떠오르기 시작한 것이다.

비록 거적때기를 입고 있었지만 양팔을 좌우로 활짝 벌린 채 허공으로 떠오르는 할머니의 모습은 거룩하게까지 보였다.

"옴 마이라훔드… 가리사라발타… 키리에리… 마샤~!"

무슨 뜻인지 전혀 알 수가 없지만 들을수록 머리가 맑아지는 주문이 계속 이어지는 가운데 마침내 그녀의 몸은 약 2미터 높이까지 떠올랐을 때 움직임이 멎었다. 그러더니 이번에는 서서히 회전하기 시작하는 것이 아닌가.

빙글…….

처음에는 아주 천천히…….

빙글빙글…….

팽팽팽팽…….

조금 후에는 그야말로 눈이 팽팽 돌 정도로 빠르게 돌았다. 이제 그녀의 모습이 구별되지 않을 정도였다. 게다가 무서운 회전 속도 때문인지 곧이어 허공에서 넝마 조각들이 사방으로 비산하며 날아갔다.

사람이란 원래 자신의 이성을 넘어서는 영역의 일을 겪게 되면 외려 현실을 외면하게 마련이다.

눈앞에 펼쳐지는 믿기 힘든 광경에 영빈 또한 마찬가지여서 놀람의 영역을 넘어서는 상황에 외려 어이없는 생각에 빠져들었다.

'이런 젠장……. 죽기 전에 쭈그렁 할머니 누드까지 보게 생겼네. 휴우……. 내려오면 내 슈트라도 벗어드려야겠어.'

하지만 이런 푸념은 경악으로 바뀌고 말았으니…….

"내 아무리 이성을 초월한 존재라지만 엄연한 여성의 몸. 애야, 눈 감아라. 그렇지 않으면 후회할 것이야!"

그의 마음을 짐작한 것일까, 아니면 아무리 할머니라 해도 알몸을 보이기가 창피했던 것일까. 할머니는 무서운 속도로 회전하는 사람이 맞나 싶을 만큼 침착한 목소리로 이렇게 말했다.

"저도 눈 버리고 싶은 마음은 없네요. 아니, 그게 아니라 눈 감을 테니까 어서 내려오세요! 감기 걸리겠어요! 빨리 내려오시라고요!"

"눈 버린다고? 이 세레나를 보고 감히 그렇게 말한 건 네가 처음이다. 오호호호!"

자신을 세레나라고 칭한 정신 나간 할머니가 요란스럽게 웃자 영빈은 괜히 가슴이 두근거렸다. 그 웃음 속에 묘한 마력이 담겨 있었던 모양이다.

하지만 영빈은 자신의 말과 달리 움쩍도 하지 못한 상태로 할머니를 바라보고 있었다. 현 상황에 대한 충격이 가시지 않은 탓이다. 그 순간 빛이 있었다.

번쩍—!

폭발하는 듯한 엄청난 빛이 물에서부터 솟구쳐 오르듯 터져 나왔다.

"으악! 내 눈!"

"그러게 감으래도!"

질끈…….

세레나의 호통이 아니래도 그는 눈을 꽉 감을 수밖에 없었다. 바로 코앞에 태양이 가라앉은 게 아닐까 싶을 만큼 너무도 강렬한 빛이 터졌기 때문이다. 그런데 그 잠깐의 순간, 그는 환상처럼 아른거리긴 했지만 그의 영혼을 온통 관통해 버릴 것만 같은 그런 충격적인 누드를 보고야 말았다.

불과 일이 초 정도밖에 되지 않는 시간이었는데도 뇌리에 강렬히 그 장면이 각인되어 버렸다. 그리고 문득 아까 세레나가 후회할 것이라 말한 이유가 어렴풋이 이해되었다.

강렬한 빛, 그리고 나신.

그러나 자신이 본 것은 추한 노인의 몸이 아닌 몹시도 아름다운 여신의 그림자였다. 짧은 시간 희미하게 본 것만으로도 가슴이 철렁 내려앉을 정도였으니 주목하여 봤다면 안타까움으로 평생을 보낼 것이 분명하리라.

"그래도 착한 아이로군. 됐다. 이제 눈을 떠도 좋다."

그럴 때 또다시 세레나의 목소리가 들려왔다. 그는 그녀의 말에 속으로 절대 더 이상은 놀라지 않으리라고 다짐을 하면서 천천히 눈을 떴다.

"…허억! 다, 당신 누구야?!"

영빈은 화들짝 놀라며 소리쳤다.

그냥 놀라는 정도가 아니라 눈이 찢어질 듯 커져서 동공이 빠져나오지나 않을까 싶을 정도였다. 그의 앞에는 너무나도 완벽한 몸매와 외모를 지닌 십대 소녀가 서 있었다. 이곳까지 함께 왔던 꼬부랑 할머니는 어디론가 사라지고, 매우 앳되고 어여쁜 소녀가 자신의 눈앞에 서 있는 것이었다.

그 모습은 찰나 보았던 여신의 어린 시절의 모습이나 다름없다고 느끼는 영빈이었지만 지금 벌어진 일들로 인하여 전혀 정신을 차리지 못한 채 뭐가 뭔지 알지 못했다.

즉, 영빈의 머릿속은 뒤죽박죽으로 뒤엉켰다.

"네가 놀라는 것도 무리는 아니겠지. 내가 너와 이곳까지 함께 왔던 그 노인이 맞아. 나는 물의 정기를 취해 살아가는 정령이거든. 네가 지금 살고 있는 세상과 다른 차원에서 왔어."

"뭐, 뭐, 뭐뭐? 꼬마야, 지금 무슨 소리를 하는 거니? 너 혹시 방금 할머니 한 분 못 봤니? 아, 아니다. 아저씨랑 병원부터 가자. 응?"

지금은 2012년, 즉 21세기가 시작된 지 한참 지난 세상이다. 과학문명은 발달할 만큼 발달해서 이제 그 누구도 미신을 쉽게 믿지 않는 그런 세상이다. 그 지경에서 자신을 정령이라 말하는 금발의 소녀가 눈앞에 있고 함께 왔던 할머니가 사라졌다. 그리고 그 소녀는 앞선 할머니마냥 이상한 소리를 늘어놓았다. 이는 소녀가 제정신이 아니거나 자신이 제정신이 아닌 게 분명했다.

'내가 지금 꿈을 꾸고 있는 거야. 꿈치고는 너무 생생하지만 이건 절대 현실일 수가 없어. 어서 꿈을 깨야겠어.'

그러면서도 그는 지금 자신이 꿈을 꾸고 있다고 여겼다. 이제까지 일어나고 있는 이 모든 일들이 너무 비정상적이었기 때문이다.

"이게 꿈인 것 같아?"

"그, 그건 또 어떻게?"

"네 입장에서는 당연히 그렇게 생각할 수도 있지, 뭐. 나도 처음에 이 차원에 떨어졌을 때 꿈이라고 여겼었으니까. 호호⋯⋯. 그렇지만 이건 모두 현실이야. 물의 정기가 조금씩 사라지면서 찾아오는 고통 덕에 꿈이 아니라는 것을 깨달은 거지. 꿈속이라면 이런 생생한 고통을 느낄 리 없잖아."

놀랍게도 소녀는 그의 생각을 읽는 것 같았다. 게다가 이제 갓 열여섯 살이나 되었을까 싶은 소녀가 발칙하게 반말을 지껄이며 이야기하고 있는데도 영빈은 이상하게 거부감이 들지 않았다. 그녀의 말투가 너무 자연스러워서일까? 단지 그 내용만큼은 심히 거슬렸다.

"좋아, 꼬마야. 네 말이 사실이라고 치자. 그럼 어디 내 볼을 꼬집어보렴. 이게 꿈인지 아닌지 확인 좀 해보게."

"그건 간단하지."

소녀가 씨익 웃으며 영빈을 바라보았다. 그 순간 소녀의 한쪽 팔이 시야에서 사라졌고,

차알~ 싹!

"크억!"

소녀의 작은 손이 그의 뺨을 그대로 후려갈겼다. 그 순간, 영빈은 이게 꿈이 아님을 뼈저리게 느낄 수 있었다.

'어무이~! 나 이렇게 미쳐 가나 봐요오오~!'

그는 지금 울고만 싶었다.

4

지독히도 울창한 자연림 속에도 마침내 희미한 빛이 스며들기 시작했다. 이미 김룡사의 새벽 예불을 알리는 종소리가 울려 퍼진 지도 꽤 지났다. 이제 어느덧 동이 틀 시간이 된 것이다.

그런 가운데 조금 멍해 보이는 영빈과 투명하리만큼 하얀 피부를 자랑하고 있는 소녀가 계곡가에 앉아 도란도란 이야기를 나누고 있었다.

물론 아직 이 깊은 산중까지 올라오는 사람은 없었다.

"그러니까 그대는 천 년을 살아온 존재라 이 말이지?"

"실제는 더 살았다고 해야겠지만 그냥 그렇다 치자."

"그럼 그런 거고 아니면 아닌 거지, 그렇다 치자는 뭐람? 그리고 솔직히 내가 말을 높이고 싶어도 생긴 걸 보니 차마 못하겠다. 아무리 봐도 어린 소녀 모습인데 나만 존대할 수 있겠냐 이 소리지. 나도 나이가 있는데 남들 눈치 보여서 어떻게 그래?"

"그럼 남들이 보지 않도록 하면… 되잖아?"

소녀의 말 끝머리는 소리가 아니라 그의 뇌리를 흔드는 신기한 울림으로 다가왔다. 더 기가 막히는 것은 그가 뻔히 보고 있는 가운데 그녀의 모습이 마치 신기루처럼 점점 사라져 가는 것이었다.

그녀를 만난 후 지금까지 수도 없이 많이 놀란 그였지만 놀
랄 일은 아직 그것이 끝이 아닌 듯했다. 아까 그녀가 변할 때
펼쳐진 모습에서는 너무나 현실 감각이 없어 정신을 놓는 바
람에 그 충격이 자신과 동떨어진 듯한 생각이 들었지만 이번
만큼은 더욱 직접적으로 다가온 것이었다.

"휴우……. 이제 놀랄 힘도 없네. 이게 정령의 능력이다 이
거지?"

―에이… 이건 능력이라고 할 것도 없어. 비록 차원의 폭발
로 인해 갑자기 이곳에 떨어진 탓에 아직 완전한 힘을 찾지는
못했다만 모든 능력을 되찾게 되면 너희 세상에서 말하는 소
위 신과 맞먹는 능력을 보일 수도 있거든.

"그럴 리가……."

그녀의 말이 사실이라면 영빈은 지금까지 그가 상식으로
알던 신의 모습을 대폭 수정할 수밖에 없을 터였다. 엄숙하고
거룩한 신이 아니라 귀엽고 깜찍하며 섹시한 신의 모습으로
말이다. 잠시 후 모습을 감추었던 세레나가 그 형체를 드러내
며 입을 열었다.

"호호……. 그건 그렇고 자, 이제 네 문제나 논의해 볼까?
너는 어째서 죽을 결심을 한 거지?"

"내가 죽으려 한 것에 대해서 굳이 알 필요가 있겠어? 그
이야기는 통과하자. 그리고 이제 서로 볼일은 다 본 것 같은
데 각자 갈 길을 가자고."

사라졌다가 다시 나타나 영빈의 말을 듣던 세레나의 표정이 살짝 일그러졌다. 그의 아픔이 전해진 모양이다. 틀림없이 그가 말하지 못한 것이 그의 가슴에 있음을 느끼고 있었다.

"이대로 그냥 사라질 수는 없지. 솔직히 말하면 나는 그냥 일반 정령이 아니야. 물의 근원에서 태어나 모든 물을 다스리고 지배할 수 있는 물의 정령왕이라고 하지. 아까 내가 이 장소를 쉽게 찾을 수 있었던 것도 여기 계곡 안에 있던 물의 정령들이 나를 인도했기 때문이거든. 비록 차원은 달라도 우리는 하나로 이어져 있어. 암튼 너는 내가 만났던 수많은 인간들 중에 유일하게 내게 은혜를 베풀어준 인간이 되었다. 만일 네가 아니었다면 나는 이 맑은 물의 정기를 흡수할 수가 없었을 테고 그로 인해 결국 영원한 소멸을 맞았겠지. 그런 만큼 이대로 헤어진다면 수많은 신들께서 이 세레나가 배은망덕한 정령왕이라고 비웃고 말걸?"

"허… 이젠 정령으로도 모자라 정령들의 왕이라굽쇼? 그거 참 믿기 거시기합니다요."

점입가경이란 이럴 때 쓰는 말일 게다. 영빈은 어처구니가 없었는지 어설프게 개그맨 말투를 흉내 내며 이렇게 비아냥거렸다.

"또 믿지 않는군. 그렇다면 확인시켜 줄 수밖에……. 애들아. 이리 나오렴. 운디네 알라시안 도미니크 알도레~!"

퐁! 퐁! 샤라라랑~

"zpolg hgopxoh hjo d hpofdj akxgh doho h~!"

"아아… 이럴 수가……. 아름… 답다……."

평생 살면서 수많은 계곡과 바다는 물론 호수도 다녀봤지만 영빈은 이렇게 아름답고 영롱한 물방울들을 본 적이 없었다. 게다가 그 물방울들이 온통 숲을 뒤덮으며 신기한 언어로 속삭였다. 자기들끼리 이야기하는 것 같았지만 그 소리는 영빈에게 아름다운 멜로디로 다가와 그의 기분이 한껏 상쾌하게 해주었다.

"됐다, 애들아. 다시 돌아가서 이 숲의 물들을 정화시키고 그 속에 생명의 기운을 불어넣어 주렴."

스르르… 펑! 펑! 펑!

마치 경배를 드리듯 주변에 산개해 있던 모든 방울들이 모여 들더니 세레나 앞에 일렬로 늘어서 있다가 순식간에 터지며 자취를 감추었다.

"여전히 헷갈리지만 당신이 보통 존재가 아님은 어느 정도 알겠어. 하지만 그렇다 해도 내 갈 길이 변하지는 않으니 이제 어서 가."

동화를 믿고 정령을 믿기에는 그의 나이가 많았다. 올해만 지나면 그 어떤 유혹에도 흔들림이 없다는 불혹 아니던가. 이 신기한 정령왕을 만났다고 해서 그의 인생이 달라질 일은 없었다. 최소한 그는 그렇게 생각했다.

"네가 어떤 생각으로 그런 말을 하는지 알 것 같군. 내가 있던 차원에도 너와 같은 이들이 있었지. 나이를 먹어 더 이상 재기할 자신도 없고, 마음은 지쳐서 무엇 하나 할 수 없을 것 같지? 하긴, 기껏해야 백 년도 못사는 존재들이니 당연하겠지. 하지만 들어봐. 기회는 많단다. 인간은 그런 존재거든, 나이를 먹어도 무엇이든 이룰 가능성이 있는. 하물며 넌 나를 만났다. 그 누구도 얻지 못할 기회를 너에게 주마. 어때, 이래도 나와 계약하지 않겠어?"

세레나의 말에는 묘한 설득력이 들어 있었다. 그래서인지 영빈은 갑자기 살고 싶다는 욕망이 꿈틀거렸다. 어쩌면 이 여자로 인해 자신의 인생이 정말 달라질 것도 같았다.

"뭘 계약하자는 것인지는 모르겠지만 당신이 정말 내게 신적인 능력을 보여준다면… 무조건 계약하지."

"호호호……. 이제야 조금 말이 통하네. 그래, 내가 무엇을 해줘야 수긍할 수 있는지 말해보렴."

"날 과거로 되돌아갈 수 있게 해줄 수 있어? 한마디로 시간을 되돌릴 수 있느냐는 말이야."

세레나가 되묻기 무섭게 영빈은 이렇게 내뱉었다. 자신이 생각해도 어처구니없는 일이었지만 될 대로 되라는 식으로 툭 던져 본 것이다.

"그렇게 해주지. 단, 그때는 반드시 나와 계약을 해야 한다."

"약속은 꼭 지키지. 그런데 대체 무슨 계약을 해야 하는지, 그리고 왜 해야 하는지 말해줄 수 있나?"

“내 영혼과 네 영혼이 하나가 되는 계약을 해야지만 앞으로도 내가 이 차원에서 계속 살아갈 수가 있어. 자신의 세계가 아닌 곳에 떨어진 정령은 정령사 없이 살아갈 수 없는 법이거든. 그런 계약을 하기 위해서는 중요한 조건이 있었는데 고맙게도 네가 그 역할이 되는 거지. 아무래도 이건 인연이 닿아 있는 게 분명해. 호호호……”

아리송한 세레나의 말에 영빈은 또다시 호기심이 생겼다.

“대체 그게 무슨 소리야? 좀 더 구체적으로 설명해 줘.”

“일반적으로 인간이 평범한 정령과 계약할 때는 친화력만 있으면 가능해. 정령을 보는 것도 마찬가지고.”

여기까지 말한 세레나가 손을 휘젓자 그 주변으로 물방울들이 일정 형태를 이루어 맴돌았다. 그것들은 알 수 없는 묘한 소리를 내었는데 그 형태와 소리가 흡사 작은 동물과 같았다. 세레나가 말을 이었다.

“네가 이렇게 한강에서 날 발견하고 여기까지 온 것도 물에 대한 친화력이 높았기 때문이지. 내가 이 세계로 떨어진 지 어느덧 한 달이 지났지만 그간 날 발견했던 인간은 단 셋이 전부였어. 한강 주변을 오가는 인간을 상대로 시험해 본 것이 거의 수백 명은 되었지만 아무도 날 못 보더군. 어쨌든 내 주변의 이런 운디네나 운다인 같은 정령들은 언제든지 계약을 이룰 수 있지만 나 정령들의 왕 세레나는 달라. 한 가지 조건이 반드시 더 충족되어야 하지.”

세레나의 이야기가 이어질수록 영빈의 머리는 아파왔다. 뭐가 그리 복잡한지 헷갈렸던 것이다.

"그러니까 그 조건이 뭔지만 말해줘, 뜸 들이지 말고."

그래서인지 그는 퉁명스럽게 재촉했다. 그러자 세레나는 싱긋 웃으며 주문을 외우려 정령들을 불러 모으며 영빈 앞에 마주섰다.

"간단해. 계약 당시 동정이어야 한다는 것. 해서 네 소원대로 시간을 거슬러 간다. 바로 네가 동정을 간직하고 있던 어느 시점으로 말이지. 마하브라 리오메……."

"아니, 그게 무슨 소리야! 내가 다시 동정이 된다고? 내가 동정이 된다니! 난 그저 딱 일 년 정도면 돼! 부도를 막을 수 있는 그거면 되는데… 뭐지? 갑자기… 머리가… 터질 것 같아. 아악! 살려줘~!"

문경에 있는 운달계곡에는 이날 새벽부터 아침까지 내내 실로 무지막지한 빛의 폭풍으로 시달려야 했다.

그 마지막 빛의 폭발 이후, 계곡은 다시 평화를 되찾았다. 거기에는 영빈도 세레나도 또한 그렇게 예쁘게 그들 사이를 날아다니던 운디네도… 남아 있지 않았다.

Chapter 02
고3 그리고 1학기

1

“얼레리 꼴레리~! 이제 우리 오빠가 완전히 애기가 됐나
보네. 엄마 품에 안겨서 이게~ 뭡니까? 부끄럽게…….”

한참 동안 엄마의 품에서 꿈인지 생시인지 모를 일들을 떠
올리던 영빈은 그의 상념을 여지없이 부수는 앙큼한 목소리
에 제정신을 찾을 수가 있었다.

바로 그의 여동생 윤아가 영빈이 엄마를 안고 멍한 표정을
짓고 있는 것을 보고 장난스럽게 놀렸던 것이다. 윤아는 그보
다 두 살 어린 소녀로 말썽만 부리는 그와는 달리 공부도 잘
하고 심성도 고운 천상 모범생이었다.

그가 이 무렵 가장 자랑스러워하던 두 동생 중 첫째이기도

했다.

"아…… 이런… 죄송해요, 엄마. 제가 잠깐 졸았나 봐요."

"죄송은 무슨. 어서 아침 먹자. 윤아는 가서 현아도 깨워 와라. 개학 첫날부터 지각할라."

"응, 엄마."

영빈의 어머니는 여전히 친절하고 조용하였다. 그녀는 언제나 그렇듯 미소와 함께 이렇게 말하고는 다시 밥상 차리는 데 열중했다. 너무도 익숙한 모습들이고 또한 늘 있던 일이었지만 여전히 영빈은 지금 일어나고 있는 일들이 믿어지지 않았다. 주변 풍경은 이십 년 전 그대로였지만 본인만큼은 그때의 영빈이 아닌 것이다.

그는 잠시 식탁 앞에 앉았다가 문득 무슨 생각이 든 것인지 잽싸게 현관으로 향했다. 오늘 온 신문을 확인해 보기 위해서였다.

1992年 3月 2日 (月曜日).

조금 전에 온 신문의 날짜는 놀랍게도 정말 이십 년 전으로 나와 있었다. 그는 그것을 확인하자마자 이번에는 얼른 화장실로 향했다.

이 집은 그의 아버지께서 살아 계셨을 때 장만한 집인지라 제법 넓고 괜찮았다. 물론 나중에 그가 죄다 팔아먹게 되지만 말이다.

"이, 이게 정말 나란 말인가? 내가 정말 과거로 되돌아온 거야?"

—이제 실감이 좀 나? 너는 그때로부터 정확히 이십 년 전 과거의 너로 되돌아온 상태이다. 나는 약속은 정확히 지키지. 자, 이제 어서 계약을 서두르자꾸나. 호호…….

세레나가 뭐라 떠들든 말든 그는 완전히 넋이 나간 모습으로 거울 앞에 서서 자꾸만 자신의 얼굴 여기저기를 꼬집어보았다. 하지만 생생하게 전해지는 작은 통증과 그때그때 변해가는 표정을 보고는 이게 현실임을 실감할 수 있었다.

"내가 맞아! 이십 년 전 한참 팔팔했을 때의 내가 맞아! 이건 꿈이 아니라고! 아하하하~!!"

똑똑…….

"이게 응가 하다가 미쳤나……. 그 입 다물고 어서 문이나 열지?"

"헙…….."

그가 욕실 안에서 기쁨에 들떠 큰소리로 웃고 떠들자 이번에는 그의 둘째 동생 현아가 자다 일어난 목소리로 문밖에서 핀잔을 주었다.

그녀는 바로 아래 동생인 윤아와 달리 성격이 와일드하고 거친 편이었다. 단지 머리는 좋은 모양인지 공부 실력은 나름 괜찮았다.

　그리고 그보다 더 중요한 사실은 현아가 이제 겨우 중학교 이학년일 뿐인데도 대학생들까지 침을 질질 흘리고 따라다닐 정도로 미끈하게 잘빠진 몸매와 요염해 보이는 얼굴을 가지고 있다는 점이었다. 언니인 윤아도 귀엽고 예뻤지만 현아는 언니와는 또 다른 매력을 가지고 있었다.

　"나 급해! 어서 나오란 말이야, 이 화상아!"

　달칵…….

　"너는 오빠한테 화상이 뭐냐, 버릇없이?"

　"바빠 죽겠는데 욕실에서 괴성이나 지르고 있으니 그렇지! 그리고 나이만 먹었다고 오빤가. 나잇값을 해야 오빠지. 흥~!"

　콰앙!

　돌이켜 보면 이때는 늘 이랬다. 윤아는 워낙 착한 아이라서 한심한 오빠라 해도 대드는 일이 없었지만 현아는 늘 그를 못마땅해했다. 친구들에게 창피해서 말을 못한다고 했던가? 아무튼 이날도 영빈은 이십 년 전, 그때처럼 본전도 찾지 못한 채 욕실을 떠날 수밖에 없었다.

　―이 당시 네 모습을 알 만하군. 자신보다 한참 어린 여동생에게 화상 소리나 들을 정도이니 말해 뭐하겠니. 쿡쿡…….

　"조용히 좀 해!"

　"영빈아, 지금 누구에게 소릴 지르는 거니? 설마 엄마는 아니겠지?"

　세레나가 현아에게 당하는 모습을 보며 한심하다는 듯 약올리자 영빈은 버럭 소리쳤다. 하지만 여기에 반응한 것은 어머니였기에 영빈은 잔뜩 당황할 수밖에 없었다.

"아, 아니에요, 엄마! 그나저나 저 빨리 준비해서 나갈게요. 이제 고3이니 후딱 가야죠."

영빈은 얼버무리곤 방으로 가 재빨리 옷을 갈아입은 뒤 도망치듯 집을 빠져나갔다.

"도시락 챙겼어요! 다녀오겠습니다!"

후다닥…….

"영빈아, 밥은 먹고 가야지. 영빈아!"

뒤에서 어머니가 애타게 불렀지만 영빈은 도시락만 챙겨 든 채 잽싸게 집 밖으로 나섰다.

아직 이른 새벽 시간이었기에 영빈이 나선 거리는 한산했다.

―잘 생각했어. 약속은 약속이니 어서 가서 계약부터 하자구. 만일 나와 계약이 성사되면 나와 이야기하기 위해 아까처럼 큰 소리 지를 필요도 없어. 영혼으로 연결되기 때문에 생각만으로도 대화가 가능해지거든.

"좋아. 저쪽으로 가면 관악산이 있으니 그리로 가자. 아직 사람도 별로 없을 테니."

―호호……. 나도 네가 자고 있는 동안 이미 이 일대를 모두 다녀봐서 알고 있다. 그리고 그 산에 가장 적당한 장소도

봐두었지. 일단 가자.

샤라랑~!

다른 사람의 눈에는 보이지 않겠지만 지금 영빈의 눈에는 희미한 빛줄기가 보이고 있었다. 본능적으로 그게 바로 세레나임을 느낀 영빈은 너무도 자연스럽게 그 뒤를 따라갔다.

그렇게 그들은 관악산 연주대 방향으로 올라갔다. 춥고 비가 올 것 같은 날씨임에도 불구하고 한두 명씩 부지런한 등산객들이 보였다.

'아……. 이렇게 이른 새벽에도 부지런히 등산하는 사람이 많구만. 나는 대체 뭐하며 산 걸까. 등산은커녕 차를 장만한 이후로는 아예 걷는 것조차 싫어했으니……. 아버지처럼 고혈압에 시달리며 살게 된 것도 당연한가?'

지금 영빈의 시야에 들어오는 모든 것은 그에게 새로운 느낌을 던져 주고 있었다. 젊었을 적 그에게 운동은 밥 먹고 할 일 없는 작자들이나 하는 '쓸데없는 짓'에 불과했었다. 그렇기에 생전 운동하고는 담을 쌓고 살아왔고 나이 서른다섯에 고혈압 판정을 받아 늘 약을 달고 살 수밖에 없었다. 약을 먹지 않으면 아버지처럼 뇌졸중으로 쓰러져 반신불수가 될 수도 있었기 때문이다.

그런 경험을 고스란히 기억하고 있기에 새롭게 맞이한 열아홉의 시간은 감회가 남달랐다.

―여기가 적당하겠군. 이제 여기에 앉아 눈을 감아.

"그러지."

털썩…….

세레나를 따라 한참을 들어왔을 때 영빈에게 그녀가 넓적한 바위를 가리키며 말했다.

그 위치는 지나가는 사람이 혹시 본다 쳐도 그저 학생 하나가 계곡 근처 바위에 앉아 명상하는 것이라고 여길 것이다. 그 누구도 세레나가 있다는 사실을 알 수 없었으니 당연한 상황이었다.

―계약은 간단해. 지금부터 내가 하는 말을 그대로 따라 하기만 하면 돼. 할 수 있겠지?

"당연하지."

영빈이 너무 간단하게 대답하자 세레나는 그의 눈을 가만히 바라보았다. 이 녀석이 지금 진지한 태도인지 확인하고 싶었던 모양이다.

―그럼 시작하겠다. 비록 땅에서 태어났지만 나의 명예를 담보로 묻노니…….

"비록 땅에서 태어났지만 나의 명예를 담보로 묻노니……."

―물을 다스리고 그들과 함께하는 정령들까지 다스리는 그대의 이름은 무엇인가?

"물을 다스리고 그들과 함께하는 정령들까지 다스리는 그대의 이름은 무엇인가?"

계약은 정말로 간단했다. 그저 세레나의 이름을 묻기만 하면 되는 모양인지라 잔뜩 긴장했던 영빈이 얼떨떨해질 정도였다.

—그대가 내 이름을 물어본 것은 나와 영혼이 하나가 되어 소멸할 때까지 함께하기 위함인가?

"그대가 나의……."

—바보야! 그건 따라 하는 게 아니야. 대답을 하라는 거지!

"아… 그렇군. 그런데 뭐라고 물었더라?"

무조건 따라 하다 보니 어느 것이 질문인지 헷갈릴 수밖에 없었다.

—소멸할 때까지… 아니, 인간이니 죽을 때까지가 맞겠군. 죽을 때까지 나와 함께하겠는지를 물었다.

"……."

다시 질문을 들었건만 영빈은 선뜻 대꾸하지 못했다. '죽을 때까지'라는 말이 거슬렸던 것이다. 하지만 생각해 보면 그녀를 만나지 못했다면 이미 그는 죽었을 터. 이런 일로 망설일 이유는 없었다.

"그렇게 할게."

—그대의 진심 어린 대답이 나의 마음을 움직였다. 내 이름은 세레나… 이제 너와 나는 하나가 되었다.

그렇게 계약은 성립되었다. 하지만 이때까지도 영빈이 이것이 무엇을 의미하는 것인지 알 수 없었다. 이 별 볼일 없어 보이는 계약이 가져올 행운이 얼마나 엄청난 것인지를…….

2

탁탁탁탁…….

무려 이십여 년 만에 영빈은 미친 듯이 뛰었다. 삼 보 이상
승차라는 어처구니없는 삶의 모토를 가지고 있던 그에게는
실로 파격적인 일이었다. 만에 하나 그의 신체까지 서른아홉
살 그대로였다면 이렇게 뛰다가 벌써 쓰러졌겠지만 다행히도
그는 이제 심장이 터질 정도로 뛰어도 끄떡없는 건강하고 꽃
다운 열아홉 살 소년이었다.

─왜 그렇게 뛰는 거지?

'당연히 지각하기 싫으니 뛰어야지! 새롭게 시작하는 인생
첫날부터 지각으로 시작하기는 싫거든. 이미 늦을 확률이 높
긴 하지만 끝까지 뛰어야지! 헉헉…….'

과연 계약을 하고 나니 세레나와의 대화가 편해졌다. 이제
그 누구의 눈치를 보지 않아도 이렇게 이야기를 나눌 수 있었
다. 어쨌든 영빈은 지금 학교에 가고 있다는 사실 하나만으로
도 가슴이 설레고 있었다.

과거의 그는 학교가기를 죽기보다 싫어했건만 이제는 완
전히 달랐다.

─쯧쯧……. 넌 정말 멍청하구나. 수없이 많은 계약자 가

운데서도 너처럼 멍청한 인간은 처음이다. 나에게 부탁만 하면 간단한 것을…….

멈칫…….

'그게 무슨 소리야? 부탁을 하라니?

―급하다며? 그럼 빨리 갈 수 있게 해달라고 부탁하면 되잖아.

뜬금없는 세레나의 말에 걸음을 멈춘 영빈은 밑져야 본전이라는 심정으로 한마디 했다.

'세레나, 내가 목적지에 빨리 갈 수 있도록 도와줘.'

―그대의 부탁을 들어주겠노라. 바람의 정령 실프들이여, 그대들의 힘을 빌리겠노라. 아하 리베니쉬 웨인~!

샤라라랑~!

그리고 그의 부탁을 듣자마자 세레나는 기묘한 주문을 외웠다. 그러자 갑자기 그의 몸이 마치 구름 위에 떠 있는 것과 같은 그런 기묘한 기분이 들기 시작했다.

―됐다. 이제 달려봐.

'난 또 세레나가 날 안고 허공을 날기라도 할 줄 알았더니 겨우 또다시 달리는 거였어? 아무리 빨리 달려 봤자 얼마나 차이가 난다고……. 에잇…….'

패앵~!

"으악……! 이, 이게 뭐야!"

세레나에게만 들리도록 상념으로만 구시렁거리던 그가 자

신도 모르게 소리를 지르고 말았다. 땅을 박차고 달리는 순간, 누군가 미는 느낌과 함께 그의 몸이 마치 총알처럼 튀어나갔기 때문이다. 이는 그가 전력질주할 때보다 훨씬 빠른 속도였지만 신기하게도 힘이 들거나 호흡이 가빠오지는 않았다.

"이, 이제 그만~!"

지지직─

"후아… 대체 방금 무슨 일이 일어난 거지?"

그의 외침에 밀던 힘이 사라지자 영빈은 겨우 멈출 수가 있었다. 그리곤 그는 정말 놀란 표정으로 이렇게 물었다.

─호호호… 이곳에 존재하는 바람의 정령이 너를 바람에 실어 움직이게 해준 것뿐인데 뭘 그렇게 놀란 토끼눈을 하고 그래?

'바, 바람의 정령? 그건 또 뭔데?'

갈수록 태산이라는 말은 이럴 때 쓰는 말이리라.

─나는 정령들의 왕이다. 그런 내 권능을 이용해 바람을 움직이고 다스리는 정령을 불러 잠시 너를 싣고 달리게 한 거지.

물의 정령이 뭔지도 헷갈리는데 이번엔 바람의 정령이란다. 실로 기가 막힌 소리였지만 일단 해로운 일은 아닌지라 그는 결국 한숨을 쉬고 다시 말했다.

'휴우……. 궁금한 것이 한두 가지가 아니지만 지금은 일

단 지각하지 않는 게 우선이니 나중에 이야기하자. 어서 그
바람의 정령인지 뭔지를 불러내 다시 한 번 달리게 해줘.'

―실프~

쌔앵~!

지하철에서 내려서 학교까지는 걸어서 십오 분 이상 걸린
다. 그가 지하철에서 내린 시간은 정확히 8시 50분. 오늘 그
나마 개학인지라 9시까지만 등교하면 되었지만 평상시의 그
였다면 백퍼센트 지각이 뻔했다. 그러나 중간에 세레나와 이
야기를 나누었고 또 달리는 속도를 한참 줄였음에도 그는 겨
우 육 분여 만에 학교에 도착할 수 있었다. 보통 때보다 무려
세 배 가까이 빠르게 달린 것이다.

"어라? 오늘 해가 서쪽에서 떴나? 이게 누구야? 우리 학교
제일 칠뜨기 영빈군이 지각을 모면할 때도 다 있었네?"

"안녕하세요. 선생님. 제가 영빈인 것은 맞는데요, 칠뜨기
는 아닙니다."

학교 교문 앞에서는 수학을 가르치고 있는 학주(학생주임)
김도근이 지각생을 잡기 위해 나와 있었다. 그 모습을 보는
순간, 영빈은 학창시절 늘 그를 따라다녔던 수식어가 떠올랐
다. 아니, 친절하게도 학주가 그의 기억을 제대로 상기시켜
주었다.

칠뜨기. 공부도 어설프고 싸움도 어설플 뿐만 아니라 뭘 해
도 늘 중간 이하였기에 붙은 그의 별명이었다. 그런데다가 지

각은 일등이요, 말썽도 일등이고 허구한 날 얻어터지기만 하면서도 싸우는 걸 포기하지 않는 게 그의 생활이었으니 신학기에 만나자마자 학주가 그를 놀리는 것도 새삼스러운 일이 아니었다.

"호오, 그래? 칠뜨기 주제에 감히 나에게 대드냐?"

"제가 언감생심 선생님께 대들 리가 있겠습니까? 단지 전엔 그랬을지 모르겠지만 이제부터는 달라질 것이라는 것을 말씀드리고 싶었을 뿐입니다. 그럼 전 이만 늦어서 먼저 교실로 들어가겠습니다. 수고하십시오, 선생님."

꾸벅…….

영빈이 교과서에서 철수나 사용할 법한 말투로 인사를 하고 돌아서자 학주는 멍해지고 말았다. 자신에겐 말도 잘 건네지 못하던 겁 많던 영빈이다. 그런 녀석이 가벼운 농 섞인 말투로 자신을 대했다.

게다가 언감생심이라니……. 저놈이 그런 단어도 쓸 줄 알았단 말인가? 그는 궁금했지만 밀려드는 학생들 때문에 일단 생각을 접어야만 했다. 어차피 칠뜨기를 트집 잡을 일이야 차고 넘칠 터였기에 굳이 지금 시비를 가릴 필요는 없었다.

'3학년 때는 2반에 편성되었지. 여기구나. 후우… 오늘 또다시 그녀를 만날 거란 사실 때문인지 생각보다 많이 떨리네.'

─응? 방금 뭐라고 했어?

그가 세레나와 대화하려고 떠올린 상념이 아니었지만 무의식중에 새어 나갔는지 그녀가 즉각 반응했다. 사실 이런 일은 생각보다 어려웠다. 아무리 계약한 관계라지만 누군가가 자신의 머릿속을 들여다본다면 불쾌할 것이다.

물론 세레나와 대화할 때는 무척 강한 집중력이 필요했다. 그러한 집중력의 뇌파를 그녀가 감지해야지만 대화가 가능했기 때문이다. 대신 평상시 생각은 그런 집중력까지는 필요없기에 큰 문제가 없었지만 이처럼 아차 하면 어느 정도 세레나가 눈치챌 수 있었다.

'아, 아니. 잠시 생각한 거야.'

—왜 그렇게 긴장하는 건데? 과거에도 겪었던 장소와 시간이잖아.

'뭘 그렇게 꼬치꼬치 캐묻니? 이건 내 사생활이니 너무 간섭하지 마.'

—미, 미안해. 진짜 내가 너무 참견하는 것 같네. 이제부터는 조용히 할 테니 기분 풀어.

비록 외모는 소녀 같았지만 무려 천 년 이상을 살아온 존재인만큼 영빈은 그녀에게 함부로 굴지 않았다. 그러나 이런 경우도 그냥 넘어가면 앞으로 더욱 간섭이 심해질 수 있는 터라 그는 딱 잘라서 말했다.

'그렇게 말해주니 고맙다. 그럼 이따 다시 부를 테니 쉬고 있어.'

―알았어.

일단 세레나가 조용해지자 그는 다시 한 번 심호흡을 가다
듬고 3학년 2반의 교실 문을 활짝 열었다.

3

이십 년 전 그날. 영빈은 중요한 사건을 겪게 된다.

그와 고2 때도 같은 반이던 김기훈이라는 녀석이 있었다.
이 녀석은 자기보다 강한 사람들에게는 온갖 아부를 다하지
만 조금이라도 약하다 싶으면 괴롭히는 전형적인 양아치였
다.

그날 기훈은 밤새 술을 퍼마시고 아침에 등교했다가 교실
에서 오바이트를 한 모양이었다. 그런데 수업 시작이 얼마 남
지 않다보니 그 내용물을 비닐봉지에다가 담아 묶어놓았다가
그것을 영빈이 교실로 들어서는 순간 집어 던졌던 것이다.

퍼억!

"큭큭큭! 저 병신 같은 새끼, 그것도 하나 못 피하네. 수업
시작하기 전에 얼른 치워라. 행여 선생님이 알게 되기라도 한
다면… 넌 바로 죽.는.다!"

"하하하……. 저 꼴 좀 봐. 저거 칠뜨기라고 불리던 녀석
아냐? 어쩐지 멍청하게 당하더라니……."

"호호호… 그러게……. 아유~ 더러워라."

순식간에 교실 안은 웃음바다가 되었었다. 같은 반 친구들이라는 녀석들이 그를 동정하기는커녕 그의 더럽고 우스운 꼴을 보며 오히려 재밌어 했다.

게다가 남에게 그 더러운 오물을 뒤집어쓰게 해놓고 당사자더러 치우라고 하다니……. 그야말로 영빈의 입장에서는 개 같은 경우였다. 하지만 당시 그에게는 힘도 용기도 없었다.

그런데 바로 그때…….

"너희 정말 너무하는구나. 친구가 이 지경이 되었는데 웃기만 하다니……."

놀랍게도 누군가 한 사람이 그의 편을 들어주기 위해 나섰던 것이다. 그것도 남학생이 아닌 여학생 한 명이 당찬 목소리로 이렇게 그를 두둔하고 나섰다.

"자……. 우선 이것으로 대충 닦고 어서 가서 씻고 와. 선생님이 오시면 잠깐 화장실에 갔다고 이야기해 줄게."

"고, 고맙다."

천사가 하강한 것일까. 그녀를 만난 영빈의 첫 느낌은 이랬다. 투명한 피부에 호수처럼 맑고 큰 눈을 가진 그녀의 이름은 윤수아. 그가 다녔던 서경고등학교에서 가장 예쁘다는 퀸카가 바로 그녀였다. 아니, 서경고뿐만 아니라 학교가 있던 마포구 일대에서 아름답기로 유명했다.

그 역시 먼발치에서 그녀를 본 적이 여러 번 있었지만 이렇게 코앞에서 보게 되니 그저 아름답다는 표현만으로는 부족하다는 것을 깨달았다.

그리고 예쁜 것들은 싹수가 노랗다는 그의 편견이 단숨에 깨져 나갔다. 그 유명한 퀸카께서 그의 몸에 묻은 더러운 오물을 보고도 자신의 깨끗하고 고귀한 손수건을 건네주며 이렇게 말을 하고 있는데 그럴 수밖에.

그러나 동정과 사랑이 같을 수는 없는 법……. 그녀의 착한 심성 때문에 나서긴 했지만 그렇다고 누가 봐도 별 볼일 없는 그에게 이성적인 호감을 가질 수는 없을 터였다.

이때 이후로 영빈은 꽤 긴 시간 동안 짝사랑의 열병을 앓게 된다. 이것이 이십 년 전, 즉 오늘 영빈이 겪었던 일이다.

영빈은 교실 문을 막 열려는 순간, 과거에 겪었던 자신의 모습이 오버랩되었다.

'분명 그 더러운 오물 봉지가 날아올 텐데… 그걸 피해야 하나 말아야 하나……. 피하게 되면 별일이야 생기지 않겠지만 수아와의 만남도 사라질 거야. 하긴, 굳이 그런 창피한 모습을 보이면서까지 첫 대면을 할 필요는 없겠지. 더구나 난 그때의 내가 아니니 말이야. 앞으로 시작될 이십 년의 인생은 모두 새로 만들어 갈 수 있다고. 수아에 대해서도 그때는 아무런 정보가 없이 부딪쳤지만 지금은 그래, 이제 찌질이 생활은 청산해야지.'

그는 이런 결심과 동시에 문을 활짝 열며 인사했다.

드르륵…….

“친구들 반갑다!”

“여어~ 칠뜨기 또 같은 반 됐네. 옜다, 이건 선물이다!”

휘익~

과거와 마찬가지로 김기훈의 손에서부터 심상치 않은 봉지가 날아왔다. 영빈은 생각보다 날아오는 속도가 느린 것에 살짝 놀라며 그것을 간단하게 피해 버렸다.

그런데 문제는 이것으로 끝이 아니었다. 분명 과거와는 달리 오물 세례는 면했지만 더 기가 막힌 일이 벌어졌던 것이다.

퍼억! 촤아아아!

“컥! 이, 이… 어떤 새끼야! 당장 튀어 나왓!”

그가 피하는 바람에 바로 뒤따라 들어오던 병식의 머리통에 그대로 적중되고 말았다. 불행히도 최병식은 작년부터 학교 짱에 등극한 무지막지한 녀석이었다.

“병, 병식아, 미안해. 사실은 칠뜨기 녀석을 맞추려고 한 것인데 저놈이 피하는 바람에……. 죽을죄를 졌다. 내가 얼른 닦아줄… 케엑!”

퍼억!

“죽을죄를 지었으면 그냥 죽어야지. 그리고 칠뜨기 네놈도 죄가 있으니 같이 죽여주마.”

“내, 내가 무슨 잘못을 했는데?”

세월이 이십 년이 흘렀음에도 역시 병식은 두려움의 대상이었다. 그가 자신까지 지목하자 영빈은 떨리는 목소리로 간신히 항의를 했다.

“이 새끼야! 네가 피하지 않았으면 난 괜찮았을 것 아냐!”

쉬이익~

원래 무식한 놈이라 그런지 병식은 말도 안 되는 이유를 대며 그 큰 주먹을 영빈에게 날렸다. 아마 그대로 맞는다면 그 한 방으로 골병을 들지도 모른다. 하지만 이때 그만이 알 수 있는 놀라운 일이 벌어졌다.

슬쩍…… 툭…….

병식의 주먹이 그의 면상을 가격하기 직전, 갑자기 기묘한 기운이 영빈을 밀어냈던 것이다. 그 타이밍이 어찌나 절묘한지 주먹은 아슬아슬하게 비켜나갔다. 바로 세레나가 개입한 것이다.

‘고맙워, 세레나.’

—천만에. 그런데 이게 그냥 고맙다는 것으로 끝날 일 같지 않은데? 저 인간은 거의 살기를 품은 것 같으니 조심하라고.

세레나의 충고가 아니더라도 영빈은 금방 상태의 심각성을 느낄 수 있었다. 병식이 곧바로 다시 공격했기 때문이다.

“어쭈, 피해? 이 새끼가 아주 뒈지려고 용을 쓰는구나. 어디 또 한 번 피해 보시지!”

위잉~!

"그만해! 같은 반 친구끼리 이게 무슨 짓이니!"

위기의 순간, 이번에는 세레나가 아니라 또 다른 누군가가 그를 위기에서 구해냈다. 그는… 아니, 그녀는 정녕 영빈의 천사, 수아였다. 그녀는 과거와는 다른 형태로 또다시 그를 위해 나선 것이었다.

"넌 또 뭐야? 퀸카라고 오냐오냐 해줬더니 뵈는 게 없냐? 내가 계집애라고 봐줄 것 같아? 이년을 확!"

"최병식! 진짜 눈뜨고 못 봐주겠네! 이따 수업 끝나고 차라리 옥상에서 보자고. 여자를 때리려 하다니……. 너 같은 놈은 용서할 수가 없다."

쏴아아아…….

순간, 교실 안이 얼어붙었다. 방금 학교에서 제법 유명(?)한 칠뜨기가 겁도 없이 최병식에게 도전을 한 것이다. 독사 또는 사갈이라 불리며 지난 이 년 동안 단 한 번도 도전을 허용치 않았던 그 무서운 병식에게 말이다.

들리는 소문에 따르면 병식은 이미 건달 세계에서도 꽤나 이름을 날리고 있다. 심지어 선생님들조차 그에게 함부로 하지 못한다는 소문이 파다하다.

서경고교에는 마포 일대에서 알아주는 유명 인사가 두 명이나 있었다. 그 가운데 한 명이 아름다움으로 이름을 떨친 윤수아, 또 한 명이 주먹으로 일대를 장악하고 있는 최병식이었다.

기가 막히게도 이 두 사람이 모두 같은 반에 모였다.

과거의 영빈는 단지 그 속에 아무 생각 없이 끼어 있던 엑스트라였다. 하지만 이제는 자칫 비극의 주인공이 될지도 모르는 기로에 서게 되었다.

그리고 교실 안에 있던 모든 학생들 머릿속에는 내일 아침 신문에 실릴 기삿거리가 떠올랐다.

마포구 S모 고교 M모 군, 학우 C군에게 폭행당해 사망. 10代(대) 비행 갈수록 심각, 원인은 저질폭력 비디오……

따르르릉~!

다들 병식이 발작하리라고 예상하던 그때, 절묘하게 수업 시작종이 울렸다.

"큭큭……. 도전이라……. 오랜만에 피 맛 한 번 제대로 보겠군. 난 씻으러 갈 테니 담임 오면 알아서들 둘러대라. 김기훈, 그리고 윤수아."

"으응!"

"왜 부르지?"

"저 새끼 뒈지고 나면 그 다음은 너희 둘이다……. 흐흐흐……."

병식은 밖으로 나갔지만 여전히 교실 안은 음산한 기운이 감돌았다.

1교시… 2교시… 그리고 3교시…….

오늘따라 시간이 빛살처럼 빠르게 느껴졌다. 어떻게 하면 이 위기를 극복할 수 있을까 열심히 고민하던 영빈은 조심스럽게 세레나를 불렀다.

'세레나, 세레나 거기 있어?'

―당연하지. 왜?

'이건 혹시나 해서 묻는 건데……. 아, 물론 병식이랑 싸울 것이 무서워서 그러는 것은 아니고… 저기 있지…….'

세레나도 여성이다. 그것도 외적으로는 아직 소녀에 불과한 여성이다 보니 영빈은 말하기가 부끄러웠던 모양이다.

―그냥 편하게 말해. 네가 지금 자존심 내세울 때는 아닌 것 같은데.

'휴우……. 그래……. 하긴, 자존심이 목숨보다 중요하지는 않겠지.'

영빈은 이렇게 대꾸하다 지금 자신의 마음이 참 간사하다는 사실을 문득 깨달았다. 회귀하기 얼마 전만 해도 죽으려고 결심했던 사람 아니던가. 그러던 그가 겨우 고딩의 주먹이 무서워서 벌벌 떠는 꼴이 너무나도 우스웠다.

'뭐, 때에 따라 죽음이 별것 아닐 때도 있겠지만……. 어쨌

든 한 가지만 물어볼게. 아까 등교 때 정령의 힘으로 날 도왔
잖아. 혹시 정령 힘이나 싸움 실력을 늘려주는 정령의 능력
같은 건 없어? 아니, 꼭 나한테 그런 걸 써달라는 건 아니지
만… 에, 그러니까…….'

　─없다.

　영빈이 우물쭈물하며 말을 완전히 다 끝내지도 않았는데
세레나는 그야말로 명쾌하게 대꾸했다. 그래서인지 그의 실
망감은 더욱 컸다.

　'없… 지……? 당연히 없겠지……. 휴우…….'

　영빈의 어깨가 점점 처지는 것이 안타까웠을까? 세레나는
다시 말을 했다.

　─하지만 그게 아니어도 방법이 있긴 한데 말이야.

　'그, 그래? 그게 뭔데?'

　물에 빠진 사람이 지푸라기를 잡는 심정으로 영빈이 얼른
물었다.

　─무엇보다 말이야. 하늘에 물의 정령들이 모여드는 걸로
봐선 조만간 비가 내릴 거야. 그러면 저런 녀석쯤 하나 죽이
는 건 간단하지.

　"뭐라고! 죽인다고?"

　"누가 헛소리야!"

　세레나의 말에 어찌나 놀랐던지 영빈은 자신도 모르게 큰
소리를 지르고 말았다. 문제는 지금 모두 조용히 수업을 하고

있다는 점이다. 거기에 대놓고 죽인다는 말을 했으니 학생들은 물론 선생님까지 얼마나 황당했겠는가.

그런데다가 재수없게도 이번 시간은 수학이었다, 바로 아침에 그와 조우했던 학주 김도근의 담당인.

"죄, 죄송합니다. 어제 읽었던 소설을 잠깐 떠올리다가 무심결에 실언을 했습니다."

"오호~ 동작 그만! 이게 누구야? 칠뜨기 영빈이로구나. 내 아침에 네가 헛소리를 할 때부터 알아봤다. 아주 잘 걸렸군. 야, 민영빈 나와서 방금 설명한 걸 가지고 이 문제나 풀어봐라. 수업을 방해할 만큼 잘 안다 이거지? 못 풀면 엉덩이 불날 각오하는 게 좋을 게야. 냉큼 나와라!"

"네……."

고3 시절 성적이 바닥권이던 그에게 수학은 그야말로 외계의 학문이라 할 만했다. 수학책을 펴들면 검은색은 글씨요, 흰색은 종이라는 것을 아는 게 전부이던 그에게는 처참한 상황이다.

하물며 칠판을 가득 메운 문제는 영빈에겐 희대의 천재나 풀 수 있는 접근불가의 영역이었었다.

'빌어먹을. 찌질이 이미지를 탈피하려고 했는데 시작부터 개망신당하겠네. 아휴~ 저 재수없는 학주 영감…….'

정신적인 나이가 아무리 서른아홉 살이래도 재수없는 것은 재수없는 것이다. 그는 식은땀까지 흘려가며 칠판 앞에 가서 섰지만 무엇을 어떻게 해야 할지 막막하기만 했다. 그런데…….

─괄호 치고 엑스 세제곱미터는… 어쩌구저쩌구……. 뭐해, 어서 부르는 대로 적지 않고?

'너, 너 적분도 할 줄 알아?'

─멍청하긴……. 그건 적분 문제가 아니라 역함수와 부분적분 문제야. 신의 섭리를 수행해야 하는 정령왕에게 수학쯤은 간단하지. 세상의 원리는 수학 이상이라고. 어쨌든 헛소리 그만하고…….

그야말로 구세주가 등장했다. 놀랍게도 세레나는 수학에도 천재적인 실력을 가지고 있었던 것이다. 영빈은 그녀의 말이 떨어지자마자 마치 신들린 듯이 이 어려운 문제를 푸는 과정을 적기 시작했다.

스스슥… 스슥…….

탁탁!

"다 풀었는데요?"

"뭐뭣! 네가 다 풀었다고? 그럴 리가……. 어디 보자."

영빈이 보나마나 풀지 못할 것이라 생각하고 양팔을 꼰 채 창밖만 바라보며 회심의 미소를 짓고 있던 학주가 부랴부랴 칠판 앞으로 다가왔다. 그는 이 칠뜨기 놈이 자신을 놀리는 것이라고 생각했던 것이다.

"이, 이럴 수가……. 저, 정답이다. 이게 웬일이야?"

칠뜨기를 혼내줄 결심에 문제 난이도를 아주 높은 것으로 내놓았던 터라 학주의 놀라움은 더욱 컸다.

"이제 들어가도 될까요, 선.생.님?"

"그, 그래 들어가라. 네가 겨울방학 동안 공부를 열심히 한 모양이구나."

영빈은 어깨를 으쓱거리며 자리로 돌아오다가 놀랍다는 표정을 짓고 있는 수아와 우연히 눈이 마주쳤다.

찡긋~

그러자 과거 같으면 엄두도 내지 못할 행동을 했다. 바로 윙크를 해준 것이다. 사실 그가 어릴 때는 칠뜨기 소리까지 듣긴 했지만 그의 외모가 그리 못난 것은 아니다. 그렇기에 서른아홉 살이 되던 무렵까지는 꽤 여러 번 연애를 한 경험이 있다 그런 그에게 열아홉 살 소녀의 마음을 훔치는 일은 그리 어려운 일이 아닐지도 모른다.

연애에 있어 경험만큼 중요한 키워드는 없기 때문이다.

그것을 증명이라도 하듯 그의 윙크를 본 수아의 얼굴이 순식간에 새빨개졌다. 아침에 그가 목숨까지 내걸고 나설 때 속으로 그를 다시 평가한 그녀였다. 그녀 역시 영빈이 칠뜨기라고 불리고 있다는 것은 알았지만 오늘 보았던 영빈은 절대 그렇지 않았다. 아니, 칠뜨기는커녕 무척이나 용기있는 남자였다.

그런 남자가 이제 보니 의외로 영리한 데다가 노력파였던 모양이다. 이런 면들이 얼음 공주로 불릴 만큼 남자들의 러브 콜을 무시하던 그녀의 마음을 조금씩 녹이고 있었다.

　―호호……. 그럼 좋은데? 하지만 잊지 마라. 아직은 동정 을 깨면 곤란하다.

　'어쨌든 정말 고맙다. 덕분에 위기를 모면했네. 하지만 지 금 그 말은 너무 오버하는 거다.'

　―거야 네 착한 마음 때문이지. 네가 아니었다면 나야말로 이미 소멸되었을 존재……. 내 평생 너를 위해 산다 해도 손 해는 아니니 부담은 갖지 말라고. 그리고 참 너무 걱정하지 마. 네가 제대로 정령사가 되어 진짜 힘을 갖게 되면 동정 따 윈 필요 없으니. 호호호…….

　죽음 앞에서 할머니를 돕겠다는 그 작은 선행이 이처럼 그 의 인생에 중요한 전환점을 만들어주고 있었다. 물론 그것은 그가 오늘 옥상 위에서 살아남았을 때나 가능한 이야기이기 도 했다.

　그가 수학 문제를 풀 때도, 또 수아와 은밀한 눈 맞춤을 할 때에도 병식의 살기 어린 눈빛은 내내 그의 뒤를 따르고 있었 던 것이다.

Chapter 03

이제부터 새로 시작이다

1

따르르릉~

점심시간을 알리는 종이 울리자 윤아는 평소처럼 어머니가 정성스럽게 싸주신 도시락을 꺼내 들었다. 비록 겨우 김치에 달걀 프라이가 전부였지만 그녀는 언제나 맛있게 먹곤 했다.

"헤에……. 오늘은 콩자반도 들어 있네. 고마워요, 엄마. 헤헤……."

영빈이 늘 반찬 투정하던 것과는 달리 그녀는 이런 작은 정성에도 감동할 줄 하는 착한 소녀였다.

그렇게 그녀가 맛있는 점심을 먹으려는 찰나, 갑자기 교실

문이 거칠게 열리며 누군가가 뛰어들어 왔다.

"윤아야! 윤아야, 큰일 났어!"

"응? 선희야, 네가 밥도 안 먹고 이 시간에 웬일이니? 무슨 일인데 이렇게 호들갑이지?"

"후아후아…… 글쎄…… 네 오빠가…….."

선희는 얼마나 뛰어온 것인지 헐떡거리며 이렇게 말을 꺼냈다. 그러자 윤아의 표정이 급격히 어두워졌다. 보나마나 좋지 않은 소식임을 감지한 것이다.

"우리 오빠? 오빠가 또 무슨 사고라도 쳤어? 아님 또 누구한테 맞은 거야?"

"휴우……. 아직 무슨 사고를 친 것은 아닌데 어쩌면 사고 친 것보다 더한 일인지도 몰라."

"답답하니 말을 빙빙 돌리지 말고 어서 이야기해 봐. 무슨 일인데?"

많이 궁금했는지 윤아가 헐떡거리고 있는 선희를 자신의 자리에 앉히며 이렇게 다시 물었다.

"너도 우리 학교 짱 알지?"

"학교 짱? 그야 당연히 알지. 독사라고 소문난 사람이잖아?"

"하긴, 그 인간 모르면 우리 학교 학생이 아니겠지. 암튼! 오늘 너희 오빠가 그 인간에게 도전장을 던졌대, 글쎄."

"뭐라고? 그, 그게 무슨 소리야? 그 짱이라는 사람은 독사

보다도 더 무섭고 잔인하다며. 그런 사람에게 우리 오빠가 도전한다는 게 말이 돼? 에이, 네가 뭔가 잘못 들은 거 아냐? 너도 알다시피 우리 오빠는 그럴 배짱이 없다고."

얻어터질 것을 알면서도 툭하면 싸움을 하는 오빠긴 하지만 영빈은 절대 자신보다 강한 사람에게 시비를 걸지 않는다. 윤아는 영빈의 그런 얍삽함을 누구보다 잘 아는 터였다. 자신보다 더 어린 현아가 오빠를 무시하는 것 역시 그의 그런 야비함에서 비롯되었다 해도 과언이 아니었다.

그런 오빠가 학교 짱에게 도전장을 던졌다는 말은 비루먹은 강아지가 호랑이에게 덤볐다는 말보다도 믿기 힘든 이야기였다.

"이 바보야! 벌써 학교 내에 소문이 쫙악 퍼졌어! 얼른 가서 말려라. 너희 오빠마저 죽으면 너희 집 대가 끊기잖아. 어서 가보라니까!"

"그, 그래, 알았어. 일단 가보기는 할게. 당연히 아니겠지만……."

워낙 선희가 강력하게 이야기하자 결국 윤아도 슬슬 걱정이 되기 시작했다. 다들 별로 좋아하지 않는 영빈이었지만 윤아만큼은 그가 얼마나 착하고 자상한 오빠인지 잘 알고 있었다.

그녀가 일곱 살 때, 그녀는 영빈과 함께 엄마 심부름으로 신림동에서 봉천동까지 걸어간 적이 있었다.

지금이야 별로 먼 거리가 아니지만 그 당시에는 어린아이 걸음으로 걷기 꽤 버거운 거리였다.

아무튼 그때 무사히 심부름을 마치고 돌아오다가 그녀가 실수로 넘어지고 말았다. 날은 저물어가고 버스 탈 돈은 없고, 그야말로 진퇴양난인지라 울음을 터뜨리고 말았는데…….그때 영빈이 그녀에게 손을 내밀며 한마디 했다.

"오빠가 있는데 울긴 왜 울어? 이리 업혀."

"오빠, 힘없잖아."

"얌마! 오빠가 아무리 힘이 없다고 너 하나 못 업을까 봐? 어서 업히기나 해."

그때 영빈도 겨우 아홉 살 꼬마였다. 어릴 때는 둘이 키도 비슷하고 몸무게도 비슷해서 그가 업고 걷기가 그리 만만한 상황은 아니었다. 하지만 그럼에도 오빠는 그녀를 업은 채 무려 한 시간이 넘게 걷고 또 걸었다.

그녀는 지금도 당시 오빠의 꽉 다문 입술만 떠올리면 괜스레 가슴이 포근해졌다. 그 어린 오빠가 동생을 챙기느라 얼마나 힘이 들었을까? 어쨌든 그 일이 있은 후 영빈도 많이 달라졌지만 그 어떤 모습으로 변해도 윤아는 오빠가 마냥 좋았다.

그런데 지금 그 오빠가 무시무시한 짱에게 도전을 했다니…….이게 만일 사실이라면 무슨 수를 써서라도 막아야 했다.

"2반이 되었다고 했지. 가만…….아, 여기구나."

윤아가 있는 1학년 교실에서 3학년 교실은 꽤 멀다. 하지만 워낙 서둘러 달려왔기 때문에 아직 시간 여유는 충분했다.

드르륵…….

"어라? 넌 누구냐? 꽤 귀엽게 생긴 아이네."

"우리 학교에 이런 이쁜이도 있었나? 휘유~"

"안녕하세요. 저는 민윤아라고 합니다. 오빠를 만나러 왔는데요……."

윤아가 3학년 2반 교실 문을 열고 들어서자 여기저기에서 난리가 났다. 그녀의 깜찍한 외모 때문이었다. 커다란 눈에 속눈썹까지 긴 윤아는 비록 키는 작았지만 무척이나 귀여웠다. 그렇기에 누구라도 한번 보면 그녀의 귀여움에 빠져들었다.

"윤아야! 여긴 웬일이야?"

"오빠! 엄마가 오빠한테 전해주라는 말이 있어서 왔어. 우리 잠깐 나가자."

"그러자. 그렇지 않아도 소화가 안 돼 운동장으로 나가려던 참이다."

다행히 교실 안에 병식이 없었다. 하긴 그는 점심시간이면 자신의 패거리들과 어울려 담배를 피거나 술을 마시기 때문에 자리에 없는 게 당연했다.

어쨌든 그런 틈을 타서 영빈과 윤아는 무사히 밖으로 나와 화단이 있는 쪽으로 걸어갔다.

"그게 정말이야?"

"응? 뭐가?"

"학교 짱에게 도전장을 냈다고 소문이 났던데…… 아니지?"

"그게 벌써 소문이 났어? 정말 빠르네."

멈칫.

갑자기 윤아가 걸음을 멈추었다. 영빈의 대수롭지 않은 듯하는 말에 놀란 모양이다.

"오빠 미쳤어? 그 사람에 대해 아무것도 모르는 것 아니야? 사람을 죽였을지도 모른다는 이야기까지 떠돌 정도야. 그런 인간에게 왜 도전을 했는데? 응? 어서 말해봐. 뭐 때문이야?"

"휴우… 그게 사실은……."

평상시와 달리 윤아가 흥분해서 묻자 영빈은 있었던 사실을 그대로 실토할 수밖에 없었다. 이미 다 알려진 마당에 거짓말을 할 수도 노릇이었다.

"…그러니까 그 언니를 때리려고 해서 오빠가 도전을 하게 된 거란 말이야?"

"그래. 너도 알잖아. 우리 아버지께서 살아 계실 때 늘 하시던 말씀을……."

"알지, 아빠는 오빠에게 늘 그러셨지. 세상에서 제일 못난 놈이 여자를 때리는 놈이라고. 그러시면서 작은 오빠의 손을 잡고 농담처럼 여자를 때리는 놈이 있으면 그놈을 혼내주라고 하셨잖아. 나도 생생히 기억해."

그랬다. 그가 아까 그 상황에서 불쑥 그 무서운 병식에게 도전장을 던진 것은 이미 어릴 때부터 그의 뇌리 깊은 곳에 주입되어 있던 아버지의 말씀 때문이었다. 이것은 오로지 그와 윤아만 알고 있는 사실이었다.

"그러니 이 오빠를 이해해 줘. 그리고 한 가지, 너는 잘 모르겠지만 사실 말이야, 그동안 아무도 모르게 운동을 해봤거든. 고3부터는 지금까지와는 다르게 살고 싶었어. 그러니 너무 걱정하지 마. 설마 맞아 죽기야 하겠니?"

"오빠……."

"응?"

영빈이 나름의 설득력으로 이야기했음에도 윤아는 고개를 푹 숙인 채 조용히 그를 불렀다.

"그냥 한 번만 눈 딱 감고 빌어라. 오빠가 잘못한 거 없는 건 알아. 그치만 이건 너무 무모해. 오빠가 몰래 운동했다고 갑자기 슈퍼맨이나 배트맨이 되는 것은 아니잖아. 게다가 그 사람, 유도 4단인 사람도 단숨에 박살 냈다더라. 오빠는 알다시피 우리 집에서 기둥이야. 그런데 만약 다치기라도 해봐. 엄마가 얼마나 충격을 받으시겠어? 그러니 어서 가서 그 사람에게 빌자. 제발 부탁이야."

"윤아야."

"응……."

“이 오빠를 똑바로 쳐다 봐.”

“…….”

“처음으로 너에게 오빠가 부탁할게. 그냥 이번은 오빠를 믿어다오. 절대로 너와 엄마를 실망시키지 않을게.”

잠시 동안 침묵이 지속되었다. 윤아는 지금까지 살면서 영빈이 이처럼 강하게 자신의 주장을 내세운 것을 본 적이 없었다. 그렇기에 뭐라고 말을 할 수가 없었던 것이다.

“정말… 괜찮겠어?”

“응, 너는 아직 모르겠지만 오빠는 오늘부로 정말 달라질 거야. 어쩌면 오늘 일은 그런 결심을 세상에 알리는 신호탄이 될 지도 몰라. 병식이랑 싸워서 꼭 이기겠다는 건 아니야. 단지, 내 뜻을 스스로 확인하고 싶은 거야. 무슨 말인지 알겠지?”

윤아가 보기에 확실히 오빠는 평소와는 달랐다. 그의 말에는 뭔가 강한 설득력이 들어 있었다. 우유부단하고 바보 같기만 하던 오빠가 갑자기 똑똑해진 느낌이었다. 그래서인지 윤아는 문득 오빠가 믿고 싶어졌다.

“절대 다치면 안 돼. 만에 하나 다칠 것 같으면 그때는 엎드려서 빌어. 그럼 믿을게. 약속할 수 있어?”

“당연하지. 나도 엄마에게 걱정 끼쳐 드리기 싫어. 그런 일이 생기느니 차라리 바보가 되는 게 낫지.”

“알았어, 그럼 나도 이따 응원 갈 거야. 그래야 확인할 수 있잖아. 설마 구경하는데 해코지를 하지는 않겠지?”

“그러자. 그럼 이따 방과 후에 옥상에서 보기로.”

결국 두 사람은 이렇게 타협을 보았다. 어찌 보면 윤아를 잘 설득한 것 같아 그나마 다행이었지만 이제 일은 걷잡을 수 없이 커지고 있었다.

2

종례가 끝나고 선생님이 나가자마자 병식은 영빈이 있는 쪽으로 다가왔다.

“어이, 시체. 어서 올라가야지. 튈 생각은 아예 안하는 게 좋아. 듣자 하니 아까 점심시간에 네놈 여동생이 왔었다며? 고것이 그렇게 귀엽다며? 설마 그 귀여운 여동생을 다치게 할 만큼 비겁한 오빠는 아니지?”

“누가 양아치 아니라고 할까 봐 말도 재수없게 하는군.”

벌떡! 성큼성큼……

병식이 윤아를 들먹이며 행여 영빈이 도망치지 못하도록 협박하자 영빈은 정말로 화가 났다. 그렇기에 그 자리에서 벌떡 일어나 먼저 앞장을 섰다. 그러나 그러면서 영빈이 내뱉은 말은 참기 힘든 모욕이었다.

“저, 저 개새끼가……! 옥상이고 나발이고 아주 여기서 죽여주마!”

병식은 돌아선 그의 뒤통수를 향해 그 무식한 주먹을 날렸다.

"영빈아, 위험해!"

그때 그 모습을 보고 누군가가 큰 목소리로 주의를 주었다. 바로 학창시절 유일하게 그의 편을 들어주던 친구 윤현이었다. 윤현은 2학년 때까지는 같은 반이었다가 고3이 되면서 다른 반으로 갔지만 소문을 듣고 걱정이 되서 영빈을 찾아왔다가 이 광경을 목격하고는 냅다 소리를 지른 것이었다.

툭.

하지만 이번에도 세레나가 교묘하게 끼어들어 영빈의 발을 슬쩍 걸었다. 그 때문에 그는 마치 뭔가에 걸려 넘어질 듯 몸을 휘청거렸으며 동시에 병식의 주먹을 자연스럽게 피해버렸다.

이런 일은 누가 봐도 우연의 일치로 여겨질 만했기에 병식은 고개를 절레절레 흔들며 자신이 앞서 성큼성큼 옥상으로 향했다. 또다시 소리를 지르며 덤비기에는 뻘쭘했던 모양이다.

"영빈아, 괜찮냐?"

"왔구나, 짜식."

"너 정말 미친 거 아냐? 갑자기 왜 병식한테 도전을 했냐? 살기가 싫어진 거야? 집에 무슨 문제 있어?"

아까는 동생 윤아가 난리더니 이번에는 친구 윤현이 이 모양이다. 영빈은 구구절절이 설명하기도 귀찮아 한마디로 그의 입을 다물게 만들었다.

"응……. 나 미친 거 맞아. 이제부터는 미친놈으로 살아 보려고. 왜? 불만있냐?"

"이… 이 새끼는 친구가 걱정해주는데……."

"아무튼 이미 벌어진 일이니 시시껄렁한 이야기는 집어치우고 올라가기나 하자. 시작도 하기 전에 늦어서 비겁해 보이기는 싫어. 자세한 이야기는 나중에 해줄 테니까."

영빈이 이렇게 말하고 병식이 뒤를 빠르게 쫓아가자 윤현은 어쩔 수 없다는 듯 고개를 흔들며 그 뒤를 따랐다.

그리고 그런 그의 뒤를 이어서 오물을 던졌던 김기훈는 물론, 윤수아를 비롯한 그밖의 친구들이 하나둘씩 옥상으로 올라가기 시작했는데 시간이 가면 갈수록 그 숫자가 많아지고 있었다.

"칠뜨기가 몇 대나 맞고 항복할까?"

"병식이의 그 주먹이면 한 대만 맞아도 바로 깨갱할 걸? 킬킬……."

"에이 설마 그래도 사내새끼인데 겨우 한 대 맞고 그러겠어? 최소한 두 대는 버티겠지."

"우리 내기할까?"

"나는 세 대까지로 할게. 예전에 칠뜨기랑 싸운 적이 있는데 그놈이 맷집 하난 쓸 만해."

누구는 도살장에 끌려가는 소의 심정인데 이 녀석들은 지금 올라가면서 이따위 내기나 하고 있었다. 그런데 우스운 것은 그 누구도 영빈이 이길 것이라고는 전혀 생각지 않고 있었다. 그들의 관심사는 과연 그가 몇 대나 버틸 것이냐 하는 것일 뿐.

'세, 세레나?

─왜 불러?

'나 지금 떨, 떨고 있는 거 아냐. 그냥 아직 날씨가 추워서 잠시 그래 보이는 거야.'

─누가 뭐래? 날 찾은 게 겨우 그 이야기를 하기 위해서야?

세레나가 도와준다고 했지만 막상 운명의 시간이 시시각각 다가오자 영빈은 오금이 저릴 수밖에 없었다. 그 역시 병식에 대한 수많은 이야기를 들어왔기에 그가 얼마나 무서운 인간인지 뼈저리게 알고 있었다. 그나마 옥상으로 올라갈 수 있는 것도 그가 예전과는 완전히 달라졌기에 가능한 일이었다.

'그건 아니고 확실히 도와줄 수 있는 거지? 이제 곧 싸움이 시작될 텐데……. 비는 올 것 같아?

─걱정하지 마. 이제 곧 비가 내릴 테니까. 단지 이 세계는 너무 오염되어서 현재 내 힘으로는 비를 빨리 내리도록 이끌기 힘들어.

"그 이야기를 이제 하면 어떻게 해!"

　어찌나 황당했는지 영빈은 자신도 모르게 큰소리로 떠들고 말았다. 그러자 어느새 그의 뒤로 바짝 따라오던 윤현이 놀라 이렇게 물어보았다.

　"영빈아, 갑자기 누구한테 하는 말이야?"

　"아, 아무 말도 아니야. 그냥 혼자 소리 지른 거니 신경 쓰지 마."

　"그래? 너도 지금 잔뜩 긴장했구나. 기왕 싸울 거면 아랫배에 힘주고 침착해. 휴우… 하긴, 누구라도 너 같은 입장이면 겁날 만도 하지……. 그렇지만 설마 죽여다가 암매장이야 하겠어? …하려나?'

　이건 도무지 위로인지 아니면 겁을 주는 건지 알 수가 없었지만 영빈은 지금 윤현이의 말이 중요한 것이 아닌지라 얼른 입을 다물고 다시 세레나를 찾았다.

　'비가 내리기까지 시간이 얼마나 남은 것 같은데?'

　─한 1, 20분 정도?

　'끄응……. 난 오늘 죽었군. 말이 20분이지, 버틸 수 있을 거 같아?'

　원래 전교 짱이 되려면 수많은 싸움을 치루는 법이다. 그 과정을 이겨내고 결국 일인자가 되려면 상대를 때리는 기술도 최고가 되어야 한다. 때리는 기술이 좋아지려면 기본적으로 순간 타격의 힘이 강해야 한다. 특히, 병식은 원 펀치가 전교 제일로 이미 정평이 나 있는 인간이었다.

단 한 방으로도 수많은 경쟁자들을 눕혔기 때문이다.

그런 무지막지한 주먹을 20분 동안 맞는다? 상상만 해도 소름이 쭉 끼치는 일이 아닐 수 없었다.

영빈은 이런 생각을 하게 되자 온몸에 오한이 들었다. 하지만 이제 와서 상황을 되돌리기에는 늦어도 너무 늦어 버렸다.

—오늘 일을 계기로 너도 변할 생각을 해봐. 세상이 아무리 달라져도 큰일을 하려면 육체도 건강해야 하는 법이야. 이렇게 비실비실해서야 되겠어? 육체를 단련하는 일은 내가 도와줄게. 알겠지?

'다 좋은 이야기지만 그것도 내가 오늘 살아남아야 가능한 일 아니겠어? 우선 살고 보자, 살고.'

—위험한 고비 때는 내가 피할 수 있게 도와줄게. 그러면 충분히 버틸 수 있어.

영빈은 너무 불안해서 더 이야기하고 싶었지만 어느덧 그는 옥상 위로 도착했고 그의 앞에는 이미 어깨가 딱 벌어진 병식이 아직 쌀쌀한 날씨임에도 불구하고 웃통을 벗어젖힌 채 그를 노려보고 있었다. 그것도 마치 지옥에서 튀어나온 악마인 양 더러운 썩소를 보이며.

그런데다가 그와 병식의 주위로는 어느새 수많은 학생들이 빙 둘러서서 인의 장막을 쳐 버렸다.

이제 그 어디로도 영빈이 도망갈 길은 아예 없었다.

3

　3월이었지만 옥상은 불어오는 바람이 무척이나 차고 슬슬 비가 내리려는지 하늘은 잔뜩 우중충해져 있었다. 확실히 세레나의 말처럼 비가 내릴 듯했다.

　그러나 지금 이 자리에 모여 있는 그 누구도 그런 추위 따위와 날씨는 아무 관심이 없었다. 그만큼 팽팽한 긴장감이 감돌았던 것이다.

　"어이, 칠뜨기. 마지막으로 하고 싶은 말이 있으면 해봐라. 이제 곧 죽을 놈이니 마지막으로 유언 정도는 들어주겠다."

　병식이 이렇게 말하자 잠시 여기저기서 수군거리기 시작했다.

　"거봐, 오늘 살인 사건 날 거라니까."

　"에이……. 죽인다고 한다고 진짜 죽이는 게 말이 돼?"

　"병식이라면 그러고도 남는다니까! 내가 장담하는데 최소한 사망 아니면 중상이야."

　비록 작은 목소리들이었지만 영빈에게는 그야말로 소름이 쫘악 끼치는 이야기가 대부분이었다. 그래서인지 그는 말을 하기보다는 가만히 주위를 한번 둘러보았다. 그러자 여기저기에 꽤나 익숙한 얼굴들이 보였는데 그 가운데 자신의 여동생 윤아도 있었다.

언제나 환하게 웃는 얼굴을 하는 그녀였지만 지금 이 순간
에는 바짝 겁먹은 표정으로 두 눈을 꼭 감은 채 기도하고 있
는 것 같았다.

영빈은 당장 달려가서 전혀 걱정할 것 없다고 한마디 해주
고 싶었지만 꾹 참으며 시선을 다시 돌렸다. 그러자 이번에는
그가 늘 먼발치에서만 보고 그 아름다움에 감탄을 했던 수아
의 고운 자태가 들어왔다.

그녀는 지금 그 늘씬한 몸매를 쭉 편 채 영빈을 똑바로 바
라보고 있었다.

'휴우……. 비록 그녀 때문에 이런 위기를 자초했지만 이
렇게 보니 나쁘지 않은 선택이었던 거 같아. 좋아! 까짓것 끝
까지 해보지, 뭐!'

자신을 바라보고 있는 수아의 눈빛에서 그에 대한 고마움
과 안타까움이 들어 있음을 감지한 영빈은 갑자기 없던 용기
가 생겼다. 조만간 비만 내리면 자신에게 유리한 상황이 벌어
질 것이라 믿었다.

결심을 굳힌 영빈은 재차 하늘을 바라보았다. 비가 내리려
면 여전히 꽤 시간이 필요하지 않을까 불안해지는 그였다.

'세레나, 세레나, 거기 있지?'

─응, 또 뭔데?

'저놈이 가장 독한 주먹을 날릴 때만큼은 꼭 도와줘야 해.
그것만 피하면 버틸 수 있을 거 같아.'

―그냥 날 믿어. 절대 네가 쓰러지는 경우는 만들지 않을 테니……. 오늘 날씨는 바람도 많이 불어서 네가 여러 가지로 유리하다고.

바람 소리가 나오자 영빈은 갑자기 용기가 치솟았다. 오늘 아침에도 바람의 정령 덕을 봤기에 그런 모양이었다.

'어디 그럼 세레나를 믿고 싸워 볼까?'

―그렇지만 일단 조심해. 저 인간은 지금 지독한 살기를 품 있어. 아무래도 진짜 널 죽이고 싶은가 봐.

'그, 그런 말은 안 해도 충분히 알아.'

영빈이 세레나와 여기까지 이야기하고 있을 때 또다시 병식의 섬뜩한 목소리가 들려왔다.

"뭐야? 할 말이 없냐? 그렇다면 그냥 죽자!"

다다다다…….

아니, 목소리가 들리는가 싶더니만 그의 육중한 몸이 그대로 달려오기 시작했다. 영빈이 그것을 발견하고 어어 하는 순간, 갑자기 하늘에 별이 번쩍하더니 그대로 정신이 아득해지고 말았다.

털썩.

"……"

"…저, 저건……."

얼마나 순식간에 일어난 일인지 다들 멍청해지고 말았다. 병식이 소리를 지르고 달리는 것까지는 제대로 보았지만 그

가 그 무식한 주먹으로 영빈의 머리통을 때리는 장면은 그만
큼 빨리 지나갔다.

　그들이 볼 때는 병식이 주먹을 치켜드는 것과 동시에 영빈
이 바닥에 쓰러진 것으로만 보였던 것이다.

　"뭐가 이렇게 시시해? 하긴 칠뜨기 놈이 우리 캡틴의 주먹
을 맞고 멀쩡하다면 그게 더 말이 안 되긴 하지……. 킬
킬……."

　"오빠~!"

　"영빈아~!"

　복싱 동아리 녀석들이 신났다는 듯 비아냥거리자 그제야
퍼뜩 정신이 든 윤아와 친구 윤현이 소리를 지르며 영빈에게
달려갔다. 대결은 이렇게 어처구니없이 끝나는 듯했다. 어쨌
든 당사자인 영빈이 그 한 방으로 졸도를 해버렸으니 세레나
의 힘을 빌리고 말고가 이미 소용이 없었다.

　―휴우……. 정말 한심한 인간이네. 어떻게 그거 하나 못
피하냐? 그나저나 정신 줄을 놔 버렸으니 이를 어쩐담?

　세레나는 고민에 빠졌다. 기절해 있는 영빈을 깨우자니 자
신의 모습을 드러내야 했고 그렇다고 그냥 두자니 영빈의 자
존심이 걱정되었다. 그런데다가 이 무지막지한 병식은 이걸
로도 성이 차질 않았는지 콧바람을 씩씩거리며 소리를 질러
댔다.

　"야, 이 새끼야! 당장 일어나! 사내새끼가 겨우 한 방에 뻗

어버리면 어떻게 하냐? 당장 일어나지 않으면 아예 들어서 옥상 아래로 집어 던질 테다!"

병식이 거의 광기에 가깝게 소리를 지르며 옥상 위를 왔다 갔다 하자 그가 다가갈 때마다 학생들은 우르르 비켜섰다. 두려웠기 때문이다. 그런데 그런 그에게 감히 이렇게 따지는 사람이 있었다.

"최병식! 너 너무한 거 아니야? 친구를 저 지경으로 만들어 놓고 미안하지도 않냐?"

바로 수아였다. 그녀만큼은 병식이가 두렵지 않은지 또다시 옳은 말을 했던 것이다.

"수, 수아야. 참아. 아침에도 그러더니 왜 자꾸 나서?"

보다 못한 수아의 친구 소연이 그녀의 팔을 잡아끌며 이렇게 말렸지만 아무 소용이 없었다. 그녀는 이제 아예 영빈이 쓰러져 있는 곳까지 다가가더니 그를 막아섰다. 병식이 영빈에게 더 이상 해코지를 하지 못하게 하겠다는 의지로 보였다.

"고마워요, 언니……."

"고맙기는. 너희 오빠는 나 때문에 이 지경이 되었는걸. 오히려 내가 미안하지."

윤아는 첫눈에 수아라는 이 유명한 퀸카가 마음에 들었다. 같은 여자가 보기에도 반해 버릴 만큼 아름다운 여신급 외모에 이처럼 의리까지 있으니 반하지 않을 수 없었다.

하지만 가냘픈 두 여학생과 한주먹거리도 되지 않을 것 같은 허약한 윤현이 막기에는 병식은 강해도 너무 강했다.

"이 연놈들 몽땅 다 골로 가고 싶나? 당장 비키지 못해! 지금부터 셋을 셀 때까지 비키지 않으면 모조리 뒈진다! 하나~"

이제 국면이 아까와는 달라졌다. 아까는 영빈과 병식의 대결 구도였지만 지금은 그의 무지막지한 주먹 앞에 놓인 가련한 세 명의 목숨이 걱정되는 상황이 되어 버렸다.

"오빠……. 정신 차려 봐. 응? 나 윤아야. 어서 정신 차려 보라니까. 오빠!"

그 와중에도 윤아는 눈물을 글썽이며 계속해서 영빈을 흔들었다. 그가 이대로 깨어나지 못하면 어쩌나 싶어 너무나도 걱정이 되었다.

"두울~!"

"그래 어디 쳐 봐라, 이 무식한 인간아. 연약한 여자들을 때리고 퍽이나 자랑스럽겠다."

병식이 둘을 외치며 그 큰 주먹을 치켜든 채 다가오자 수아가 양팔을 벌려 윤아와 영빈이를 막아주며 날카로운 목소리로 이렇게 외쳤다. 주변에 있는 이들은 조마조마하고 안타까운 시선으로 바라볼 뿐이었다.

"연약이고 나발이고 난 한다면 하는 놈이다! 세엣!"

부웅~

셋이라는 소리가 끝남과 동시에 병식의 몸이 허공으로 떠올랐다. 그런데 바로 그때, 기적 같은 일이 일어났다.

벌떡!

"미친 새끼! 아주 뵈는 게 없는 모양이구나! 간다!"

슈욱… 뻐억!

"크악!"

쿠웅!

내내 정신을 잃고 누워 있던 영빈이 갑자기 벌떡 일어나 수아를 향해 달려들던 병식의 면상을 냅다 갈긴 것이다. 이게 대체 어떻게 된 일일까?

4

병식이 기습으로 날린 주먹은 하필 재수없게 영빈의 관자놀이를 정확히 때렸다. 이곳은 태양혈이라고도 하는 부위로 매우 중요한 급소이다. 그곳을 정통으로 맞았으니 어찌 멀쩡했겠는가. 자칫했으면 정말로 목숨이 위험할 정도였다.

어쨌든 그곳을 맞고 정신 줄을 놓은 영빈은 어둠 저편에서 자꾸만 자신을 부르는 소리를 들었다. 그것은 바로 동생 윤아의 슬픈 목소리였다.

그는 약간씩 정신을 차리고 있었다. 그러다 결정적일 때 수아가 병식에게 따지는 소리를 듣고 온전히 정신을 차릴 수 있었지만 도저히 눈을 뜨거나 몸을 움직일 수 없었다.

'끄응……. 세레나… 세레나…….'

ㅡ그래, 나 여기 있다, 이 화상아. 어째서 네 둘째 동생이 그렇게 불렀는지 이제야 알겠네. 정신이 들어?

'으응……. 그런데 골이 너무 아파.'

ㅡ잠시만 누워 있어. 이제 네가 그토록 바라던 좋은 소식이 있으니까.

세레나의 말에 영빈은 잠시 의아했다. 아직 머릿속이 명한지라 이해를 하지 못하는 것이었다.

바로 그때 차가운 빗방울이 얼굴로 몇 방울 떨어지기 시작했다.

ㅡ자, 이제 반격해야지, 영빈아? 물의 기운은 왕의 명을 받들어 치유의 손길을 뻗을지니, 마캄포네 벨리움 카우레 힐링.

샤라라라…….

세레나가 정령의 힘을 끌어들이자 은은한 빛무리가 잠깐 사이 영빈의 몸을 휘감았다 사라졌다. 그렇기에 그와 가장 가까이 있는 윤아조차 전혀 눈치를 채지 못했다. 울고 있는 상황에서 그런 희미한 빛을 발견하기란 거의 불가능한 것이다.

'와……. 신기할 정도로 몸이 가뿐해. 헛, 이런, 저 괴물이 달려온다. 일어나야 해. 세레나, 나에게 힘을!'

ㅡ오케이~ 비쥐스토 카얌…… 가르에쉬 마하라……!

쉬리링~

세레나가 주문을 외움에 따라 영빈은 신기한 일을 경험했다. 조금씩 떨어지고 있는 빗줄기가 몸에 닿을 때마다 힘이 배가 되는 느낌을 받았던 것이다. 그것은 곧 엄청난 투지로 불타올랐다.

그런데 하필 그럴 때 재수없는 병식이 수아를 공격하기 위해 허공으로 떠올랐다.

벌떡!

"미친 새끼! 아주 뵈는 게 없는 모양이구나! 간다!"

—절대 모든 힘을 다 쓰면 안 돼! 그럼 그는 죽어!

이후의 전개는 간단했다. 영빈이 넘치는 힘을 이용해 자리에서 재빨리 일어나 곧장 병식의 면상을 가격했다. 그런데 그 찰나의 순간, 세레나가 강력하게 외쳤고 그 소리를 듣자마자 영빈은 힘의 대부분을 간신히 뺄 수 있었다. 놀라운 반사 신경이었다. 하지만 그럼에도 불구하고 병식인 그대로 날아가 옥상 벽에 부딪치며 쓰러지고 말았다. 이에 영빈은 스스로의 위력에 놀라 잠시 자기 주먹을 바라보았다.

'휴우……. 세레나의 말을 믿지 못해 만에 하나 힘을 더 줬으면 머리통이 박살 났겠네.'

영빈은 이런 생각을 하며 천천히 병식에게 다가갔다. 그러자 그 주변에 있던 학생들은 마치 귀신을 본 것처럼 얼른 길을 비켜주었다.

"으으……. 이 개새끼가 감히……. 끙차……."

과연 병식의 맷집 하나는 끝내줬다. 그는 제대로 얻어맞아서기도 힘든 상황일 텐데 쓰러지지 않고 정신을 차리려 하고 있었다. 하지만 그는 곧 후회했다. 차라리 쓰러져서 일어나지 못하는 상태였다면 나을 뻔했다는 생각을 했다. 이후 영빈의 보복이 살벌했기 때문이다.

"전에 읽은 책에서였나? 누군가가 그러더군. 적을 밟을 때는 두 번 다시 고개를 치켜들 수 없을 만큼 밟아야 한다고. 바로 이렇게……."

퍼억! 퍼퍼퍼퍼퍽!

온몸에 물의 정령력이 가득 차 있는 영빈인지라 그의 주먹은 거의 보이지도 않을 만큼 빠른 속도로 병식을 가격하기 시작했다. 자칫 체내에 흐르기 시작한 힘을 모두 사용하게 되면 정말로 병식이 죽을지도 모른다는 생각에 영빈은 적당히 힘 조절을 해가며 주먹질을 했다.

"끄아악! 그만! 제발 그만해……. 내가 잘못했… 크억!"

"너는 누군가가 지금 너처럼 그렇게 빌었을 때 봐준 적이 있었나? 아마 없었겠지. 그러니 수아처럼 아름답고 연약한 여자도 막무가내로 때리려 했겠지. 똑똑히 들어. 만일 또다시 내 동생이나 수아, 아니, 내 친구 누구라도 건들게 되면… 그때는 정말로 죽.는.다. 알겠나?"

"끄으윽……. 아, 아게… 따(알겠다.)……."

영빈의 말에 병식은 있는 힘을 다해 겨우 대답했다. 그는 지금 실제로 죽음의 공포를 맛보고 있었다. 오죽하면 그의 다리 아래로 노란 액체가 다 흘러 나왔겠는가.

만에 하나 대답을 못하면 진짜로 죽을 듯했기에 사력을 다해 대꾸한 것이다. 이 자리에 있던 모든 학생들은 이 점을 똑똑히 느끼고 있었다. 그만큼 지금 영빈의 몸에서 뿜어져 나오는 기세와 병식에 대한 응징은 움츠러들 수밖에 없을 만큼 강렬한 것이었다.

─영빈아, 물의 기운을 오래 쓸 수 없어. 비의 오염이 심해서… 기운이 빠져나가려 해. 오늘은 여기까지 하자.

'훗, 이미 끝났어.'

세레나가 자신의 기운이 약해지려는 걸 느끼고 영빈을 만류했다. 이에 영빈은 세레나가 오염된 물에선 힘을 쓰기 힘들던 사실을 떠올리곤 움직임을 멈추었다. 하지만 충분히 자신이 원하는 것을 얻은 이후였다.

이제 이곳에 있는 누구도 자신에게 덤벼들 생각을 하지 못할 것임을 직감한 것이다. 이는 병식 또한 마찬가지였다.

게다가 자신의 속은 열아홉 살의 순진한 소년이 아닌 기회를 이용할 줄 아는 서른아홉 살이나 먹은 닳고 닳은 능구렁이였다.

병식을 쓰러뜨린 그 순간 그는 이참에 아예 일벌백계를 이룰 생각을 했다. 한 놈을 잔인할 정도로 작살내서 그 누구도 자신에게 덤비지 못할 상황을 만들려고 했던 것이다. 그리고 그의 그런 작전은 이백 퍼센트 이상으로 맞아 떨어지고 있었다.

스윽…….

"또 불만있는 놈 있냐?"

결국 병식이 맞다가 정신 줄을 놓아 버리자 영빈은 주위를 천천히 둘러보며 입을 열었다.

"절대로 없습니다!"

"좋아……. 나는 병식이완 달라. 아무 잘못도 없는 친구를 괴롭힐 일은 따윈 없어. 하지만 누구라도 내 신경을 거슬리게 한다면… 아주 주옥되는 거야. 알겠어?"

"네!"

학생들은 얼마나 놀랐는지 누가 시킨 것도 아닌데 존댓말을 썼다. 그만큼 이 순간 영빈이 뿜어내는 카리스마는 절대적이었다.

"오, 오빠……. 정말 영빈 오빠 맞지?"

"훗……. 당연하지, 사랑스런 우리 동생아."

와락~!

"오빠! 정말 최고야! 멋졌어요!"

윤아는 아까와는 완전히 다른 의미의 눈물을 흘리며 영빈에게 안겼다. 그러자 영빈은 그녀를 들어 올리다시피 해서 꼭 안아주었다. 워낙 키 차이가 컸기 때문이다.

어쨌든 그러자 곧 사방에서 엄청난 함성이 터지기 시작했다.

"새로운 학교 짱이 탄생했다. 캡틴 영빈 만세!"

처음에는 복싱 동아리의 병식의 수하들이 먼저 이렇게 외쳤다. 행여 불똥이 자신들에게도 튈까 미리 아부하는 것이다. 하지만 그들이 그렇게 떠들지 않아도 이미 장내는 영빈을 새로운 짱으로 인정하는 분위기였다.

"영빈 짱!"

"영빈 짱!"

그런 가운데 영빈은 윤아를 내려놓고 이번에는 천천히 수아에게 다가갔다.

"아까는 고마웠다. 네 덕분에 정신을 차렸어."

"천만에. 애초부터 나 때문에 벌어진 일인걸."

"에이, 그건 아니다. 병식이 녀석은 처음부터 누군가에게 시비를 걸려고 했던 거야. 새로운 학년이 시작되었으니 자신의 영역을 확인하고 싶었겠지. 오물 봉투 이전에 너랑 나랑은 운이 없어 이렇게 됐던 것뿐이고. 어쨌든 해결됐으니 더 이상은 상관이 없겠지만."

과거의 그였다면 아마 떨려서 제대로 말도 못했을 것이다. 그러나 지금은 수아 마음이 흡족해질 정도로 적절한 대사를 읊고 있었다.

엄청난 일을 벌여 놓고도 전혀 교만하지 않은 이런 겸손한 태도와 말은 언제나 남자에게만큼은 닫혀 있던 그녀의 마음을 조금씩 열고 있었다.

"영빈아……."

"응?"

"너… 생각보다 멋지다. 앞으로 우리 친하게 지내보지 않을래?"

멍…….

천하의 윤수아의 입에서 누구도 상상치 못할 이야기가 나왔다. 그래서일까? 영빈은 한순간 정신이 몽롱해졌다.

—어서 대답해, 이 칠뜨기야!

세레나가 얼른 한마디 했다.

"나, 나야 영광이지."

"그럼 우리 오늘부터 친하게 지내는 거다?"

"으응……."

"그런 의미로 악수."

스윽.

영빈은 너무 희어서 혹시 분칠을 한 것이 아닐까 싶은 수아의 손을 떨리는 마음으로 잡았다. 그러자 순간, 온몸으로 전기가 관통하는 느낌이 들었다. 아무리 서른아홉 살의 경험을 가지고 있다 해도 그의 첫사랑이었던 그녀와의 신체 접촉은 이처럼 마냥 떨릴 수밖에 없었다.

Chapter 04
현아

1

교교한 달빛이 환하게 세상을 비추고 있는 요요한 밤.

누군가가 열심히 산길을 따라 달리고 있었다. 아무리 달빛이 있다고는 하나 이 늦은 시간에 달리기라니……. 그리 흔치 않은 광경임에는 분명했다.

'헉헉……. 꼭 이리 무식하게 달려야 돼? 달리기만 해서 어느 세월에 강해진다고……. 후압…….'

─잔말 말고 일단 죽을 각오로 달려. 내가 옆에 있는 이상 진짜로 죽을 일은 없으니 심장이 터질 각오로 뛰라고. 그게 싫으면 그동안 네가 살아 왔던 대로 그렇게 한심하게 살든지……. 난 참견하지 않을 테니까.

이 밤에 달리고 있는 사람은 바로 영빈이었다. 영빈은 오늘 학교에서 있었던 사건 이후 여러 가지 생각을 했다.

그 가운데 하나는 우선 스스로 강해져야 한다는 점이다. 만일 아까 세레나의 도움이 없었다면 그는 개망신 당했을 것은 물론이요, 또다시 수아와 가까워질 기회를 놓쳤을 것이다.

그 생각을 하자 정신이 아찔했다. 기껏 이십 년이라는 세월을 되돌아 왔는데도 또다시 칠뜨기 노릇을 하게 된다면……. 죽어도 그런 일이 벌어지게 할 수는 없었다.

게다가 그가 아무리 겁을 주었다 해도 병식이 이대로 순순히 물러나지는 않을 터. 결국 언젠가 또 부딪칠 확률이 높았다.

그렇게 되면 영빈이 진짜로 위험해질지도 모른다. 한 번 된통 당했으니 병식도 신중해질 것이고 그러다 보면 이번과는 판이하게 다른 결과가 나올 것은 뻔했다.

그 때문에 집에 돌아오는 길에 그는 세레나에게 심각하게 이야기했었다.

'세레나……. 날… 강하게 만들어 줄 수 있어? 세레나의 도움 없이 그런 놈들을 혼내줄 수 있을 정도로…….'

―흥, 그런 정도쯤이야 내겐 식은 수프 먹기지. 그렇게 만들어줄까?

'물, 물론이지. 또다시 누군가에게 맞을까 봐 벌벌 떨고 싶

지는 않아!'

　─좋아. 그렇게 해줄게. 하지만 그러기 위해서는 한 가지 조건이 있어.

　잘 나가다가 갑자기 세레나가 조건을 꺼내들자 영빈은 걸음을 멈추었다.

　'조건? 그게 뭔데?'

　─그렇게 긴장할 필요는 없어. 지키기 쉽지는 않겠지만 네가 하지 못할 일은 아니니까.

　세레나가 이렇게 말을 해 놓고 잠시 뜸을 들였다.

　─너… 날 믿지?

　'…그야 당연히 믿지.'

　─그러면 내가 시키는 일은 뭐든 할 수 있어?

　비록 길을 걷는 중이라 주변이 꽤나 시끄럽고 산만했지만 이 순간, 영빈은 자신과 세레나의 관계를 다시 한 번 돌이켜 보았다. 실로 우연히 만났지만 둘은 이제 영혼으로 이어진 상태였다. 처음에는 이 말을 믿지 않았지만 이제는 그도 이런 점을 수긍하고 있었다.

　그는 잠시 생각에 잠겼다. 그녀의 질문에 성의없이 대답할 수는 없었기 때문이다.

　'뭐든지 할게.'

　─좋아, 그럼 오늘 저녁부터 당장 신체 단련에 들어가자. 내가 시키는 대로만 따라온다면 내가 널 천하 최강의 전사로

만들어주겠어.

'전, 전사?'

―왜? 강해지기 싫어?

'그, 그런 건 아니지만……'

그녀의 말에 그가 예민하게 반응하는 데는 다 이유가 있었다. 병식과 싸울 때 물의 기운이 넘치자 드러났던 힘의 위력이 떠올랐기 때문이다. 비록 산성비라는 제한 때문에 오랜 시간 힘을 끌지 못했지만 결코 가벼운 힘은 아니었다. 하지만 세레나는 그 위력을 때려죽이기엔 너무 형편없이 미약하다며 마음에 들어 하지 않았다.

이 대목에서 가장 신경 쓰이는 부분이 때려죽인다는 부분이었는데 그녀는 다른 차원에서 와서 그런 것인지 확실히 사고방식이 뭔가 달랐다. 그렇기에 최강의 전사라는 말을 그냥 간과해서는 안 된다는 생각이 문득 들었다.

하지만 결국 생각은 오래가지 못했다.

―그럼 집에 도착하자마자 바로 전사가 되기 위한 수련을 시작하자고. 호호호……

'그, 그래……'

그가 만일 30대쯤 시기로 돌아갔다면 무식하게 싸움 같은 것 때문에 고민하지는 않았을 것이다. 하지만 그는 불행(?)하게도 지금 십대로 와 있는 상태였고, 질풍노도의 시기인만큼 싸움에서 완전히 자유로울 수 없었다.

어쨌든 이런저런 이유로 인해서 영빈은 결국 무지막지한 체력훈련에 돌입했고 첫날부터 헐떡거리고 있는 것이다.

'얼마나 더 달려야 하는 거야? 헉헉…….'

―오늘은 첫날이니 삼성산 정상까지만 뛰자. 대신 중간에 요령을 부리거나 하면……. 배로 늘려 버릴 거야.

'제, 제길……! 어서 가자고!'

사실 관악산 서울대쪽 입구부터 삼성산 꼭대기까지는 그리 어려운 코스는 아니다. 하지만 그건 걸을 때 이야기였다. 달려서 올라가는 것까지 쉬운 코스는 절대로 아닌 것이다. 무엇보다 지금은 오밤중이고 이 시간에 산길을 달리는 것은 위험한 일이다.

영빈은 하늘이 노래지는 기분이 들었지만 자신이 원해서 시작한 일인지라 결국 뛸 수밖에 없었다.

하지만 그렇게 이십 분 정도를 달리자 심장이 터질 것 같은 호흡곤란이 찾아왔다. 이 무렵부터 이미 운동부족인 데다가 갑자기 뛰게 되니 결국 무리가 온 것이다.

"으으……. 이제 더, 더 이상은 못 뛰겠어!"

얼마나 힘들었는지 영빈은 세레나와 대화하기 위해 필요한 정신집중조차도 불가능해 입 밖으로 말을 토해낼 정도였다.

지금 시간은 밤 10시. 도시에서 보면 많이 늦은 시간이 아니었지만 주변은 그야말로 쥐 죽은 듯이 고요했고 들리는 소리라고는 영빈의 거친 숨소리가 전부였다.

　―그냥 주저앉으면? 겨우 그 정도로 최강이 될 수 있다고 생각해? 네가 정말 새로운 사람으로 거듭나고 싶다면 뛰다가 쓰러져 죽더라도 뛰는 게 옳지 않을까? 네가 지금 내세울 수 있는 게 뭔데? 공부를 잘하는 것도 아니고 싸움을 잘하는 것도 아니고, 그렇다고 꽃미남이라서 여자들을 한눈에 반하게 할 정도의 외모를 가진 것도 아니잖아. 이 정도도 극복하지 못하면 앞으로 이십 년이 지났을 때 너는 또다시 한강변에 나타나 죽니 마니 할 게 분명해. 죽는다고 해결되는 일따윈 없어. 너의 그 착하고 귀여운 여동생들이 네가 자살하면 좋다고 박수라도 쳐 줄까? 이쯤이면 정신 좀 차려야 하는 거 아냐? 네가 최소한 사내라면 말이야.

"네, 네 말이 백번 옳아. 내가 만일 다시 맞이한 이 기회를 놓치면 사람새끼도 아니다! 죽는 한이 있어도… 뛸 테니까……!"

세레나의 신랄한 지적에 영빈은 커다란 충격을 받았다. 그녀의 말이 백번 옳았다. 이런 기회가 어찌 흔하겠는가. 모르긴 몰라도 전 세계를 통들어 자신이 유일할 것이다. 이런 소중한 기회를 또다시 나약한 의지로 낭비할 수는 없었다.

물론 의지와 육체가 늘 일치하는 것은 아니지만…….

쿠웅!

"이, 일어날 수 있어……. 나는 기필코 해낼 테니까……."

비틀비틀.

탁… 탁탁…….

숨이 막혀 죽을 것 같고, 다리는 갑자기 무리하는 바람에 근육이 뭉쳐 아파 미칠 지경이지만 그는 사력을 다해 뛰었다. 비록 남들이 보기에는 걷는 것보다 못한 뛰기였지만 그는 지금 분명 뛰고 또 뛰었다.

"하악… 하악… 쓰… 쒸… 푸아……."

그렇게 무려 한 시간을 더 뛰다 보니 마침내 달빛 속에서도 확연히 보이는 삼성산 정상이 나타났다. 겨우 해발 477미터에 불과한 곳이었지만 지금 영빈에게는 에베레스트 산을 정복한 만큼이나 기적적인 일이었다.

"결국… 왔구… 나……."

철퍼덕…….

이 말을 끝으로 결국 그는 정신을 잃고 말았다. 너무 갑작스럽게 무리를 했으니 죽지 않으면 다행인 상황이었다. 그런데…….

―호호……. 귀여운 녀석, 그래도 내가 보긴 잘 본 모양이네. 하지만 애야, 너는 이것을 알아야 해. 우리 정령들은 계약자의 정기를 흡수해야 살아갈 수 있고 힘을 낼 수 있어. 내가 비록 그런 정령들 가운데서도 최상위에 있는 정령인지라 그날 흡수한 물의 정기와 이 근방의 그나마 맑은 물 일부 덕에 아직까지 버티고 있지만 이것은 일시적일 뿐이야. 앞으로도

계속 너와 함께하려면 어느 순간부터 너의 정기를 필요로 할 터. 그때를 위해서라도 너는 정말로 강인한 체력과 정신을 갖추어야 한단다. 그러니 어서 일어나. 물의 기운은 왕의 명을 받들어 치유의 손길을 뻗을지니, 마캄포네 벨리움 카우레 힐링!

샤라라랑…….

또다시 물의 치유가 시전되었다. 그녀가 시전하는 이 회복 주문은 단순히 치료만 해주는 것이 아니었다. 이 속에는 인체를 구성하고 있는 물의 기운을 원활히 하여 생명력과 능력을 끌어내는 힘이 있었다. 그 영향으로 병식과의 싸움에서도 한몫한 것이고. 더 나아가 이 기운은 영빈의 몸에 조금씩 누적되어 정령력을 키우게 될 때 큰 도움을 주게 될 것이었다. 놀랍게도 세레나는 영빈의 나중 상태까지 고려해서 이런 일을 벌이고 있었던 것이다.

2

영빈이 죽다 살아나 오히려 괴성을 지르며 발광(?)을 하다가 산에서 내려올 무렵,

한편 그의 집에서는 윤아와 현아가 사이좋게 대화를 나누고 있었다.

"에이~ 말도 안 돼. 언니가 이제 아주 소설을 쓰는구나?

언니네 학교 짱은 고사하고 우리 학교 짱도 못 이길걸? 실제
로 얼마 전에 우리 학교에 왔다가 하마터면 상식이 오빠한테
맞을 뻔했다고. 상식이 오빠가 우리 학교 짱이었거든. 이제는
졸업했지만……."

"그런 일이 있었어?"

아마도 윤아는 오늘 낮에 있었던 통쾌한 사건을 동생 현아
에게 이야기해 준 듯싶은데 현아는 그 이야기를 믿기는커녕
도리어 윤아가 전혀 몰랐던 사건을 꺼내들었다.

"작년 십일월이었나? 아마 그쯤이었을 거야. 그날이 오빠
네 학교 개교기념일이었으니 언니도 날짜를 금방 알 수 있겠
네, 지금은 오빠랑 같은 학교에 다니게 되었으니까. 아무튼
그날 내가 급히 학교에 가느라 마지막 교시에 있던 미술 숙제
를 놓고 간 적이 있었거든. 아침부터 발을 동동 구르다가 오
늘 마침 오빠가 쉬는 날이라는 게 떠올라 점심시간이 시작되
자마자 집에 전화를 걸어 오빠한테 그림을 가져다 달라고 했
지."

"우리 학교 개교기념일이면 11월 17일이겠구나."

"맞아, 17일이었던 거 같아. 어쨌든 그렇게 오빠가 학교에
왔다가 하필 우리 학교 짱 오빠랑 시비가 붙었던 모양이야.
수업을 빼먹고 운동장 구석에 앉아 담배를 피고 있는 상식
이 오빠의 모습이 기분 나빴는지 불러서 주의를 주려 했나
봐. 그러니 그 오빠가 가만히 있었겠어? 그 오빠랑 같이 있

던 일진 오빠들까지 모두 일어나 우리 오빠를 때리려고 한 거지."

"그, 그럼 안 되지. 어쨌든 자신들보다는 형인데 그럼 되겠어?"

현아가 어찌나 실감나게 이야기를 하는지 윤아는 자신도 모르게 떨리는 목소리로 이렇게 말했다.

"자, 더 들어봐. 나는 그때 쉬는 시간에 맞춰 오빠를 만나러 교문 쪽으로 갔었지. 그러다가 그들이 막 주먹을 치켜든 순간, 오빠가 비겁하게 자신보다 어린 동생들에게 싹싹 비는 꼴을 보게 된 거야. 그날 이후로 얼마나 오빠가 창피한지. 그럴 거면 처음부터 참견이나 하지 말지, 왜 나서서 그런 꼴을 당하느냐고. 그러니 칠뜨기라는 별명이 붙지."

윤아는 최근 들어 어째서 현아가 그렇게 영빈에게 못되게 구는지 조금은 이해가 되었다. 자신 역시도 그동안 영빈에게 수없이 많이 실망했었지만 자신은 그나마 어릴 적 함께한 추억이 많아 이해하고 넘어갈 수 있었다. 하지만 현아는 갈수록 영빈이 꼴 보기 싫었던 모양이었다.

"오빠도 사람이니 폭력이 두렵겠지. 하지만 오늘 오빠가 그러더라, 이제부터 다르게 살겠다고. 그리고 그건 말뿐이 아니었어. 너도 오늘 그 자리에 있었어야 했는데……."

"진짜로 우리 오빠가 학교 짱을 이겼어? 서경고 학교 짱은 완전히 전설적인 존재라던데? 생전 거짓말하지 않는 언니의 말이지만 아무리 그래도 도무지 믿기질 않아."

"네 기분은 이해해. 나라도 직접 보지 않았다면 절대로 믿지 못했을 거야. 하지만 내가 바로 앞에서 두 눈으로 똑똑히 보고 겪은 일이니 너도 그냥 믿어."

"그게 정말이라면 조만간 오빠한테 부탁을 하나 해야겠어."

"무슨 부탁?"

윤아가 의아하다는 듯 이렇게 되묻자 현아의 표정이 급격히 어두워졌다.

"사실은 그때 상식이 오빠가 우리 오빠를 곱게 보내주는 조건으로 자기랑 영화를 보자고 하더라고……."

"그, 그래서?"

"나는 무서웠지만 결국 우리 오빠를 맞게 할 수는 없잖아. 어쩔 수 없이 승낙했지, 물론 며칠 후 같이 영화도 보았고. 그런데 문제는 그때 이후에 일어났어. 나는 그 오빠가 솔직히 싫은데 자꾸 만나자고 따라다니는 거야. 학교를 졸업한 후에도 며칠에 한 번씩은 우리 학교 앞에 와서 기다리다가 억지로 분식집엘 끌고 가질 않나. 어떨 때는 집 근처까지 나타나 괴롭히는데 아주 미치겠다니까. 영빈 오빠가 그렇게 강해졌다면 제발 상식이 오빠가 더 이상 나에게 접근하지 못하게 해줬으면 좋겠어. 흑흑……."

마지막에서 결국 현아는 눈물을 보이고 말았다. 언제나 그렇게 당차고 씩씩하던 현아에게 이런 아픔이 있었을 줄은 꿈에도 몰랐던 윤아였다. 윤아는 그녀를 끌어안으며 함께 울었다. 그녀가 그동안 느꼈을 정신적인 고통이 몹시도 안타까웠다.

"진작 말을 하지……."

"어떻게 말해? 괜히 말했다가 언니까지 나서면 아예 둘 다 해코지를 당했을 지도 모르는데……. 게다가 영빈이 오빠 때문에 벌어진 일인데 어떻게 오빠한테 말을 할 수 있겠어? 겁쟁이 오빠가 뭘 할 수 있다고……."

꼬옥…….

"앞으로는 달라질 거야. 오빠가 나서서 상식인지 뭔지 하는 애도 혼내줄 거라고."

윤아가 현아를 안고 있는 손에 더 힘을 주며 여기까지 이야기를 나누고 있을 때 그녀들의 방 밖에서 온몸을 부르르 떨며 이를 갈고 있는 사람이 있었다. 바로 영빈이었다.

그는 애초 세레나와 산에 올라갈 때부터 집 열쇠를 챙겨서 나갔었다. 혹시 늦게 오게 되더라도 식구들에게 민폐를 끼치기 싫어서였다.

그러다 보니 소리를 죽여 가며 집 안으로 들어와 슬쩍 자신의 방으로 가려 했다. 그런데 그가 동생들의 방을 지나가려 할 때 도란도란 말소리가 들려온 것이다. 그는 아까의 일도 있고 해서 잠시 그녀들 방에 들어가려 했다.

　바로 그때 하필 자신의 이야기가 튀어나오는 바람에 들어가지도 못하고 이처럼 숨을 죽이고 본의 아니게 모두 듣게 된 것이 지금의 상황이었다.

　으드득—

　'그때 그 새끼가 그랬단 말이지. 과거에도 현아가 어째서 그렇게 날 싫어할까 싶었는데 알고 보니 이런 이유였군. 휴우……. 저 어린 녀석이 나 때문에 얼마나 마음고생을 심하게 했을까…….'

　—네가 더욱 훈련에 매진해야 하는 이유가 또 하나 생겼네. 어쩔 거야?

　'뭐를……?'

　—네 동생이 말하는 녀석을 어떻게 할 거냐고?

　'그야 당연히 당장 만나서 혼내줘야지. 내 사랑스런 동생한테 찝쩍대는 놈을 어떻게 그냥 둬?'

　—그 녀석 집은 알아?

　도리도리…….

　—그럼 학교는?

　'…몰라.'

　—그럼 어떻게 혼내줄 건데? 일단 만나야 혼을 내든지 말든지 할 거 아냐.

　세레나의 이야기를 구구절절 옳은 말이었다. 그렇다고 지금 그녀들 방에 불쑥 들어가서 상식이란 놈이 어디 있느냐고

물을 수도 없었다. 그렇게 하면 오빠가 변태처럼 자신들의 방을 몰래 엿듣는다는 오해를 살 수도 있는 것이다.

'맞는 말이야. 이렇게 되면 어쩔 수 없지. 당분간 수업 끝나면 현아 뒤를 살짝 미행하는 수밖에……. 그러니 훈련 시간을 조금만 늦추자. 하루 이틀이면 될 거야.'

―좋아. 대신 너에게 도움을 주는 건 이번까지야. 다음부터 이런 문제는 스스로 해결하도록 해.

'고마워, 세레나.'

결국 상식을 만나도 지금 영빈의 실력으로는 이길 자신이 없었다. 이 점을 눈치챈 세레나가 미리 선수를 친 것이다. 그가 자신에게 부탁을 하는 것보다 자신이 먼저 이야기하는 게 그의 자존심을 덜 상하게 한다는 것을 알기 때문이었다. 그녀는 왕이라는 신분답지 않게 이처럼 배려심이 깊었다.

3

번쩍…….

곤히 자던 영빈의 눈이 갑자기 떠졌다. 지금 시간은 겨우 새벽 4시. 그가 이 시간에 스스로 일어난 것은 아마 평생 처음일 것이다.

'설마 그 모든 게 꿈은 아니겠지? 만일 꿈이라면 너무 아쉬울 텐데……. 새로운 인생을 살 수 있다는 거, 그것만큼 세상

에 큰 행운이 있을까? 제발 꿈이 아니면 좋겠다. 그럼 정말 멋지게 다시 살 수 있을 텐데…….'

불과 이틀 사이에 일어난 일들이 그에게는 여전히 꿈만 같은 영빈이었다. 꿈치고는 너무도 생생했고 행복했으며 또한 희망적이었다. 그러나 세상에 자신의 인생이 이십 년이나 뒤로 되돌아가는 일은 꿈이 아니고서야 일어날 리 없었다.

영빈은 이제야 길고 길었던 꿈에서 깨는 것이라는 생각을 하면서도 조심스럽게 주위를 둘러보았다. 여기가 과거의 집인지 아니면 현재의 집인지 확인만 하면 간단하게 사실을 알 수 있다는 것을 깨달은 것이다.

그런데…….

─일어났으면 얼른 옷이나 주워 입지, 뭘 그리 두리번거려?

"으악! 꿈, 꿈이 아니었구나. 하하하! 이건 현실이었어."

─이젠… 미치기까지 한 거야?

아직은 깜깜한 새벽이어서 여기가 어딘지 제대로 구분이 안 되고 있던 바로 그때, 그에게는 이제 너무 친숙한 영혼의 목소리가 들려왔다. 바로 그와 하나가 된 물의 정령왕 세레나였다.

어젯밤 산에서만 해도 그렇게 얄밉게 들렸던 그녀의 목소리가 불과 하룻밤 사이에 마치 죽었다가 살아 돌아온 연인처럼 반갑게 느껴질 줄이야…….

‘미쳤다고 해도 좋아. 아무튼 다시 만나서 반가워, 세레나.’

―시끄럽고 어서 옷이나 입고 나갈 준비나 해.

‘어딜… 나가려고……?

―이 좋은 새벽에 계속 퍼질러 있을 거야? 어서 나가서 체력 단련을 해야지.

그가 만일 원래의 열아홉 살 소년 영빈이었다면 이 소리에 오만가지 인상을 쓰며 가지 않으려고 별별 핑계를 다 댔을 터였다. 하지만 그런 과거의 게으르고 찌질하던 영빈은 이제 사라졌다. 지금 남아 존재하는 것은 서른아홉 살의 치열하고 처절한 삶을 고스란히 간직하고 있는 새로운 영빈이었으니까.

지금의 영빈은 설혹 세레나가 시키지 않는다 해도 이미 운동의 중요성을 충분히 알고 있는 데다가 시간이 얼마나 소중한지 충분히 인식하고 있었다.

벌떡! 주섬주섬…….

‘그거 좋네! 달밤에 뛰는 것보다는 새벽 공기를 마시며 뛰는 게 낫겠지.’

어젯밤의 태도로 보아 오늘은 죽는 소리를 할 것이라 예상했던 세레나지만 영빈이 이처럼 적극적으로 나서 차비하자 의외라는 표정을 지었다.

어쨌든 그렇게 또다시 영빈은 2시간에 걸쳐 관악산 일대를 뛰고 또 뛰었다. 비록 또다시 막바지에 거의 실신지경까지 간 것은 어제와 똑같았지만 그는 불평을 말하거나 요령을 부리지 않았다. 아니, 오히려 더욱 적극적으로 훈련에 임해 세레나가 쉬도록 권유를 할 정도였다.

'후아…… . 새벽 운동이 이렇게 좋은 것이었다니…… . 이걸 왜 몰랐지?'

—지금이라도 깨달았으면 된 거야.

세레나에게 또다시 정령의 기운을 받은 후 가벼운 발걸음으로 내려오던 영빈이 산의 맑은 공기를 힘껏 들이마셨다가 내뿜으며 이렇게 말했다. 그런 영빈을 보며 세레나가 미소를 지었다. 영빈의 이런 태도가 무척이나 기꺼웠던 것이다.

"다녀왔습니다, 어머니."

"아니, 꼭두새벽부터 어딜 다녀온 거니?"

"운동하고 약수도 떠왔어요. 여기…… ."

"네가 새벽 운동을? 호호… 참 살다 보니 별일이 다 있구나. 아무튼 약수까지 떠왔다니 고맙구나. 호호…… ."

그의 어머니는 그 큰 눈을 더욱 크게 뜨며 놀라움을 나타냈지만 한편으로는 대견하다는 표정을 감출 수 없었다. 늘 게으르고 말썽만 피우던 아들이 새 학년이 시작되면서 정말로 뭔가 달라진 것 같았다.

“어서 밥주세요. 얼른 먹고 학교 가야 되요.”

“으응, 그래. 그런데 영빈아.”

“네, 어머니.”

“너 정말 이상 없는 거니? 어디 아프거나 한 건 아니지?”

“에이, 아프기는요. 새벽 운동을 하고 왔더니 오히려 힘이 넘쳐서 탈인걸요. 그동안 속 많이 썩였죠? 이젠 안 그럴 테니까 이전의 전 잊어주세요. 하하.”

이틀 전만 해도 어머니 소리는커녕 엄마, 엄마 하며 투정이나 부리던 영빈이었다. 다 큰 녀석이 반찬이 맛없다고 숟가락을 놓고 나가기 일쑤였으며 엄마에게 생전 존대도 할 줄 몰랐었다. 그런데 겨우 이틀 사이 아들은 확실히 달라졌다.

하지만 그럼에도 여전히 의심을 놓지 못하는 어머니였다. 하루 이틀 저러다가 또다시 말썽이나 부리지 않으면 다행이라는 생각이 들었던 것이다.

“안녕히 주무셨어요, 엄마. 어머! 오빠가 오늘도 일찍 일어났네?”

“잘 잤어? 오늘은 오빠랑 같이 등교하자. 어제는 아침 운동이 늦어져서 혼자 갔다만 오늘부터는 같이 가야지.”

“나야 좋지. 이제 오빠랑 같이 다니면 세상에 무서울 건 없을 것 같아. 호호…….”

“아함~! 둘이 뭐가 그리 좋아서 희희낙락하고 있는 거야?”

　윤아와 영빈이 이런 이야기를 나누고 있을 때 현아가 기지개를 켜며 주방으로 다가왔다. 현아 역시 어젯밤에 윤아에게 들은 이야기가 있어서 그런지 영빈을 새삼스러운 눈으로 바라보았다.

　“우리 작은 공주도 잘 잤어? 얼른 씻고 와. 모처럼 다 같이 아침 먹자.”

　“별일이야……. 오빠가 같이 아침 먹자는 소리도 다 하고. 암튼 알았어, 잠깐만.”

　이른 아침부터 남매가 이렇게 사이좋게 이야기를 나누며 식사를 하는 모습을 보게 되자 어머니는 그야말로 흡족해했다.

　아버지가 돌아가신 후 처음으로 함께하는 전 가족의 아침 식사였다. 그래서인지 그녀는 식사하면서도 속으로 간절히 기도했다, 이런 소박한 행복이 제발 계속되게 해달라고.

　그리고 곧 다른 때보다 조금은 믿음직해진 아들과 두 딸이 등교를 하자 그녀는 아버지의 사진을 꺼내 들고 오늘 일들을 자세히 보고했다. 특히, 달라진 아들의 모습을 이야기하고 또 이야기했다.

　어머니의 마음은… 그런 것이리라.

4

“다들 알아들었나?”

“응, 알아듣기는 했는데 정말 괜찮을까? 자칫 잘못되면 일이 무척 커질 텐데…….”

세영 중학교 인근 골목길에 다섯 명의 청년이 모여서 무엇인가를 한창 논의하고 있었다. 불량해 보이는 옷차림에 입에는 담배까지 물고 있어 한눈에도 이들이 얼마나 막나가는 녀석들인지 알 만했다. 흡사 자신들이 홍콩 느와르 영화에 나오는 주윤발 등이라도 된 듯한 자세였다.

빠악!

“켁!”

“이 병신 같은 새끼! 내가 책임진다고 했어 안했어?”

“했, 했어…….”

“그럼 잔소리 말고 그냥 시키는 대로 해. 어차피 그년을 내 걸로 만들고 나면 뒷말이 나올 일도 없다고!”

다섯 명 가운데서도 가장 키가 크고 날카롭게 생긴 녀석이 조심스럽게 의견을 내놓던 청년의 머리통을 힘껏 때리며 이렇게 말하자 다들 겁먹은 표정으로 고개를 끄덕였다.

다들 어디가도 꿀리지 않을 꼴통들이었지만 방금 주먹을 휘둘렀던 녀석에게만큼은 절대 개기지 못했다. 그는 그야말로 시한폭탄 같은 사람이었던 것이다.

“그런데 상식아. 이제 슬슬 움직여야 하지 않을까? 방금 수업이 끝난 모양이야…….”

"벌써 4시군. 좋아, 모두 흩어졌다가 앞으로 정확히 30분 후에 모든 준비를 끝내고 영진 문방구 앞쪽으로 숨어 있어. 2학년은 아직 수업 하나 남았으니까 그 시간이면 충분할 거야. 알겠지?"

"응!"

"그럼 가자!"

이들이 지금 자꾸 힐끔거리며 바라보는 곳에는 세영 중학교가 있었고 그곳에서 지금 1학년 학생들이 하나둘씩 나오고 있었다. 문제는 방금까지 이야기한 학생들의 중심에 있던 인물인데 다른 아이들은 그를 상식이라 불렀다는 점이다. 그리고 세영 중학교는 그가 졸업한 학교이자 동시에 현아가 다니는 학교라는 데 있었다. 탁한 바람이 불어오기 시작했다.

'아프다는 핑계를 대고 오긴 했는데 어째 아까 우리 담임 선생의 표정이 영 잊히질 않네.'

—무슨 표정?

'아까 못 봤어? 배가 너무 아파서 조퇴하고 싶다고 하니까 깜짝 놀라면서 허둥대던 모습 말이야. 왠지 뭔가 겁 먹은 것 같은 그런 표정이었는데…… . 대체 왜 그러지?

현아의 문제로 오늘 영빈은 조퇴를 하러 교무실에 찾아 갔을 때 희한한 일이 벌어졌다. 평소 같으면 그가 인사해도 받는 둥 마는 둥 하던 선생님들이 오늘은 한결같이 그의 인사를 잘 받아주는 것부터가 이상했다. 그것도 화들짝 놀라면서 말이다. 게다가 그가 3학년이 되어서 만나게 된 새로운 담임인 이희주 선생님은 그동안 마녀로 소문이 자자했다. 하지만 너무나도 친절하게 그를 대했으며 조퇴한다는 말에도 조금도 의심치 않고 곧바로 조퇴증을 끊어준 것이다.

이런 일들은 예전에는 상상도 못할 일들이었다.

─글쎄? 나는 학교를 다녀보질 못해서 잘 모르겠네. 단지, 내 추측으로는 혹시 그 선생인가 하는 인간들이 어제 사건을 전해 들어 그런 게 아닐까.

'에이~ 설마…….'

영빈은 설마 하면서도 어쩌면 세레나의 말이 맞는지도 모른다는 생각이 들었다. 어제 자신에게 당했던 병식은 확실히 선생님들도 두려워하는 존재였다. 그가 불량스러운 태도로 수업에 임하고 있을 때도 누구 하나 그것을 지적한 선생님은 없었다. 행여 있을지 모를 보복에 대한 두려움 탓이었다.

그런 녀석을 영빈이 단숨에 제압했다는 소문을 들었다면 그런 두려움은 고스란히 영빈에게로 전이되었을 확률이 높았다. 여기까지 생각하자 교권이 땅에 떨어진 것 같아 입맛이 쓴 영빈이었지만 한편에서는 괜스레 기분이 우쭐해졌다. 참으로 간사한 게 사람의 마음인 모양이다.

─그런데 상식인지 뭔지 얼굴도 모르잖아?

하늘로 몸을 띄워 올린 세레나가 주위를 훑어보며 물었다.

'주변을 살펴보다가 좀 삭아 보이는 녀석이 걸렁거리면서 어슬렁거리면 그놈일 확률이 높을 거야.'

─껄… 렁?

'이런……. 괜히 침을 뱉는다든지 다리나 고개를 건들거리면서 무게 잡는 행동을 보인다든지, 괜스레 주변 사람들에게 시비를 건다든지 하는 거 말이야.'

이 세계의 하급 정령의 도움을 받아 번역된 언어를 듣고 있는 세레나는 언제든지 영빈의 말을 알아들을 수가 있지만 가끔 이렇게 헷갈린 경우도 있었다. 한국말은 워낙 변화무쌍하고 다양해서 통역 마법으로도 완전한 해석이 불가능한 모양이었다.

─네 말대로라면 저놈이 그놈 아닐까? 하는 짓이 영 거슬리네.

영빈의 말에 길을 걸으며 다리를 비틀거리고 고개를 살짝 떨고 있는 할아버지를 가리키며 세레나가 물었다.

'에휴……. 이봐, 세레나. 저건 중풍 걸린 불쌍한 할아버지잖아! 지금 장난칠 때가 아니잖아?'

─에헤헤……. 미안, 그냥 심심해서 농담 좀 한 걸 가지고 뭘 그렇게 화를 내고 그래. 그러고 보니 영빈이 내게 화내는 모습은 처음 보네.

'화는 무슨. 지금 상황이 상황인만큼 조심하자는 거지.'

세레나의 말에 영빈은 감정을 누그러뜨리며 이렇게 대꾸했다. 어쨌든 세레나의 말대로 그가 과민 반응을 보인 것은 사실이었다. 그래서인지 약간 미안했던 모양이다.

―아……. 저기 네 동생 아냐?

'어디? 어딘데?'

세레나는 허공을 날아다니기 때문에 시야가 무척 넓다. 하지만 영빈은 그녀처럼 쉽게 현아를 발견할 수 없었고 이것이 그야말로 아주 심각한 문제의 발단이 되고 말았다.

부르릉~ 부아아아앙~!

붕붕!

부우웅~!

그가 현아를 찾지 못해 잔뜩 집중하여 교문 쪽을 바라보고 있을 무렵 그녀는 학교를 벗어나 이미 버스 정류장으로 향하고 있었다.

그때 갑자기 요란한 소리와 함께 낡은 승용차 한 대와 몇 대의 오토바이가 나타났다.

뒤늦게 이를 발견한 영빈은 불길한 예감에 사로잡혀 재빨리 그 방향으로 자신도 모르게 몸을 놀렸다.

'세레나! 현아가 아직도 보여?'

―응……. 지금 막 저쪽 골목을 돌아서네. 그런데 쇠로 만든 마차가 그녀 뒤를 급히 따라가는데? 어? 뭔가 이상해!

'에이, 옌장! 상식이 패거리다! 가자!'

영빈은 있는 힘껏 달렸다. 워낙 상황이 급박한 데다가 거리가 그렇게 멀지는 않아서인지 그는 세레나의 존재마저 잊어버린 채 온 힘을 다해 뛰쳐나갔다. 다행히 그의 시야에 곧 현아가 보였다.

"현아야!"

"아악! 오빠~!"

붕붕~ 부우웅~ 부우웅!

부릉부릉……! 부붕!

현아의 앞쪽은 이미 승용차가 가로막고 있었고 세 대나 되는 오토바이가 그녀의 주변을 빙글빙글 돌고 있었다. 영빈이 이를 발견하는 순간, 너무도 놀라 얼른 그녀에게 다가가려 했지만 오토바이들이 난폭하게 돌면서 방해하는 탓에 당장 어떻게 할 수가 없었다.

"꺄아악~! 이것 놔. 놓으란 말이야!"

"조용히 해, 이년아! 가만히 안 있어?"

그때 또다시 현아의 비명 소리가 울려 퍼졌다. 승용차에서 내린 놈들이 그녀를 붙잡아 억지로 차에 태웠던 것이다.

"세레나, 이놈들 좀 어떻게 해줄 수 없어?"

―오케이~그런 건 간단하지.

샤라랑~

영빈의 다급한 외침에 세레나가 급히 주문을 외우며 가볍게 손짓하자 세 대의 오토바이를 나누어 타고 있던 녀석들에게 심각한 문제가 발생했다.

"으악! 이, 이게 뭐지? 비가 오는 것도 아닌데 눈에 물이……! 눈이 안보여! 비켜!"

"나도 안보여! 이, 이런 개같은……."

"어서 비켜!

콰앙! 우당탕당~!

끼이이익~!

영빈의 부탁에 세레나는 오토바이 근처에 있던 물웅덩이를 이용해 물안개를 만들어 그들의 눈으로 침투시켰던 것이다. 그런데 문제는 이 안개 속에 고의적으로 흙을 섞은 데서 비롯되었다. 물과 섞인 흙이 눈에 들어가면서 진흙으로 변해 전혀 볼 수 없게 만든 것이다.

그로 인해 갑자기 앞이 캄캄해진 그들은 서로 부딪쳐 모두 엎어지고 말았다.

"상식아~! 거기 서!"

영빈이 있는 힘껏 그를 불렀지만 그는 이미 액셀러레이터를 밟으며 유유히 그곳을 빠져나갔다. 그런데 그렇게 사라지고 있는 승용차의 번호판에는 치밀하게도 청 테이프가 붙어 있었다. 이로 보아 상식은 애초부터 철저하게 계획을 세워둔 채 이번 일을 저지른 것이 분명했다.

일단 현아를 납치할 때 사람들이 보더라도 누구인지 모르게 해놓고 어느 정도 이동한 다음에 테이프를 떼면 감쪽같을 터였다. 이를 파악한 영빈으로선 마음이 터질 듯 초조하기만 했다.

부우우웅~!

"거기 안 서! 이 개새끼야~!"

영빈이 욕까지 하면서 그를 불렀지만 이미 늦어도 한참 늦어버렸다. 처음부터 도주로를 보아 둔 것인지 현아를 납치한 승용차는 순식간에 멀어져 가고만 있었다.

"세레나! 세레나! 저놈 좀 잡아봐."

—미안하지만 이미 늦었다. 저 거리는 지금 우리가 쓸 수 있는 힘으로는 무리야. 물의 정령뿐만 아니라 다른 어떤 정령을 불러내어도 저 거리까지 영향을 끼치기는 힘들어. 그게 현재 너와 내가 가진 한계지.

"그게 무슨 소리야! 당신은 정령들의 왕이라면서! 왕이 겨우 그 정도밖에 안 돼?"

워낙 상황이 좋지 않다 보니 영빈은 세레나에게 따지듯 소리쳤다.

—내가 너에게 육체 단련을 시킨 이유, 알아?

"알 게 뭐야! 지금 급한 건 그게 아닌데!"

—정령왕은 속성과 더불어 정령사의 기운을 필요로 해. 그것은 그 사람 본연의 힘, 즉 정기야. 때에 따라선 정령력이라 부를 수도 있고. 자신의 속성이나 자연과 동화되는 힘을 뜻하

지. 하지만 네 기운은 날 버텨내지 못해. 정령력은 물론이거
니와 생명력까지 고갈될걸? 네가 죽으면 계약자이자 정령왕
인 나도 죽게 되겠지. 널 단련시킨 것도 바로 이 때문이야. 그
러니… 강해져라.

영빈은 점점 멀어지고 있는 승용차 뒤를 미친 듯이 따라 달
리면서 세레나의 이런 설명을 듣다가 갑자기 무슨 생각이 든
것인지 우뚝 걸음을 멈추었다.

Chapter 05

강해지리라. 몸도 마음도……

1

　김상식. 그의 나이는 놀랍게도 올해 스무 살이었다. 통상 고등학교 1학년이 열일곱 살인 것을 감안해 보면 무려 삼 년이나 유급한 것이다.

　그는 이미 열세 살 때부터 소년원을 들락거리기 시작했다. 가출은 수도 없이 했고 아이가 할 수 없는 못된 짓까지 서슴지 않고 저질러왔다. 그가 지금 공업 고등학교라도 다니게 된 것도 알고 보면 그의 어머니가 눈물로 애원했기에 그나마 가능한 일이었다.

　오늘 그와 함께 일을 벌인 자들은 모두 소년원 시절에 사귄 친구들이다. 그들 역시 상식과 비슷한 또래였는데 상식이 소

년원 시절부터 워낙 싸움을 잘했기에 그때 이미 그의 측근이
되기로 맹세한 자들이었다.

물론 상식이 일당의 아지트에는 그런 친구들이 몇 명 더 있
었다.

쿵쿵쿵쿵!

"누구냐?"

"나다."

덜컹!

그가 함께 차를 타고 움직였던 청년과 함께 현아를 억지로
밀며 아지트의 문을 두드리자 곧 굵직한 목소리의 대답과 함
께 문이 열렸다.

"어서 와라, 상식아, 그리고 만도야. 그런데 그년이 네가
말했던 그년이냐?"

"그년이라니……. 말조심해라. 입을 함부로 놀리다가 골로
가는 수가 있다."

문을 열어준 사람은 이미 오늘 일어날 사건을 알고 있었는
지 이렇게 말을 걸었지만 의외로 상식은 그의 말을 싸늘하게
받아쳤다.

"아, 미안하다. 그냥 그렇고 그런 여잔 줄 알고 그랬다."

"됐고. 이 아이는 내 손님이니 절대 함부로 대하지 마라.
어서 내 방문이나 열어."

"그래……."

그들의 아지트는 독산동 쪽에 있었는데 이곳은 한때 목재 창고로 쓰던 것을 상식과 그의 친구들의 돈을 합쳐 빌린 후에 나름 공간을 분할해서 쓰고 있었다.

상식의 방은 그저 합판으로 사방을 막아 놓은 단순한 형태였지만 이곳에서 가끔 잠도 자는지 간이침대가 하나 있었고 그 옆에는 철제 의자가 놓여 있었다. 그는 현아를 이 철제 의자에 억지로 앉히고는 주황색 빨랫줄로 그녀를 묶었다.

"아악! 아파……."

"얌전히 있으면 심하게 대하지는 않으마. 그러니 조용히 해라."

"……."

워낙 세게 묶었는지 현아가 아프다고 하자 상식이 이렇게 대꾸했다. 이에 여기서 난리를 쳐 봤자 이들의 감정을 자극해 더욱 불리해질 것이라 판단한 현아가 아예 입을 다물었다.

"수고했다, 만도야. 너는 이제 다시 아까 그곳으로 가서 다른 녀석들 상태 좀 보고 와라. 그놈들이 단체로 돌았나 왜 하필 그 중요한 시기에 자빠지고 지랄인 건지 원……."

"그러게 말이다. 어릴 때부터 오토바이를 훔쳐 타고 도망 다녔던 녀석들인지라 실력 하난 끝내주는데 왜 갑자기 자빠진 건지 알 수가 없네. 일단 가서 들어 보면 알겠지."

만도가 이렇게 중얼거리며 나가자 상식은 의자에 묶인 채로 쥐죽은 듯 가만히 있는 현아를 바라보았다.

"미안하다. 솔직히 이렇게까지 할 마음은 없었다."

"그럼 지금이라도 보내주세요. 그렇게만 해주신다면 오늘 일은 없던 걸로 할게요. 네?"

고개를 숙이고 가만히 있던 현아가 그를 똑바로 바라보며 이렇게 말했다. 비록 이런 짓을 하고 있지만 한때 그래도 자신을 진심으로 좋아하던 선배 아니던가. 순진한 현아는 아직도 그런 그가 어느 정도의 양심은 남아 있을 것이라 생각하고 그 점에 마지막 희망을 걸어보았다.

"시끄러워! 네가 진작 내 말을 들었으면 이런 일도 없었을 것 아냐! 그리고 아까 그 새끼, 작년에 봤던 네 오라비라는 놈이지? 그놈이 왜 거기에 있었던 건데?"

"일찍 끝나서 저와 함께 집에 갈 생각이었겠죠. 오빠가 동생 학교에 오는 것이 그렇게 이상한 일인가요?"

상식이 처음 현아에게 끌리게 된 것은 나이에 비해 성숙해 보이는 그녀의 아름다운 외모 때문이지만 점점 더 그녀가 좋아진 두 번째 이유는 바로 그녀의 이런 당찬 면모 때문이었다.

다른 여학생들 같으면 지금 같은 경우 울고불고 난리를 쳤을 게 뻔하지만 현아는 달랐다. 그녀는 이 순간에도 차분하고 이성적이었다. 그리고 이런 모습이 그로 하여금 강제로 그녀를 취하지 못하게 하는 원인이었다.

"으음……. 그건 그렇다 치자. 하지만 어쨌든 물은 엎질러졌어. 이제 네가 선택할 수 있는 길은 하나밖에 없다.”

“그게 뭔데요?”

“네가 스스로 내 여자가 되는 거지. 물론 거부한다 해도 결과는 같겠지만…….”

“미, 미쳤군요. 만일 그런 일이 일어난다면 혀를 깨물고 죽어버릴 거예요!”

아무리 침착하려 해도 이제 겨우 중학교 2학년의 어린 소녀였다. 지금까지 울음을 참아온 것만 해도 대단한 일이었지만 더 이상은 한계라 지금 머리가 돌아버릴 정도로 이 상황이 무서웠다.

게다가 말하면서도 자꾸만 자신의 몸을 음침하게 훑어보는 상식의 시선에 구역질이 나올 정도였다.

하지만 지금 그녀가 할 수 있는 최선은 겨우 스스로 죽겠다는 말 뿐이었다.

“죽는다는 말을 쉽게도 하네. 그렇다면 나한테 아예 죽어봐라!”

덥썩…….

“껵껵…….”

자신에게 안기느니 스스로 죽겠다는 현아의 말이 그를 흥분하게 만들었다. 한번 흥분하면 앞뒤 가릴 줄 모르는 상식은 그녀의 말이 떨어지기 무섭게 곧장 그녀의 목을 조르기 시작했다.

그의 무지막지한 힘을 견디기에 현아는 너무나 작고 연약
했다.

주르륵.

'이, 이렇게 허무하게 죽긴 싫었는데……. 아빠… 미안
해……. 거기… 있지? 미안……. 엄마… 언… 니……. 맨날
놀려 미안해… 오빠……. 오빠… …괴…… 로워…….'

죽음이 점점 다가오자 그녀의 눈에서 조용히 눈물이 흘러
내렸다. 아무리 강한 정신력을 가지고 있어도 이미 숨이 막혀
정신이 혼미해져 가는 상황에서까지 태연할 수는 없었다.

그리고 막상 죽을 것 같자 그녀는 늘 가슴속 깊은 곳에 감
춰 놓고 있던 그리움들이 샘솟았다. 어린 시절 자신의 손을
잡아주고 안아주던 아버지.

그 아버지가 돌아가신 후 오빠에게서 아버지의 모습을 찾
으려던 현아였다. 그 넓은 등이 좋았고, 그 두툼한 손이 좋았
지만 영빈에게선 이를 발견하지 못했고, 기대는 실망을 넘어
원망으로 변하기까지 했던 것이다.

그러나 죽음 앞에서 그녀는 깨달았다, 미운 만큼 더욱 오빠
가 그립다는 사실을. 아직 못해준 것도 많고 놀리기만 해서
미안하기만 한데…….

그렇게 꽃다운 나이에 현아는 끔찍한 일을 당하고 있었다.
이대로 몇 십 초만 더 지나면 정말로 아버지의 품으로 돌아가
리라.

그런데 바로 그때…….

콰아앙!

"현아야~! 현아 어디 있니!"

꿈일까, 생시일까.

아득히 먼 곳에서부터 아련히 들려오는 듯한 영빈의 목소리에 현아는 사라져 가던 의식이 잠시나마 돌아왔다.

'바… 보…….'

그리고 동시에 그녀는 정신 줄을 놓아 버렸다.

2

현아가 승용차에 실려 끌려가던 그때, 발만 동동 구르던 영빈이 내릴 수 있는 결론은 하나밖에 없었다.

'나의 정기를 가져가면 저놈을 따라갈 수 있는 거야?'

—가능해. 이 도시에는 신기하게 지하에 물이 흘러. 그 아이들에게 부탁할 수 있을 만큼 힘을 끌어올릴 수 있을 거야. 그 아이들이라면 알아내겠지.

'그럼 가져가. 필요한 만큼. 내가 현아를 잃을까 보냐!'

이때 영빈의 선택은 하나밖에 없었다. 자신을 희생해서라도 현아를 구해야 한다. 그렇지 못하면 평생 후회할 것이다. 그는 이 순간 자신의 무능함이 너무나도 한심스럽고 답답했다.

그리고 문득 돌이켜 보니 회귀 전 과거 이즈음, 현아가 며칠 동안 집에 돌아오지 않았던 적이 있었다. 그때 집 안이 발칵 뒤집혔었는데 돌아온 현아는 완전히 다른 사람이 되어 버렸다. 성격이 와일드하긴 했어도 착실하게 공부는 물론 언제나 바르게 살던 그녀가 한순간에 완전히 날라리로 돌변한 것이다.

무엇보다 지금도 잊지 못할 자신을 바라보던 경멸의 눈빛.

이제와 생각해 보니 그녀가 그랬던 이유가 바로 이와 비슷한 상황을 겪었기 때문이라는 판단이 들었다. 그 당시도 분명 상식이라는 놈이 그녀를 어떻게 했을 것이다. 그때는 그런 이유를 알 수도 없었고 또 알았다 해도 막을 방법이 없었지만 지금은 과거를 바꿀 희망이 있었다.

─휴우… 정말 넌 멍청한 데가 있어. 두 손 두 발 다 들었다, 역시 칠뜨기. 그래도 그 근성은 마음에 든다. 근데 말이야. 저 쇠말 탈 줄 알아?

세레나가 고개를 흔들며 가리킨 곳에는 상식 일행이 쓰러져 있고 쇠말, 즉, 오토바이들이 널브러져 있었다. 이를 바라보자 영빈은 정신이 번쩍 드는 듯했다.

"넌 최고야!"

영빈이 저도 모르게 소리치며 쓰러져 있는 상식 일행 중 하나를 걷어차 오토바이와 헬멧을 강탈한 후 시동을 걸었다.

부릉~!

—어라? 이 쇠말 안에 불의 정령들이 일을 하네? 야, 너희 힘 좀 써!

그 순간, 세레나가 오토바이의 엔진을 두드리며 말하자 갓 출발한 오토바이는 격렬한 소리와 함께 매우 빠른 속도로 타이어자국을 남기며 그 자리를 벗어났다.

부와아아아아아아아앙~!!

"으악! 모두 비켜~! 어서 비키라고!"

순식간에 그가 탄 오토바이는 골목길을 지나 남부순환도로로 접어들었다. 그나마 다행히 아직 퇴근 시간 전이라 도로는 한산한 편이었다. 물론 이 도로도 그가 살았던 2012년 무렵에는 시간과 상관없이 늘 막히겠지만 1992년, 현재로서는 여유롭게 달릴 수 있는 장소였다.

—아, 이젠 바로 보인다. 저 앞에서 좌측으로……

'알았어.'

부르르릉~!

겨우 125cc밖에 되지 않는 오토바이가 지금 거의 시속 140킬로미터로 달리고 있었다. 이미 한계치를 벗어난 속도였지만 실제로 오토바이가 느끼는 속도는 110킬로 정도에 불과했고 나머지는 엔진 안에서 벌어지고 있는 불의 정령들의 뜨거운 활동에 의한 것이었다. 만에 하나 영빈이 오토바이에 올라탈 때 한 놈의 안전모를 벗겨서 쓰지 않았다면 눈을 뜰 수조차 없었을 것이다.

바로 그때 지나치던 길가로 경찰차 한 대가 보였다.

'이런…… 경찰이네. 세레나, 저기 지붕에 빨강색 빛이 나는 차 보여?'

─응? 아, 길가에 서 있는 쇠마차? 저건 소처럼 뿔도 달았네.

'맞아. 그 차가 따라오면 골치 아프니까 앞쪽 창을 좀 가려 줘.'

─알았어. 메포레알 타르… 카히얏!

쏴아아~!

세레나의 주문이 떨어지자마자 교통 경찰차의 앞 유리로 워셔액이 뿜어져 나오더니 거품으로 금방 시야를 가려 버렸다.

"어라? 갑자기 워셔액이 왜 뿜어져 나오지?"

"그러게……. 답답하니 어서 윈도우 브러시나 켜봐."

치직치직… 끽끽끽~

순찰을 돌기 위해 막 차에 앉았던 경찰관 두 명은 이 황당한 사태 앞에서 잠시 멈출 수밖에 없었다.

그런데 그때 그들의 귀로 요란한 오토바이 소리가 스쳐 갔다.

부아아앙~!

"어떤 미친 새끼가 이런 도로에서 폭주를 하는 거야? 죽으려고 환장했군."

"어서 시동을 걸고 따라가자고. 저 녀석은 잡아서 딱지를 끊어야겠어."

틱틱—

하지만 아무리 시동을 걸려고 해도 시동은 전혀 걸리지 않았다. 당연한 것이 세레나가 불의 정령들에게 불꽃을 일으키지 못하도록 명령을 내렸던 것이다.

게다가 시동을 걸기 위해 잠깐 한눈을 파는 사이 윈도우 브러시는 멈추었고 또다시 워셔액이 뿜어져 나왔다.

"빌어먹을! 하필 이럴 때 차가 고장을 일으키다니……."

과거의 영빈 같았다면 이런 사소한 문제까지 신경 쓰지 못했을 것이다. 만일 그랬다면 경찰차가 따라붙었을 것이고 상식을 완전히 놓쳤을지도 모른다. 그의 순간적인 대처가 또 한 번의 위기를 넘기게 해준 것이다. 물론 세레나가 있기에 가능한 일이었지만.

어쨌든 그런 상황 속에서 오토바이는 세레나의 안내를 따라 독산동으로 연결되는 이십 미터 도로로 접어들었다. 도로 폭이 이십 미터라 그렇게 불리기 시작한 곳인데 이곳은 편도 2차선인데도 도로가에 세워져 있는 차가 많아 승용차는 속도 내기가 힘들었다.

그러나 오토바이는 달랐다. 요리조리 피해 가면서 운전하기가 쉽기 때문이다. 그 덕분인지 마침내 영빈의 눈에도 상식의 승용차가 보이기 시작했다.

"이 새끼……. 기다려라. 감히 우리 현아를 납치해? 절대로
용서하지 않겠다. 으드득……."

영빈은 이를 갈며 그 뒤를 바짝 붙으려 했지만 그때 앞쪽의
신호가 바뀌어 상식의 차가 비보호 좌회전으로 골목길로 들
어가 버렸다. 만일 이대로 그가 다가가면 저놈이 놀라서 다시
큰 도로로 갈지도 몰랐다. 그렇게 되면 또다시 추격을 해야
할 텐데 오토바이는 연료통이 작기 때문에 자칫하면 놓칠 가
능성도 있다.

그런 생각이 들자 영빈은 얼른 속도를 늦추며 어느 정도 거
리를 유지했다. 그가 차를 세우고 어디론가 들어가면 그때 현
아를 구해내는 것이 낫다고 판단한 것이다.

그리고 그의 생각대로 그들은 곧 허름하지만 꽤나 커 보이
는 창고 앞에 차를 세웠다.

'세레나…….'

―응, 말해.

'저놈들 들어가고 나면 나도 창고 앞쪽에 오토바이를 세울
테니까 도와줘. 세레나의 힘으로 문까지 열어줄 수 있으면 더
좋고…….'

―문 여는 건 별게 아닌데 안으로 들어갔을 때 도와주는 것
이 문제네. 근처에 물이 있으면 좋을 텐데……. 어디 보자…
아! 물이 지하에서 위쪽으로 흐르는 곳이 있기는 있구나. 건

물 안에 있는 것 같네. 영빈아.

'응.'

─안으로 들어가게 되면 내가 우선 안에 있는 사람들의 시선을 끌어 볼 테니까 얼른 물을 찾아서 뒤집어써. 그 정도는 할 수 있겠지?

'무조건 해볼게.'

영빈은 세레나가 감지한 물이 곧 수도임을 깨달았다. 그녀의 말대로라면 건물 안에는 화장실이 있거나 아니면 싱크대가 있을 것이 분명했고 자신은 그곳만 찾으면 될 거라고 생각하고 이처럼 장담을 한 것이다.

그렇게 영빈이 떨리는 마음으로 심호흡을 하면서 세레나와 이런 대화를 나누고 있을 때 승용차의 문이 열리고 세 사람이 내렸다. 현아를 앞세운 상식과 만도였다.

그 모습을 잠시 지켜보다가 이윽고 영빈이 움직이려 하는데 다시 문이 열리더니 누군가가 밖으로 나왔다. 바로 조금 전에 들어갔던 만도였다.

그는 주변을 잠깐 살피더니 다시 차에 올라탔다. 이때 차의 번호판에 붙어 있던 청테이프는 진작 떨어진 상태였다.

부우웅~!

그렇게 만도가 차를 끌고 다시 사라지자 영빈 역시 얼른 행동에 나섰다. 일단 창고의 근처까지 접근해서 오토바이를 세워놓고 세레나를 불렀다.

'지금이야, 이제 어서 문을 열어줘.'

—부숴도 돼?

'당연하지.'

영빈이 이렇게 대답하자마자 세레나의 표정이 야릇해졌다. 마치 모처럼 만에 어린아이가 재미있는 놀이를 발견했을 때의 표정이랄까.

—이상할 정도로 이곳은 대지의 정령들 힘이 강하더군. 토양은 좋은가 봐. 그들을 불러낼 거니 너는 잠시 뒤로 더 물러나 있어. 위험할 수도 있거든.

'아, 알았어…….'

영빈이 살짝 이동하자 곧 그녀의 입에서 엄숙한 주문이 흘러나왔다. 그러자 실로 엄청난 일이 벌어졌다.

—대지의 정령들이여! 그대들의 힘을 보여줄 때가 왔다. 나의 앞을 가로막고 있는 저 문을 치워다오. 만트리아 셀라!

쿠루루룽… 쿠과과!

건물이 서 있는 사방의 땅속에서 불룩 솟은 이상한 덩어리들이 소리를 내며 꿈틀거리고 다가오기 시작했는데 그 속도가 장난이 아니었다. 그러더니 창고 문에서 동시에 충돌을 하며 어마어마한 폭발을 일으켰다.

콰콰콰쾅~!

"으악~!"

"뭐, 뭐야!"

놀랍게도 그 폭발로 창고의 문은 산산조각이 나서 날아가
버렸고 그로 인해 기겁을 한 안에 있던 상식의 패거리가 비명
을 지르며 뛰쳐나왔다. 그러자 영빈은 곧장 안으로 뛰어 들어
가며 수도가 있는 곳을 찾기 시작했다.

"저기에 있군. 기다려라. 개새끼들아!"

좌아아아~

수도는 문 근처에 있는 싱크대 옆에 있었는데 고맙게도 호
스까지 끼워져 있어 영빈이 물을 뒤집어쓰기가 용이했다.

'세레나, 지금이야!'

—오케이~ 비쥐스토 카얌…… 가르에쉬 마하라……!

그렇게 아슬아슬하게 힘이 강해지는 순간, 밖으로 나갔던
녀석들이 들어오다가 영빈을 발견하고는 곧장 공격했다.

"저 새끼 짓이 분명하다! 죽여라!"

"개새끼들!"

펙!

"케엑!"

딱 한 방에 가장 먼저 달려들었던 놈이 배를 움켜쥐고 쓰러
졌다. 그러자 또 다른 놈이 어느새 쇠파이프를 들고 나타나
영빈에게 달려들었다.

"죽어라!"

슈우욱~!

"어림없다."

휘리릭~ 빠각!

"끄억! 빠, 빠르다……."

놈이 쇠파이프를 들고 영빈에게 달려들 즈음 세레나는 영빈의 몸에 있는 물의 힘을 일깨워 순간적으로 몸의 기력을 일으켰다. 하여 평소의 자신이면 불가능한 일이겠지만 영빈은 가볍게 그것을 피한 뒤 면상을 머리로 박아버렸다.

"현아야~! 현아 어디 있어!"

그리고 그녀석이 쓰러지자마자 영빈은 급히 현아를 부르며 창고 안에 있는 방문들을 모두 열기 시작했다. 그런데 그 속도가 어찌나 빠른지 그야말로 눈 깜빡할 사이에 현아가 죽음의 위협을 당하던 방문을 열 수 있었다.

3

의자에 묶인 채 정신을 잃고 있는 현아의 모습을 발견하는 순간, 영빈의 눈은 확 뒤집히고 말았다. 하지만 그 때문에 잠깐 방심할 수밖에 없었고 이는 그가 들어올 것을 예측하고 문 뒤에 숨어 있던 상식에게 기회를 주는 빌미를 제공했다.

"뒈져!"

휘익~ 빠각!

"……."

그는 미리 쇠파이프를 들고 있다가 영빈의 머리가 보이자 그대로 내려쳤던 것이다. 그리고 자신의 공격이 고스란히 먹혔다는 것을 손의 감각을 통해 확인하자 의기양양한 목소리로 한마디 던졌다.

"애송이 새끼. 감히 여기가 어디라고 기어 들어오고 지랄이야!"

"훗… 지랄이라……. 참 좋은 말이지. 특히, 개새끼를 때려잡을 때는 어느 정도 지랄도 필요한 법이거든. 안 그래?"

"어, 어떻게? 뭐 이런 돌대가리 새끼가 다 있지?"

분명 손에 전해진 충격은 그저 툭 친 정도의 가벼운 충격이 아니었다. 쇠파이프를 쥐고 있던 자신의 손이 얼얼할 정도로 강력하게 내려쳤건만 어찌 이렇게 멀쩡할 수 있다는 말인가. 상식은 어안이 다 벙벙해 질 지경이었다.

사실 처음 쇠파이프가 자신의 머리통에 떨어졌을 때 영빈역시도 간이 주저앉을 만큼 놀랐다. 하지만 그에게는 그림자보다 더 은밀하고 바람보다 재빠른 세레나가 있었다.

그녀가 먼저 상식의 움직임을 눈치채고 얼른 영빈의 머리에 얼음의 정령을 순간적으로 소환했고 쇠파이프는 두터운 얼음을 때리는 데 그쳤던 것이었다. 세레나의 정령의 힘이 마법 실드 역할을 해준 것이다.

그리고 상식의 그런 행동은 영빈의 분노에 더욱 불을 지피는 결과만 가져왔다.

'세레나……. 나 이 새끼를 죽일지도 모르니 당신은 어서

현아부터 보살펴 줘.'

―그건 걱정 마. 호흡이 약간 미약하기는 해도 아직 생명에 지장이 생길 정도는 아니라서 치료야 간단하지.

"이 개새끼야~!"

쉬이익~ 퍽!

"켁!"

땡그랑~

현아가 무사함을 알게 된 이상 망설일 이유는 없었다. 그래서인지 영빈의 주먹에는 무서운 힘과 스피드가 동시에 들어갔다. 비록 수돗물이었지만 세레나는 그 물에 정령의 힘을 불어넣어 주었고 그로 인해 발휘되는 힘은 엄청났다. 때문에 그 한 방으로 상식은 턱이 완전히 돌아감과 동시에 그대로 쇠파이프를 놓칠 수밖에 없었다.

영빈은 멈추지 않고 곧바로 쓰러진 그의 몸통 위로 올라타더니 마치 신들린 사람처럼 주먹질을 해댔다.

"감히 내 사랑하는 동생을 저 지경으로 만들어? 내 오늘 너를 서른 시간즈음 푹 고아낸 사골마냥 아주 늘어지게 만들어 주마, 이 새끼야!"

퍽! 퍼퍽!

"우아악! 살, 살려… 케엑!"

과거의 그였다면 절대로 이렇게 무식하게 사람을 때릴 수가 없었을 것이다. 하지만 지금의 영빈은 산전수전 다 겪어본 서른아홉 살의 영혼을 가지고 있었고 무엇보다 자신의 눈으로 현아가 쓰러진 모습을 직접 목격한지라, 말 그대로 지금 보이는 것이 없었다. 보이는 것이 있다면 오직 분노로 들끓는 자신의 주먹뿐.

─휴우… 천만다행이었어. 지금 살펴보니 이 아이는 목이 심하게 졸렸던 상태야. 만일 우리가 조금만 더 늦었어도 아예 살릴 방법이 없었을 거 같아.

'죽일 놈……! 저렇게 어린 소녀가 무슨 죄가 있다고.'

빠드드득.

세레나의 말에 영빈이 이를 갈았다.

─내가 경험으로 볼 때 저런 인간은 그냥 죽이는 게 좋아. 그냥 두면 누군가 또 당할 거야. 아니면 너에게 복수를 한답시고 또 무슨 짓을 저지를지도 모르고.

불난 집에 기름을 붓는다는 말은 이럴 때 쓰는 말일지도 모른다. 물론 상식의 입장에서 볼 때는 말이다. 세레나는 워낙 사람 죽는 일이 비일비재한 차원에서 와서 그런지 이처럼 영빈이 더욱 독해지게끔 부채질했다.

"뒈져라! 이 새끼야!"

퍼퍼퍼퍽!

그가 사정없이 주먹질하는 바람에 상식의 얼굴은 그야말로 피범벅이 되어갔다. 그나마 영빈이 이성의 끈을 완전히 놓지 않고 어느 정도는 힘을 줄인 상태라서 그렇지 안 그랬으면 진짜로 죽었을 지도 몰랐다.

"제, 제발 그, 그만······."

멈칫.

"내가 살살 때리니 아직 말할 힘이 있지? 하긴, 나도 좀 지치긴 한다. 근데 말이야. 아무리 그래도 널 심심하게 둘 생각은 절대 없거든?"

영빈은 자신의 몸을 휘돌던 물의 기운과 더불어 자신의 기력이 약해지는 것을 느끼고 구타를 멈추었다. 하지만 아직도 두 눈만큼은 분노로 활활 타올랐다. 영빈은 자리에서 일어나 한쪽 구석으로 향했다.

그러자 상식은 끙끙거리면서도 그가 대체 어디를 가는 것인지 불안한 시선으로 바라보았다. 그러다가 점점 그의 눈동자가 공포감으로 커지기 시작했다. 돌아서는 영빈의 손에 그가 아까 떨어뜨렸던 쇠파이프가 들려 있었기 때문이다.

"난 양아치들이 대체 어째서 이런 무기를 들고 설치나 했는데 오늘에서 그 이유를 알 것 같네. 때리는 것도 생각보다 힘들더라. 그렇다고 이쯤에서 멈추자니 분이 풀리지 않고······. 이럴 때는 정말 이게 필요한 것 같아. 바로 이렇게 말이야!"

부웅~

빠악!

"끄아아악~!"

“내 동생이 대체 뭘 잘못했는데? 뭘 잘못했기에 죽이려고 했냔 말이야..내 소중한 동생을! 왜!”

빠바박! 빠악!

“사… 살려… 끄륵… 컥!”

영빈은 쇠파이프를 들어 올리더니 그대로 상식의 등짝을 내려쳤다. 둔탁한 타격음이 울려 퍼졌다. 그가 만일 적시에 나타나지 않았다면 현아는 아마 큰일을 당했을 터. 그런 끔찍한 생각이 멈추지 않는 이상 그의 광분을 멈추게 할 방법은 없을 것 같았다.

그런데…….

“오, 오빠……. 영빈이 오빠?”

“현아야! 너 괜찮아?!”

상식이 거의 실신에 이르렀을 때 떨리는 현아의 목소리가 들렸다. 그러자 영빈은 동작을 멈추고 그녀를 바라보며 이렇게 물었다.

“응……. 아까는 이대로 죽는 줄 알았는데 어쩐 일인지 갑자기 정신이 맑아지고 몸이 가뿐해졌어. 그런데 죽음 앞에서 오빠 목소리가 들려 환청인줄 알았더니 정말 오빠다. 헤…….”

“그래, 그래……. 현아야. 내가 늦어서 미안해. 많이 놀랐지?”

영빈은 쇠파이프로 상식이의 목젖을 꾸욱 누른 상태로 현아와 이런 대화를 나누었다. 언젠가 본 영화에서 이런 비슷한 상황에서 누워 있던 악당이 주인공을 암습하던 장면이 떠올랐기 때문이다.

"아니야. 오빠가 날 구했잖아. 너무 너무 고마워. 역시 우리 오빠 따봉!"

현아가 슬며시 웃으며 엄지를 추켜세웠다. 아직도 쇼크가 남아 있었지만 현아는 그래도 의젓했다. 세레나의 도움 덕분에 몸 상태가 많이 좋아져서 그런 것도 있겠지만 원래 그녀가 천성적으로 의지력이 강해서 가능한 모습이었다.

"잠깐만 기다려라. 이 녀석을 좀 더 혼내주고 집으로 돌아가자. 그래야 다시는 널 괴롭힐 일이 없을 테니."

"아냐, 오빠. 지금도 충분히 반성하고 있지 않을까? 상식이 오빠도 원래부터 그렇게 나쁜 사람은 아니었어. 그러니 이쯤하고 그만 가자. 응?"

원래의 그녀 같으면 오히려 더 길길이 날뛰며 혼내주라고 할 것 같았는데 그런 영빈의 생각을 여지없이 깨며 그녀는 이렇게 애원했다.

그러자 숨을 몰아쉬며 누워 있던 상식이 애써 시선을 돌렸다. 뭔가 가슴이 답답했던 모양이다.

"들었지? 우리 동생이 저렇게 착한 아이야. 내 기분 같으면 이대로 널 죽이고 싶다만 동생을 봐서 오늘은 살려주겠다. 대신 또다시 현아 근처를 어슬렁거리면…… 그때는 죽는 것이

낮다는 생각이 들게 해주마.”

부르르…….

상식은 이때 영빈의 눈에서 정말로 소름이 쫘악 끼치는 살기가 흘러나오는 것을 보았다. 사실 이는 세레나가 가지고 있는 정령의 기세였지만 상식이 이를 알 턱이 없었다.

바로 그때 갑자기 사방에서 시끄러운 사이렌 소리가 들려왔다.

왜애애애앵~ 삐뽀삐뽀~~!

조금 전에 있었던 무지막지한 폭발로 인해 인근 주민들이 신고를 했는지 경찰차와 소방차가 다가오고 있는 모양이었다. 영빈은 세레나가 대지의 정령들을 불러내 큰 소동을 일으킬 때부터 이미 이런 일을 예상하고 있었기에 그리 놀라지 않았다. 어차피 사고 뒤처리를 누군가는 해야 하는 것이다.

“부탄가스를 가지고 장난치다가 벌어진 사고라고 둘러대. 물론 우리 이야기는 하지 않는 게 신상에 더 이로울 거야. 우리의 존재를 경찰들이 알게 되면 너의 범죄 사실이 들통 날 테니까. 살인 미수로 들어가는 것보다는 단순 사고범으로 잠시 수사를 받는 게 너도 낫겠지?”

끄덕끄덕…….

만신창이가 된 상식이 힘겹게 고개를 끄덕였다. 그런 그에게 영빈의 존재감은 점점 더 거대하게 다가왔다. 기껏해야 고3일 뿐인데 어떻게 저런 생각까지 할 수 있는 것인지 그저 놀라울 따름이었다.

"현아야, 업혀. 귀찮아지기 전에 어서 가자."

"응……. 오빠……."

세레나가 지나가던 작은 바람의 정령을 불러 먼지장난을
치게 하는 덕에 영빈과 현아는 유유히 그곳을 빠져나올 수 있
었다.

"오빠……."

"응?"

"사랑해……. 그리고… 너무 고마워."

"녀석……."

꼬옥…….

영빈의 목을 감싸고 있던 현아의 손에 힘이 들어갔다. 그녀
는 이 순간이 영원히 지속되기를 기도했다. 그렇게 무시하던
오빠의 등은 어느덧 그 옛날 아버지의 등과 너무도 닮아 있었
다.

4

현아의 사건이 있은 지 벌써 한 달이 흘러갔다.

그동안 영빈의 생활은 그야말로 눈코 뜰 새 없이 바빴다.
낮 동안은 학교에 가서 공부에 몰두해야 했고 저녁부터는 관
악산에 올라 세레나의 혹독한 훈련을 받아야 했다.

처음에는 그렇게 힘들어 하고 불평을 쏟아내던 영빈은 완전히 달라졌다. 오히려 세레나가 말려야 할 만큼 쉬지 않고 뛰고 또 뛰었다.

그 덕분에 훈련 돌입 이십 일 째 접어들었을 때 그에게는 새로운 과제가 주어졌다.

―네가 열심히 해준 덕분에 이제 기본 체력 훈련 시간은 조금 줄여도 될 것 같다. 해서 오늘부터는 체력 훈련보다 더 중요한 것을 익힐 때가 됐어.

'그게 뭔데?'

세레나가 워낙 칭찬에 인색해서 그렇지 사실 지금 영빈의 체력은 상상을 초월할 만큼 좋아졌다. 그는 이제 관악산을 아무리 달려도 지치지 않을 만큼 엄청난 체력을 갖게 된 것이다.

당연한 것이 그가 그동안 받은 훈련 과정은 군대의 특공대 훈련보다 지독했다. 그러다보니 매번 훈련 때마다 정신을 잃는 것이 다반사였고 그로 인해 세레나의 치료도 자주 받을 수밖에 없었다. 바로 이런 일들이 하루가 다르게 그의 육체를 강인하게 만들고 있었다.

―바로 우주의 근원적인 힘이라 할 수 있는 정령력을 느끼는 것이다.

'정령력? 그거 먹는 거야?'

―네가 사는 세상에서는 이를 기라고 부르고 우리는 이를

정령력이라 불러. 또 다른 존재들은 마나라 부르더군. 하지만 궁극적으로 지향하는 것은 세계를 이루는 거대한 힘이라 보면 돼.

'무슨 소린지 하나도 모르겠군. 좀 더 쉽게 설명할 수 없어?'

워낙 추상적인 개념인지라 영빈은 답답한 마음에 이렇게 물었다.

─내가 네 안에 숨어 있던 물의 속성을 일깨웠을 때 몸의 반응이 빨라진다든지 했던 건 기억하지?

끄덕끄덕…….

─네 몸속에서 이끌어낸 속성에서 비롯된 힘의 근원이 바로 정령력이라는 녀석이야. 그걸 쉽게 끌어낼 수 있다면 어떻겠어?

'어서 가르쳐 줘!'

세레나의 말이 모두 끝나기 전에 영빈이 이렇게 외쳤다. 세레나 말이 사실이라면 자신은 정말 강해질 것이다. 예전에도 힘이 강했으면 좋겠다는 생각은 있었지만 그 당시에는 그저 꿈일 뿐이었다. 하지만 새로운 인생을 살게 되고 또 세레나라는 신비한 존재를 만난 이후부터 영빈의 인생은 완전히 달라지고 있었고 이제 꿈은 그저 꿈으로만 끝나지 않을 수도 있었다.

─어차피 가르쳐 줄 건데 보채기는. 자, 우선 내가 알려주

는 주문부터 외워라. 이 주문은 너의 머리를 맑게 해주는 것은 물론 네가 조금이라도 쉽게 정령력을 느낄 수 있게 해줄 거야. 하루도 거르지 않고 이 주문을 외운다면 조만간에 천재 소리를 들을 수도 있을걸?

‘그, 그런 주문도 있어?’

—내가 누구냐? 바로 정령들의 왕 아니더냐. 오호호호!

원래 정령의 성향이 그런 것인지 세레나는 조금만 추어주면 거기에 푹 빠지는 버릇이 있었다. 하지만 그렇다고 그녀가 얄밉거나 싫지 않은 영빈이었다. 아니, 오히려 그런 그녀의 모습은 깜찍한 외모와 어울려 귀엽기만 했다.

‘위대한 정령의 왕 세레나여……. 제게 어서 신비의 주문을 가르쳐 주오.’

—오냐~ 나의 사랑스러운 계약자여. 내 그대가 더욱 총명해지고 정령의 세계에 입문할 수 있도록 주문을 전수해~ 주겠노라. 주문은 이렇다~ 바 하라문 덴시야 쿠튼 메헤시아 리아문토 가르고…….

둘은 장난스럽게 이야기를 나누었지만 막상 세레나가 주문을 외우기 시작하자 금방 엄숙해졌다. 주문은 그리 길지 않았지만 그 속에 신묘한 기운을 담고 있어 잠시만 되뇌어도 머리가 맑아지는 느낌을 주었다.

—다 외웠어?

‘휴우……. 생각보다 짧아서 외울 수 있었어. 발음이 정확

한지는 모르겠지만.'

　—외워봐.

　'바 하라문 덴시야 쿠튼 메헤시아 리아문토 가르고 미하인 드 게르타포일레…… 두탐카라!'

　—그 정도면 됐네. 이제 틈날 때마다 그 주문을 외우도록 해. 특히, 차분하게 명상에 잠긴 상태에서 외우면 효과가 배가 될 거야. 그러다 보면 조만간 정령의 힘을 느끼게 될 건데 그때까지만 외우면 돼. 정령력을 일단 느끼면 그 다음은 스스로 인도해 주기 때문에 주문 같은 것은 필요가 없게 되거든.

　세레나의 이야기가 계속될수록 영빈은 정령력이 참 신기한 것이라는 생각이 들었다. 그리고 어서 그 힘을 느끼고 싶었다. 하지만 첫술에 배부를 수는 없는 법. 우선은 주문부터 열심히 외워야 했다.

　'과거에는 뭐든지 마음만 급해서 결심은 쉽게 했지만 제대로 한 일이 없었지. 하지만 이제는 안다, 어떤 일이든 시간이 필요한 법이고 그런 만큼 조급함은 버려야 한다는 것을. 천릿길도 한 걸음부터란 말이 진리임을 말이다. 아직 나에게는 시간이 많다. 최소한 남들에게 없는 이십 년이라는 소중한 시간이 생겼잖아? 이제부터 나는 정말로 강해질 거야. 몸뿐만 아니라 마음까지도. 그래서 다시는 찌질한 삶 따윈 살지 않겠어.'

　그는 이런 다짐을 다시 한 번 하며 정신을 집중하기 시작했다. 그리고 그렇게 또다시 열흘을 더 보내게 되었다.

'바 하라문 덴시야 쿠튼 메헤시아……'

오늘도 영빈은 한 시간 가량 산을 달리고 나서 숲 깊숙이 들어가 가부좌를 틀고 앉아 주문을 외웠다. 그리고 세레나의 의식을 향해 자신의 의식을 맞추었다. 그러자 점차 느껴지는 바람과 물, 대지, 저 깊은 곳에서 끓어오르는 불의 기운까지 자신을 향해 저마다 목소리를 내고 있었다.

처음에는 부들부들 떨었다. 주문을 외울수록 그 떨림은 동작이 커졌으며 빨라졌다. 그러더니 곧 작은 바람과 물방울 등이 모이기 시작했다.

세레나는 워낙 평상시랑 똑같은 상황인지라 잠시 자신의 상념에 몰두해 있었다. 그러다가 어디선가 익숙한 정령들의 기운이 느껴지자 깜짝 놀라 고개를 치켜들었다.

'오 맙소사! 벌써 정령력으로 정령을 이끌다니! 말, 말도 안 돼.'

기가 막히게도 영빈은 주문을 외우기 시작한 지 겨우 열흘 만에 정령력을 뿜어내고 있었다. 그 스스로 의식하진 못했지만 그의 주변으로 최하급 정령들이 모여들었다. 이러한 성취는 더럽게 오염된 지구에선 예상하기 힘든 성과였던 것이다.

매우 놀라운 성취이지만 이는 전적으로 정령사의 집중력을 중심으로 한다. 영빈의 의지, 그것이 이룬 기적이 지금 펼

처지고 있었다.

'이건 내가 애초 예상했던 시간 보다 최소 육 개월 이상 빠르다. 그나마 육 개월을 잡은 것도 내가 중간 중간 끼어들어 도움을 준다는 전제하에 계산한 것이다. 하지만 저 녀석은 그런 나의 도움조차 아직 단 한 번도 받은 적이 없다. 그럼에도 정령력을 느낄 수 있다니…… 이거 참 우연히 만난 녀석치고는 정말 행운을 잡은 기분이 들 정도로 대단하군. 이거 이런 식으로 가면 내 힘을 다시 되찾는 것도 그렇게 오래 걸리지 않을지도…….'

세레나는 이 놀라운 현상 앞에서 경악하다가 약간은 들뜬 것 같은 독백을 했다.

덜덜덜덜…….

'이런……. 하마터면 큰일 날 뻔했구나. 정령력을 느낄 때 하급 정령들을 정리해 주지 않으면 자칫 그들의 힘을 이기지 못해 몸이 터질지도 모르는데……. 어서 도와주자.'

그녀의 놀람은 오래 이어질 수 없었다. 지금 영빈이 점점 위태로운 길로 가고 있었기 때문이다. 정령력은 잘 다루면 그야말로 엄청난 힘이 될 수 있지만 자칫 하면 오히려 커다란 해가 될 수도 있는 것이다.

Chapter 06

수아

1

영빈이 새로운 인생을 시작하면서 가장 두드러지게 달라진 부분은 바로 성격이었다.

원래의 그는 매사에 자신이 없고 사람을 기피했었다. 그렇기에 학교에서는 윤현을 제외하고는 친구가 없었으며 어디를 가도 존재감이 거의 없었다.

하지만 최근 들어 그는 점차 반 친구들과 어울리기 시작했으며 어느새 그들 가운데서 가장 재미있는 친구로 떠올랐다.

"호호호! 정말 재미있네. 영빈아, 또 재밌는 얘기 없어?"

"그래! 아직 점심시간이 끝나려면 시간도 남았는데. 하나 더 이야기해 줘도 될 것 같아."

방금 전 영빈은 반 친구들에게 그가 살았던 시대에서 유행하는 유머를 들려주었다. 미래에나 나오는 이야기이니 그 누구도 들어 봤을 리가 없을 터. 이 점을 노리고 이야기했던 것인데 그것이 제대로 적중한 것이다.

그의 이야기가 끝나자마자 반에서 새침데기로 유명한 미선이 저렇게 크게 웃으며 보챌 정도이니 다른 친구들이야 말할 것이 없었다.

게다가 병식을 쓰러뜨리고 공식적으로 학교 짱에 오른 그가 무섭기는커녕 오히려 이렇게 재미있는 이야기를 들려주니 더욱 호응도가 높은 것인지도 몰랐다. 영빈은 그 사건 이후로 단 한 번도 싸움을 하거나 누구에게 시비를 걸거나 한 적이 없었다. 그것만으로도 그의 인기는 높아질 수밖에 없었다.

"너희 너무한 거 아냐? 맨입으로 내 밑천을 몽땅 털어 먹으려 하다니……"

"수업 끝나면 내가 햄버거 사줄게. 어서 해봐."

그의 엄살에 이번에는 은실이 대꾸했다. 그녀 역시 평소에는 쉬는 시간까지 책을 끼고 사는 책벌레였는데 대뜸 끼어든 것이다.

"아, 나 못해. 밥을 먹어서 배도 부르고 졸려서 더는 안 되겠다. 그렇지만……"

"그렇지만?"

"혹시 수아가 부탁을 한다면 달라질지도 모르지."

그가 이런 말을 하자마자 학생들은 동시에 한 이름을 외쳤다.

"수아야!"

"으응? 왜?"

그녀는 다른 학생들과는 달리 영빈의 근처에 있지 않았다. 자존심 때문인지 아니면 영빈에게 관심이 없는 것인지 홀로 창가에 서서 생각에 잠긴 것처럼 보였다.

그러나 친구들의 부름에 돌아서는 그녀의 입가에는 감출 수 없는 미소가 떠올라 있었다. 그녀 역시 지금까지 영빈의 이야기를 들었다는 증거이리라.

"영빈이가 널 찾잖아. 어서 네가 더 이야기해 달라고 졸라봐. 어서~!"

"내가 왜 그래야 하는데?"

"왜는……. 너는 이미 영빈이랑 공식 커플 선언을 했잖아. 그리고 무엇보다 지금 영빈이가 널 찾잖아!"

친구들은 짓궂게 이런 말로 그녀를 압박했다.

"언, 언제 내가 공식 커플을 선언했어?"

"아휴, 지지배. 전에 모두가 보는 앞에서 친하게 지내자고 말했잖아. 그게 커플 선언이지 뭐니? 그러니 잔말 말고 어서 영빈의 입을 열게 해봐. 당장 당사자인 영빈이 널 원하잖아."

그 일을 그녀가 잊을 리 없다. 하지만 그날 이후 영빈과 그녀는 그리 가깝게 지낼 시간이 없었다. 워낙 영빈이가 틈이 없었기 때문이다.

그는 지난 한달 내내 쉬는 시간이나 점심시간이면 복습을 하는 것인지 책에서 시선을 뗀 적이 없었고 수업이 끝나면 제일 먼저 집으로 사라졌다.

그는 나름대로 새로운 과거에 얼른 적응하고 또 세레나와의 훈련 때문이었지만 그런 사실을 알 수 없는 수아 입장에서는 큰 실망이었다. 그런 상황에서 반의 친구들이 이렇게 이야기를 하니 곤혹스러울 수밖에.

"영빈아, 애들 이야기 들었지? 어서 이야기해 봐. 응?"

"하하! 수아의 부탁은 거절할 수가 없지. 좋았어, 그럼 내 특별히 하나만 더 해줄게. 이번에는 닭 이야기인데…… 어느 날, 폭등하는 사료 값을 견디지 못하고 양계장이 망했어. 그 양계장에 남은 거라곤 겨우 닭 세 마리가 전부였지."

"…그, 그래서?"

영빈이 다시 2012년에 유행하고 있는 이야기 하나를 시작하자 모두는 집중하기 시작했다.

이렇게 다들 집중하게 된 것은 단순히 이야기 내용 때문만은 아니었다.

그는 실제로 서른아홉 살까지 산전수전을 겪으며 사업을 해왔던 사람이었다. 모든 사업이 그렇듯 사업을 하려면 수많은 사람을 만나야 했고 무엇보다 그들을 설득시킬 수 있는 화술이 필요했다.

지금 영빈은 그때 갈고닦았던 화술을 이용해 모두를 빠져들게 만들었던 것이다.

서른아홉 살의 노땅이 순진한 학생들을 홀리는 것은 그리 어려운 일이 아니었다.

"그거라도 어떻게 키워서 재기해야겠다고 다짐했던 양계장 주인은 어느 날, 더 이상 배고픔을 견디지 못하고 닭을 잡아먹기로 결심했지."

"저런……."

"우째쓰까잉~"

"몰라, 나 안 해. 관둬관둬."

"앗 미안, 미안……. 입 다물고 들을 테니 어서 해줘."

끼 좀 있다 하는 친구들이 여학생들이 많이 모여 있는 것을 노려서 튀어 보려고 그랬는지 슬쩍 끼어들자 영빈이 단 한마디로 그들의 입을 다물게 했다. 이런 것 역시 중요한 화법의 한가지였다. 상대를 설득할 때는 오로지 자신의 이야기에만 집중하게 하라. 바로 이런 기술이다.

"어디까지 했더라?"

"닭을 잡아먹기로 결심한 데까지……."

"아, 맞다! 그런데 수천 마리에서 딱 세 마리가 남았으니 어느 놈을 잡아먹을지 결정하기가 힘들었지. 그러다나 마침내 묘안을 내게 된 거야."

흐트러진 분위기를 간단한 질문으로 도로 잡아들인 영빈은 점차 목소리를 낮추며 몰입도를 높여갔다. 실로 대단한 연출이 아닐 수 없었다.

"……."

"지금은 어쩔 수 없이 한 마리를 잡아먹어야 하지만 일단 머리 좋은 종자는 남겨 두자는 생각이 문득 든 모양이야. 세 마리 가운데 가장 머리 나쁜 놈을 잡아먹기로 한 거지. 그래서 문제를 내기로 했어."

"어떤 문제일까?"

"쉿……."

누군가가 이렇게 중얼거리자 곧 또 다른 누군가가 그의 입을 막았다. 행여 영빈이 또 이야기를 멈출까 봐 겁이 난 모양이다.

"첫 번째 닭 닭수니에게 물었지. '1+1은?' 닭수니는 장난하냐는 듯이 주인을 스윽 쳐다보더니 '2'라고 대답한 거야. 의외로 수학 문제를 간단하게 맞히는 데 놀란 주인이 두 번째 닭인 닭도리에게는 조금 더 심사숙고를 한 이후에 물었지. '2x2는?' 더하기보다는 곱하기가 훨씬 어렵잖아. 그런데 주인의 예상을 깨고 닭도리는 하품을 한번 길게 하더니 대답했어. '4요…….' 그야말로 주인이 화들짝 놀랄 지경이었지."

"……."

이야기가 진행될수록 교실 안은 쥐죽은 듯 조용해졌다. 이

제는 다른 자리에 앉아 있는 친구들까지 귀를 쫑긋 세우고 집
중하고 있었다.

　"만일 마지막 닭까지 문제를 맞혀 버리면 주인은 또 굶어
야 하는 처지가 되었지. 그래서인지 주인은 고심에 고심을 거
듭한 끝에 마침내 마지막 닭인 닭대가리 군에게 물었어.
'247,834,597x328,439,284는?' 그러자 닭대가리군은 주인을
한참 올려다보다가 이윽고 말했지……."

　"꼴깍……."

　"뭘까?"

　영빈의 귓가로 침 넘어가는 소리와 궁금해하는 작은 소리
가 들려왔다. 그로써 모두의 궁금증이 최고조에 달했음을 감
지한 그는 드디어 다시 입을 열었다. 이처럼 때때로 약간의
침묵을 섞어 주는 것도 중요한 화술인 것이다.

　"털 뽑아~! 신발놈아!!"

　"풋……."

　"크헉……."

　"푸핫하하하!"

　"꺄르르르르~!"

　그의 이 마지막 한마디로 3학년 2반 교실이 그대로 뒤집어
졌다.

　하지만 더 황당한 일은 영빈만 알 수 있게 벌어졌다.

　—꺄아아아~ 와아호호호! 미치겠네. 털 뽑으라니…… 나

정말 너무 웃겨서 미칠 거 같아. 내 벌써 천 년을 넘게 살아 왔지만 이렇게 웃긴 이야기는 첨이야. 오호호호!

명색이 정령왕이라는 여자가 체면이고 나발이고도 없이 온 교실 안을 날아다니며 낄낄거렸던 것이다. 영빈은 힘만 강해지는 것이 아니었다. 그는 말발도 점점 무섭게 강해지고 있었다.

2

어느새 벌써 날씨가 포근해졌다. 이제 완연한 봄이 시작된 것이다. 지나가다보니 어느 집 안 마당에 심어 놓은 목련나무에는 벌써 아름다운 목련이 피어 있었다. 뿐만 아니라 비록 삭막한 서울이었지만 곳곳에서 활짝 웃고 있는 개나리도 보여 영빈의 마음을 더욱 따뜻하게 해주고 있었다.

아니, 조금 더 솔직히 말하자면 지금 영빈은 그야말로 하늘을 나는 기분이 들 정도로 취해 있었다. 수업이 끝나고 집으로 돌아가는 지금 그의 옆에는 단아하고 아름다우며 성숙미가 물씬 풍기는 수아가 있었기 때문이다.

"우리… 처음으로 같이 하교 하는 거지?"

"응……. 그렇지. 왜? 나랑 가는 게 싫어?"

아까까지만 해도 그렇게 청산유수로 잘 떠들던 영빈이 멋대가리없이 입을 열자 수아가 동그란 눈을 더욱 귀엽게 치켜

뜨며 이렇게 되물었다. 여기에 당황한 영빈이 거세게 손사래를 치며 부정했다.

"그럴 리가! 난 그냥 이게 꿈인지 생시인지 구별이 잘 안가서……."

"풉! 넌 있지. 정말 재미있는 거 같아. 너 같은 사람이 어째서 칠뜨기라고 소문이 났던 것인지 이해가 가질 않아."

수아의 꾸밈없는 맑은 목소리와 함께 그녀 특유의 상큼한 내음이 봄바람에 실려와 영빈을 더욱 몽롱하게 만들고 있었다. 그가 비록 서른아홉 살의 경험과 지식을 가지고 있다 한들 그녀의 이런 매력을 견뎌낼 수는 없었다.

이 시기로 돌아온 그때부터 줄곧 그랬던 것 같다. 좀 더 연륜있는 명민함은 있어도 어딘가, 어린 시절의 모습으로 돌아와 버린 듯한 자신. 그래서인지 그의 심장은 이 순간 심하게 뛰었다.

"내가 칠뜨기인 것은 맞아. 지금까지의 나는 공부도 별로 못했고 싸움도 잘 못했었어. 하지만 작년 겨울방학이 시작될 무렵, 이렇게 살면 내 인생의 미래가 암울해지지 않을까 싶은 생각이 문득 들더라고. 그래서 그때부터 다른 사람이 되어 보자고 결심하게 된 거야."

"그런 사람치곤 싸움을 너무 잘하던데?"

"솔직히 그날 병식이에게 도전장을 던져 놓고도 얼마나 불안했는지 몰라. 물론 달라지기 위해 겨울 내내 실전 무술을 배우긴 했지만 워낙 시간이 짧아 자신이 없었거든. 만일 그때 병식이가 널 협박하지만 않았어도 절대 대들 생각은 못했을 거야. 널 지켜야 한다는 생각이 그런 힘을 냈는지… 도……. 이런……. 내가 지금 무슨 소리를……."

"아……. 네가 날 그렇게까지 생각하는 줄 몰랐어. 그날 이후 네가 마치 다른 사람이라도 된 양 나를 피하는 것 같아서 얼마나 슬펐는지……."

영빈은 지금 약간의 거짓말을 하고 있었지만 그녀에 대한 마음만큼은 진실이었다. 그는 지금 수아랑 이렇게 이야기를 나누고 있다는 사실만으로도 행복했다. 예전 같으면 상상도 할 수 없는 일이었다.

"미안해. 하지만 내가 지난 한 달 동안 너와 함께 이야기도 나누지 못했던 것은 너에게 창피하지 않은 남자가 되기 위해서였어. 방금 이야기했지만 나는 더 이상 칠뜨기 소리를 듣고 싶지 않아. 그런데 아직 공부는 많이 못했거든. 벌써 고3인데 내 수준은 정말 한심해. 당장 이번에 치를 모의고사부터가 문제잖아."

"그렇네. 너의 그런 마음도 모르고 난 혼자 괜히 고민했네. 네가 날 싫어한다고 생각했거든."

"그럴 리가! 누가 감히 천하의 윤수아를 싫어하겠어? 이렇게 예쁘고 착한 널 말이야!"

발그레…….

영빈이 큰소리로 이렇게 말을 하자 순간, 수아의 얼굴이 빨개졌다. 그녀는 어릴 때부터 이런 찬사를 수없이 들어왔다. 그러나 그 어떤 찬사도 지금처럼 가슴 벅찬 느낌을 주지는 못했다.

사실 아직은 그녀가 영빈을 좋아하는 것이라고 말할 수 없었다. 그녀가 그를 안 지도 얼마 안 되었고 둘이 제대로 된 대화를 나눈 적이 단 한 번도 없었기 때문이다. 하지만 최소한 그녀는 영빈이 자신을 싫어하지 않았으면 하는 마음을 가지고 있는 것은 분명했다.

"그렇게 말해 줘서 고마워……. 그리고 이런 말을 해도 괜찮을지 모르겠는데……."

"뭔데? 무슨 말이든 상관없으니 어서 해봐."

"이번 모의고사… 나랑 같이 준비하지 않을래? 나도 대단한 실력이 있는 것은 아니지만 최대한 도와줄게. 그렇게 하고 싶어."

"정, 정말?"

"응……. 우리 집에서든 너희 집에서든 같이 공부하자. 공부를 하기 위해서라고 말씀드리면 부모님들도 크게 반대하지 않으실 거야."

윤수아. 그녀는 얼굴이 예쁜 여자는 머리가 나쁘다는 편견을 단숨에 깬 여자였다. 그녀는 초등학교 이후로 단 한 번도 전교 일등을 놓친 적이 없는 수재로도 이미 유명했다. 그런 그녀가 같이 공부하자니……. 영빈은 순간 이게 꿈이 아닐까 싶어 가만히 세레나를 불렀다.

'세레나, 이게 꿈인… 컥!'

꼬집~!

세레나는 정령이기 때문에 인간에게 물리적인 힘을 가할 수는 없다. 하지만 영혼으로 맺어진 계약자에게는 이처럼 간단한 신체 접촉은 가능했다. 그녀는 두 사람의 이야기를 들었는지 그가 꿈인지 생시인지 물어 보기도 전에 그의 목덜미를 꼬집어 이게 꿈이 아님을 알려줬다. 그것도 하마터면 입 밖으로 비명이 새어 나갈 만큼 강력하게 말이다.

"나, 나야 당연히 대환영이지. 하지만 정말 그래도 되겠어? 괜히 네 공부에 방해만 되는 거 아냐?"

"싫어?"

"아냐!"

영빈이 크게 소리쳤다.

"호호……. 그럼 내일부터 같이 공부하자. 오늘은 미리 부모님께 말씀드리는 게 좋을 것 같아. 대신 나랑 공부를 하게 되면 각오하는 것이 좋을 거야. 내 사전에 대충이란 없거든."

"알아 모시겠습니다, 선생님."

"얘는! 내가 언제 널 가르치기로 했니? 그냥 같이 공부하자는 것뿐인데 선생님이라니……."

"같이 공부하다 보면 내가 배울 게 많을 거야. 난 정말 모르는 것투성이거든. 그때를 위해 미리 아부하는 것뿐이니 신경 쓰지 마. 아니, 혹시라도 너무 모른다고 비웃지나 않았으면 좋겠어.”

영빈의 이런 솔직한 말에 수아의 마음이 더욱 움직였다. 그녀는 정말 이런 남자는 처음 보았다. 보통 그녀에게 접근해서 어떻게 해볼까 하는 남자들은 대부분 자신을 과대 포장하기 일쑤였다. 절대 약점이 될 만한 이야기하지 않는 것이다. 하지만 영빈은 스스로 못하는 것은 못한다고 솔직하게 말하고 있어서 그녀로 하여금 더욱 큰 신뢰를 느끼게 하였다.

“영빈아.”

“응?”

“못하는 것은 절대 나쁜 게 아니야. 안 하는 것이 나쁜 거지. 너는 그동안 안 해왔지만 이제는 다르잖아. 네가 하겠다는 의지가 있는 이상 너는 훌륭한 사람이야. 감히 그런 사람을 비웃을 만큼 나는 잘난 여자가 아니거든?”

자신이 그동안 알고 있는 것보다 그녀는 더욱 괜찮은 여자였다. 그는 설마 그렇게 화려하고 멋진 여자가 이처럼 다른 사람을 배려해 줄 줄은 몰랐던 것이다. 그래서 그는… 수아가 더욱 좋아졌다.

3

와르르르…… 쿠당탕!

"오빠! 잠 좀 자자!"

"영빈아! 도대체 이 밤중에 뭘 하는 거니?"

벌써 밤 12시가 넘었건만 영빈이의 방에서는 온갖 요란한 소리가 들려왔다. 그러자 식구들의 항의가 빗발쳤다. 다들 새벽이면 일어나야 하는데 이 시간까지 잠을 잘 수가 없으니 당연한 일이었다.

"청소하고 있어요!"

"대체 이 시간에 무슨 청소를 한다고 이 난리야?"

"죄송해요. 실은 내일 진짜! 중요한 친구가 오기로 했거든요. 그런데 방이 너무 지저분하잖아요. 워낙 깔끔한 친구라 이 상태로 그냥 부를 수가 없어요."

어머니께서 결국 영빈의 방에 나타나 한마디 하자 영빈은 머리를 긁적이며 이렇게 대답했다. 그러는 사이 하품을 하던 윤아가 엄마 옆으로 다가오며 한마디 했다. 현아는 한 번 잠이 들면 업어 가도 모를 정도지만 윤아는 워낙 예민한 탓에 자다 깬 모양이었다.

"아함~! 오빠 친구 중에 그렇게 깔끔한 친구가 어디 있어? 윤현이 오빠도 털털하기만 하던데? 가만, 설마……? 에이, 아니겠지."

"누구 짐작이 가는 친구라도 있냐?"

"아니에요, 엄마. 최근 들어 오빠가 많이 달라지긴 했지만 설마 여자 친구를 데려올 리는 없잖아요.”

“오호호……. 우리 영빈이가 여자 친구를? 하기야 유치원 다닐 때만 해도 인기가 많아 간혹 여자 친구를 데려오기도 했었다만 그걸로 끝이었지. 초등학교 입학 후부터는 여자 친구는커녕 남자 친구도 집에 데려온 적이 거의 없으니…….”

엄마와 동생이 이런 대화를 나누자 영빈은 속으로 한숨만 푹푹 나왔다. 돌이켜 보니 자신이 정말 한심하게 살아온 것 같았기 때문이다. 엄마의 말처럼 그도 유치원을 다닐 무렵까지는 성격이 쾌활하고 제법 인기도 있었다. 하지만 초등학교 2학년 때 이사를 하면서 달라졌다. 전학을 하고 환경이 달라지자 전혀 적응을 하지 못한 것이다. 그러다 보니 공부도 하기 싫어지고 점점 소심하게 변해갔던 그였다. 그런 그가 친구를 제대로 사귈 수 있었겠는가.

‘하지만 이제는 아니지. 아니, 그렇게 암울한 삶을 더 이상은 더는 싫어!’

영빈은 잠시 이런 생각을 하다가 다시 입을 열었다.

“미안하지만 내일 올 친구는 여자 친구거든?”

“뭐? 진짜? 그렇다면 정말로 수아 언니?”

“응 맞아. 수아가 내일부터 내 공부를 도와주기로 했어.”

“꺄아아~! 이건 정말 톱뉴스 감인데? 우리 집에 수아 언니가 오다니……. 이건 꿈이야!”

“대체 수아가 누군데 그 호들갑이니?”

윤아가 워낙 난리를 치며 이야기하자 엄마는 의아하다는 듯 물었다.

"우리 학교에서 여신으로 불리는 언니가 있어요. 얼굴도 예쁘고 몸매도 날씬한데 공부는 언제나 전교 일등을 하는 그런 완벽한 언니가 바로 수아 언니라구요. 당연히 남학생들에게 인기 짱이지만 여학생들 사이에서도 최고의 인기녀거든요. 오빠! 저리 비켜봐. 내가 도와줄게."

"에이……. 그렇게 잘난 여학생이 뭐하러 우리 집에 오겠어? 네 오빠가 괜히 허풍을 치는 모양이다."

엄마는 믿지 못하겠다는 듯 고개를 가로저으며 이렇게 말했다. 하긴 영빈이 그동안 살아온 모습에 비춰본다면 말이 안 되는 상황이기는 했다.

"어차피 내일이면 밝혀질 텐데 거짓말을 왜 하겠어요? 윤아 말대로 같은 반이 된 이후로 어찌어찌하다 보니 친해진 거예요. 제가 이번 모의고사가 걱정이라고 했더니 선뜻 도와준데요."

"그게 사실이라도 어서들 이제 자라. 내일 새벽에 일어나서 학교 갈 애들이 이러고 있으면 어떻게 하니? 내일 엄마가 치워줄 테니 어서 그만 자."

"네… 엄마……."

엄마의 강력한 한마디에 결국 그 난리를 치던 영빈과 윤아는 잠자리에 들 수밖에 없었다. 평상시에는 너무나도 조용하고 늘 인자하신 분이지만 이처럼 뭔가 단호하게 결정을 지으면 카리스마가 엄청난 그녀였다.

그리고 다음날 오후……

딩동… 딩동…….

"누구세요?"

"저예요, 엄마."

"제가 나갈게요~!"

마침내 영빈이 학교에서 돌아오자 먼저 와 있던 윤아가 재빨리 뛰어나왔다. 그녀 역시 애타게 기다렸던 모양이다. 하지만 문을 열기 전까지도 반신반의다. 오빠가 그녀를 위해 싸웠던 것을 알고 있으면서도 도무지 믿기지가 않았던 것이다.

그런데…….

"어머, 윤아가 문을 열어주네. 안녕! 오랜만이야. 나 누구인지 알지?"

"네! 오랜만이에요. 수아 언니. 잘 오셨어요. 어, 어서 들어오세요."

환한 미소와 함께 대문에 들어서는 수아를 보는 순간, 윤아의 심장은 심하게 뛰기 시작했다. 그만큼 놀란 모양이다.

"안녕하세요, 어머니. 처음 뵙겠습니다. 저는 윤수아라고 해요."

"잘 왔어요. 들어와요."

　하지만 어머니는 예상과 달리 여전히 침착하고 조용했다. 아버지가 살아계실 때는 고생 한 번 안 해보신 어머니셨지만 지금은 보험 영업을 하랴, 애들도 키우랴, 실로 힘겨운 삶을 살고 계신 분이다. 하지만 그럼에도 특유의 기품은 여전했다. 그래서인지 수아는 첫눈에 어머니가 마음에 쏙 들었다.

　"말씀 많이 들었어요, 언니. 환영해요. 헤헤……."

　"네가 현아로구나. 반갑다, 난 수아야."

　집은 그렇게 큰 편은 아니었지만 아늑했고 사람들은 편하고 좋았다. 수아가 영빈의 집에 와본 소감이었다.

　"여기가 내 방이야. 좀 지저분하지?"

　"어머……. 나… 남자 방은 처음 와봐. 그런데 생각보다는 깨끗하고 정돈이 잘 되어 있네. 난 남자 방은 너저분하고 엉망일 거라고 상상해 왔거든. 호호……."

　단둘이 있게 되어서 그런지 수아는 괜히 떨렸다. 그래서 문가에 선 채 이처럼 어색한 웃음을 웃었다. 그런데 바로 그럴 때 갑자기 영빈이 그녀의 코앞으로 다가오더니 상체를 그녀 앞쪽으로 숙이는 게 아닌가.

　확 느껴지는 남자의 향기……. 순간 그녀는 심장이 터질 것 같은 떨림과 동시에 영빈이 이런 사람이었나 하는 실망감이 일어났다. 그런데…….

　딸깍…….

　"아무래도 방문을 열어 놓고 공부하는 게 좋을 것 같아. 남

녀가 밀폐된 공간에 단둘이 있으면 남자가 늑대로 돌변할 가
능성이 높잖아. 물론 나도 남자고……. 어흥~"

"픕! 넌 정말……. 알수록 괜찮은 사람인 것 같아."

그가 그녀 쪽으로 몸을 기울인 것은 바로 그녀의 등 뒤에 문
이 있었기 때문이었다. 물론 그냥 그녀더러 비키라고 하고 열
어도 충분한 일이었지만 지금의 영빈은 순진한 원래의 영빈이
아니었다. 동정의 몸이 되어버리긴 했어도 나름 많은 경험을
쌓은 늑대였기에 이럴 때 어떻게 해야 할지를 잘 알았다.

그는 엉큼하게도 그녀와 스킨십을 살짝 하면서도 전혀 의
심받지 않는 방법을 택했다. 그로 인해 수아는 그를 더욱 이
성으로 느낄 수밖에 없었다. 자연스러운 스킨십은 남녀간에
반드시 필요한 법이다. 특히, 여자가 생각할 때 어쩔 수 없다
고 여길 수 있는 상황에서의 스킨십은 매우 중요했다.

이미 39년을 살아본 영빈은 이런 점을 과거 뼈아픈 경험을
통해 터득했다. 그리고 이 순간, 그의 그런 경험이 수아의 마
음을 조금씩 뺏어 오는데 큰 공을 세우고 있었다.

4

모의고사가 있던 날, 아침부터 하늘이 몹시 흐리더니 결국
비가 내리기 시작했다.

쏴아아아…….

"에휴……. 하필 모의고사 보는 날, 비가 올 게 뭐람."

─비오는 게 싫어?

영빈이 집을 나서며 이렇게 투덜거리자 세레나가 참견을 했다.

'싫긴. 너무 좋아서 탈이지. 교실 밖으로 비가 내리는 것을 보면 난 정신을 차릴 수가 없더라. 자꾸만 뛰쳐나가고 싶어지거든. 그런데 시험 보는 도중에 나갈 수는 없잖아. 내가 오늘을 위해 얼마나 열심히 노력했는지 세레나도 알잖아.'

─그럼 그렇지. 그래도 명색이 물의 정령왕과 계약한 자가 비를 싫어하는 줄 알고 놀랐네. 저기를 잘 봐봐. 떨어지는 빗줄기 속에서 신나게 뛰어다니는 녀석들이 보일 거야.

'아……. 정말 그렇네. 가만 보니 저건 그때 운달계곡에서 보았던 그 작은 물방울 요정들? 그런데 그들 사이로 신기하게 생긴 소녀가 보여. 대체 저 소녀는 누구야?

세레나의 말대로 빗줄기를 자세히 관찰하던 영빈은 희미하긴 했지만 투명하면서도 작은 빛을 발하는 신기한 존재들이 쉬지 않고 날아다니는 것을 발견할 수 있었다. 그들은 그가 처음 세레나를 만났던 날, 문경에 있는 운달계곡에서 보았던 바로 그 존재들이었다. 이들은 영빈이 정령 수련을 하는 과정에서도 나타났지만 영빈은 이 사실을 알지 못했다.

─정확히 말하자면 요정이 아니라 하급 정령 운디네야. 그런데 정말 네 눈에 저 소녀가 확실히 보여?

'당연하지. 이렇게 비가 쏟아지는데 하늘거리는 짧은 흰색 원피스만 입고 돌아다니는 소녀가 안 보이면 이상한 거 아니냐?'

세레나가 깜짝 놀라며 하는 질문에 영빈은 당연하다는 듯 대꾸했다.

─넌… 정말……. 으음……. 네가 보고 있는 저 소녀는 물의 중급 정령 운다인이야. 정령들은 중급에 접어들어야 비로소 인간의 형상을 할 수 있지. 그때부터 인간적인 이성이 조금씩 자라나거든. 하지만 아직 대화를 나누는 것은 불가능해. 그러기 위해서는 내가 중재를 해주든지, 아니면 너의 정령력이 더 강해져야 해. 하지만 운다인은 인간들의 감정을 스스로 읽을 수는 있으니 함부로 대해서는 안 된다는 걸 잊지마. 저 운다인은 지금 빗속에서 운디네들을 통솔하고 있는 중이야. 빗속에 스며 있는 물의 정기들이 더욱 골고루 퍼질 수 있도록 그들만의 길을 만들어주고 있는 거거든. 그래야 모든 생명들이 잘 자랄 수 있으니까.

'휴우……. 예전에는 전혀 몰랐는데 알고 보니 정령들의 역할은 꽤나 중요하군.'

넌 정말 빠르구나라고 말을 하려던 세레나는 얼른 그 말을 끊고 이렇게 설명을 해주었다. 그가 교만해질까 걱정스러웠기 때문이다.

워낙 그녀의 사정이 다급해서 어쩔 수 없이 계약한 상태인지라 아직 영빈은 제대로 된 정령사라고 볼 수 없었다. 사실 정령들 가운데 가장 강하고 신에 근접한 정령왕과 계약하려면 정령사 가운데서도 최고가 되어야 한다. 그래야 격이 맞고 더 나아가 서로 다칠 위험이 없다.

하지만 영빈은 아직 초보 정령사 수준도 되지 못하는 상태이기에 운다인을 보지 못하는 것이 맞았다. 하지만 이를 본다는 건 정령사로서 영빈이 지닌 능력이 세레나 자신의 예상보다 더 뛰어남을 말해주는 것이라 할 수 있었다.

—응. 우리 물의 정령들 외에 세상에는 여러 종류의 정령들이 존재하고 있어. 하지만 네가 살고 있는 이 차원에는 안타깝게도 중급 정령까지가 전부인 것 같아. 한때는 이곳에도 상급, 최상급 그리고 정령왕도 있었을 거야. 그런 흔적들이 존재는 하거든. 하지만 상위 정령들이 오기에는 이곳 인간들의 마음이 너무 메마르고 독해. 나도 만일 너를 못 만났다면 그대로 사라지고 말았을 거야. 그래서 하는 말인데…….

'……?'

갑자기 세레나가 말끝을 흐리자 영빈은 의아한 표정으로 그녀를 돌아보았다. 평상시 그녀는 늘 그의 등 뒤에 따라다닌다. 마치 그의 명령을 기다리는 심복처럼…….

그렇기에 그녀를 보기 위해서는 등을 돌릴 수밖에 없었다.

—내가 한동안 자리를 비워야 할지도 몰라.

'갑자기 어딜 간다는 거야?'

　세레나의 말에 영빈은 은근히 충격을 받았다. 늘 붙어 있는 것이 가끔 부담스러울 때도 있었지만 막상 그녀가 자리를 비운다고 하니 괜히 불안했던 것이다.

　─원래대로라면 정령들은 평소에는 정령계에 있게 마련이지. 그러다가 계약자가 부르면 그때나 나오는 것이 정상이거든. 하지만 어이없게도 이곳 차원에는 정령계가 없더라고. 대신 '정령들의 도피처' 라는 곳이 있지. 여긴 그나마 과거에 있던 상급 이상의 정령들이 이곳의 정령계가 위태로워지자 임시로 만든 곳 같아. 그런데 이 도피처가 지금 위태로워. 아까 말했다시피 이곳 차원에는 중급 정령이 최고인지라 도피처를 유지할 수 있는 힘이 턱없이 부족하거든.

　'그럼 세레나가 가서 그곳에 힘을 보태야 한다는 말이야?

　영빈이 다시 묻자 세레나는 처연한 얼굴로 고개를 살랑살랑 흔들었다.

　─내 힘이 고스란히 남아 있다면 충분히 그럴 수 있지만 지금은 어려워. 아직 계약자인 너의 정기를 받을 수 없기 때문에 내 힘은 제한되어 있거든. 하지만 그들에게 지혜를 빌려줄 수는 있지. 아무리 중급이고 하급 정령들의 능력이 미흡하다하나 나의 지혜를 빌려준다면 도피처 정도는 더욱 튼튼하게 유지해 나갈 수 있을 거야. 그러니 내게 며칠만 시간을 줄래? 계약자인 네가 허락하지 않으면 나는 멀리 갈 수가 없어.

　'솔직히 무슨 소리인지 다 이해할 수는 없지만 내가 막아서 될 일은 아닌 것 같아. 그런데 만약 네가 꼭 필요한 일이 벌어지면 어떻게 하지?

그녀가 이렇게까지 이야기하는데 말릴 수는 없는 노릇. 결국 영빈은 허락할 수밖에 없었다. 하지만 그러면서도 걸리는 부분이 있어서 이렇게 물어보았다. 아직 반에 버젓이 남아 있는 병식이나 또 어디 있는지 알 수는 없지만 그에게 크게 당한 상식도 언제 그를 다시 노릴지 모르는 일이었기 때문이다.

ㅡ네가 뭘 생각하는지 알아. 하지만 걱정 마. 내가 아무리 멀리 있다 해도 네가 날 간절히 원하면 나타날 테니. 그리고 너는 이제 강하진 못해도 어느 정도 정령을 다룰 힘이 있어서 조금만 더 열심히 훈련에 임한다면 어지간한 인간들은 널 이기긴 쉽지 않을 거야.

'알겠어. 그럼 언제 갈 거지?

ㅡ방금 저기 보이는 운다인이 전해왔는데 지금 도피처가 시시각각 붕괴되려 한다더라. 해서 너만 괜찮다면 바로 갈까 하는데…….

그녀를 만난 지 겨우 한 달이 조금 넘었을 뿐인데 그동안 워낙 특이한 일들이 많아서인지 영빈은 갑자기 그녀가 자리를 비우는 것이 아쉽기만 했다.

'어서 다녀와. 기다릴 테니까.'

ㅡ고마워. 그럼 나중에 보자.

샤라라랑~!

그렇게 세레나가 사라졌다. 그러자 영빈은 허전함이 밀려 들었지만 한편으로는 자유롭다는 기분도 들었다. 게다가 이제 그는 왕따가 아니었다. 학교 생활은 점점 재미있어지고 있는데다가 천사보다 착하고 아름다운 수아가 있었다.

그리고 수아를 떠올리자 그의 발걸음은 빗속에서도 더욱 빨라지기 시작했다. 하급 정령들이 찰박거리며 장난치는 그런 아침의 일이었다.

Chapter 07

생존의 법칙

1

　검은색 고급 세단이 미끄러지듯 다가오더니 복잡한 도로
변에 섰다. 그러자 원래부터 그 차를 기다린 듯 검은 정장에
선글라스를 끼고 있던 한 명의 사내가 재빨리 세단 근처로 다
가갔다.

　지잉…….

　"충……!"

　"됐다. 인사는 생략하고… 지시했던 일이나 보고해라."

　"네! 그는 현재 어머니와 여동생 둘과 함께 살고 있습니다.
학업 성적은 바닥권이고 예능이나 체육 쪽으로도 그다지 소
질이 없더군요."

선글라스의 사내는 움직임에 절도가 있었는데 세단 안의 사람을 무척이나 존경하는 듯, 보고 하는 태도가 그야말로 지극히 공손했다. 그런 그가 지금 누군가의 뒷조사를 한 것 같은 내용을 전달하고 있었다.

"그럼 대체 잘하는 게 뭔가? 혹시 생긴 게 반반한가?"

"키가 큰 편이고 인상이 나쁘지 않아서 보기 싫은 정도는 아니었습니다."

"평범하다는 이야기로군. 그럼 대체 어째서 우리 아이가 그런 놈에게 넘어간 건가? 보고 내용으로만 보면 뭐 하나 끌리는 게 없잖아? 거참……."

"죄송합니다!"

세단 안의 목소리가 어이가 없다는 듯 말하자 선글라스의 사내는 부동자세를 취하며 자신이 잘못이라도 한 듯 이렇게 말했다.

"자네가 뭘 잘못했다고 죄송한가? 쯧……."

"시정하겠습니다!"

"됐다. 말을 한 내가 잘못이지. 이번에 새로 들어온 신입들 훈련은 끝났나?"

"네! 일주일 전에 끝내고 지금 파견을 위한 부수적인 교육을 받는 중입니다."

얼핏 보기에는 선글라스의 사내가 세단 안의 인물을 두려워하는 것 같지만 조금 더 주의 깊게 들어보면 두려워하기보다는 깊이 존경하는 듯한 느낌을 주었다. 참으로 그 정체가 궁금해지는 두 사람이었다.

그런데 이때, 갑자기 세단의 앞으로 경찰차 한 대가 멈추어 섰다. 그리고는 경찰관 한 명이 내리더니 운전석 쪽으로 다가 왔다.

"교통경찰이 다가옵니다. 어떻게 할까요?"

"쯧……. 성가시군. 그냥 자네가 알아서 하게. 신분증을 보여주는 것도 방법이겠지."

"알겠습니다."

운전석에 앉아서 침묵을 지키던 기사가 공손히 묻자 세단 안의 예의 그 인물이 귀찮다는 듯 이렇게 대꾸했다. 그러는 사이 마침내 경찰관이 다가와 짜증스럽다는 듯 창문을 내리 라는 수신호를 하였다.

"선생님께서는 지금 주정차 위반을 하셨습니다. 면허증을 제시해 주십시오."

"우리는 지금 비밀리에 공무 수행 중이오. 여기……."

이 세단의 기사는 일반 운전기사들과 다른 묘한 위압감을 뿜어내며 경찰관에게 이렇게 말을 하더니 곧 신분증을 내밀 었다. 그러자 그것을 살펴보던 경찰관의 눈이 점점 커졌다.

"충성! 몰라 뵈어서 죄송합니다."

"됐으니 어서 가보시오."

"네! 그럼 수고하십시오!"

　　놀랍게도 고작 운전사의 신분증만 보고 경찰관은 거수경
례까지 하더니 황급히 사라졌다. 이로 보아 이 세단 안의 사
람들은 공직에 있는 사람들이 분명해졌다. 대한민국 경찰이
일반인에게 저런 태도를 보일 리는 없는 것이다.

　　“이보게, 안 팀장.”

　　“네! 말씀하십시오!”

　　세단안의 인물은 선글라스 사내를 이렇게 호칭했다.

　　“신입들 가운데 한 명을 선발해서 그놈을 시험해 봐. 크게
다치게 할 필요는 없지만 잔뜩 겁을 줘서 우리 수아에게 접근
하지 못하도록 만든다면 더욱 좋겠지. 듣자 하니 며칠 있다가
그놈을 집으로 데려와 같이 공부를 한다더군. 허어…
참……..”

　　놀랍게도 그의 입에서 수아라는 이름이 거론되었다. 수아
란 이름 앞에 ‘우리’라는 수식어를 쓸 수 있는 사람은 그리
많지 않을 터였다.

　　그랬다. 세단 안에서 지시를 내리고 있는 남자, 이 사람이
바로 수아의 아버지였다. 그는 지금 최근 들어 자신의 딸이
어떤 남학생을 집으로 초대했다는 소리를 듣고 그가 누구인
지 뒷조사를 지시했다. 물론 두말할 필요 없이 그 남학생은
영빈이었다.

　　“걱정 마십시오. 이번 신입들 가운데 가장 믿을 만한 녀석
으로 보내겠습니다.”

"어쨌든 우리 수아의 친구인 것은 분명하니 적절한 선에서 처리해야 하네. 또 몇 년 전처럼 애를 병신을 만들거나 겁에 질려 학교도 나올 수 없을 정도로 만들면 곤란해. 알겠나?"

"명심하겠습니다."

두 사람의 대화를 통해 그동안 어째서 수아처럼 예쁘고 착한 여학생에게 남자 친구가 없었는지 충분히 이해할 수 있었다. 모든 아버지들이 그렇듯이 수아의 아버지도 딸을 너무 끔찍이 사랑하다 보니 참견하지 말아야 할 부분까지 참견해 온 것이다. 그것도 무지막지한 방법으로 말이다.

아무튼 이렇게 수아의 아버지가 무엇인가를 꾸미고 있을 때, 영빈과 수아는 막 모의고사를 마치고 홀가분하게 교문을 나서고 있었다.

"시험 잘 봤어?"

"휴우……. 열심히 공부한다고 했는데도 여전히 어렵더라."

수아의 물음에 영빈은 한숨을 내쉬며 힘없이 대꾸했다.

"그건 당연해. 어떻게 첫술에 배부르겠니? 이제 겨우 학기 초잖아. 그리고 그동안 함께 공부하면서 느낀 건데 넌 정말 집중력이 대단하더라. 그런 집중력이면 조만간 큰 성과를 거둘 수 있을 거야."

"정말 그럴까?"

“내가 장담할게. 어쩌면 나중에는 내가 너한테 배워야 할 지도 모르지.”

최근 며칠 동안 수아는 영빈을 가르쳤다. 처음에는 정말 한숨이 절로 나올 만큼 형편없는 수준인지라 그녀는 크게 실망을 할 수밖에 없었다. 하지만 시간이 흐를수록 큰 가능성을 발견하게 되었다.

그는 그녀조차 놀랄 만큼 대단한 집중력과 끈기, 그리고 공부를 하겠다는 열정이 넘쳐 났던 것이다. 그래서인지 하나를 가르쳐 주면 절대 그것을 잊는 법이 없었다. 그러다 보니 그녀는 점점 그를 가르치는 데 재미를 느끼게 되었다.

영빈은 영빈대로 공부에 대한 중요성을 충분히 느끼고 있는 상태였다. 39년의 인생 경험이 그것을 뼈아프게 알려주지 않았던가. 그런 만큼 일분일초도 소홀히 할 수가 없었다.

“너무 띄워주면 머리 아프다. 언제 떨어질지 몰라 불안하거든.”

“바보……. 왜 떨어질 생각부터 하니? 잡아당겨도 악착같이 붙잡고 버티면 되잖아.”

“아, 그러면 되겠구나. 내가 또 버티는 데는 일가견이 있거든. 푸하하하!”

“호호호…….”

행복이란 바로 이런 것이구나라는 생각이 들자 영빈은 정말 통쾌하게 웃었다. 예전에는 단 한 번도 느껴본 적이 없는 둘이라는 감정이 그를 정말 즐겁게 해주고 있었다.

그래서인지 수아가 더욱 빛나 보였다. 그녀는 정말 보석 같은 여자였다.

"아참, 그리고 이제 곧 중간고사도 있으니 이번에는 우리 집에서 공부하자. 매일 가서 너희 어머니만 귀찮게 하는 것 같아 너무 죄송한 걸."

"바보, 그런 생각할 필요가 어딨냐. 우리 엄마가 워낙 바쁜 분이시기는 하지만 내가 너랑 공부하는 걸 얼마나 기뻐하고 계신데……."

"그건 나도 충분히 느끼고 있지만 그래도 내 입장에서는 죄송하지 뭐. 그래서 생각한 건데 차라리 시험 때마다 번갈아 가며 공부를 하는 건 어떨까? 이번 모의고사는 너희 집에서 공부했으니 중간고사까지는 우리 집, 그리고 그 다음 시험 때는 다시 너희 집. 이런 식으로 말이야."

수아의 이런 제안이 싫을 리가 없었다. 그녀와 함께 있을 수 있는 곳이라면 거기가 어디가 되었든 그대로가 천국이었다.

"그건 나도 대찬성이야! 좋아 그럼 이번에는 너희 집에서 하자. 그렇지 않아도 수아네 집은 어떨까 궁금했는데 잘됐네."

"어떻긴…… 그냥 집이지 뭐. 너희 집과 한 가지 다른 점이 있기는 하지만……."

"그게 뭔데?"

영빈이 궁금하다는 듯 묻자 수아의 얼굴이 급격히 어두워졌다.

"우리 집에는 지금 엄마가 계시지 않아……. 건강이 좋지 않아 요양을 가셨거든."

"그, 그렇구나. 난 그런 것도 모르고……. 하지만 힘내라. 곧 건강해져서 돌아오실 거야. 우리 그렇게 믿자."

수아를 이렇게 위로하던 영빈의 머릿속으로 문득 세레나의 치유가 떠올랐다.

'이 녀석이 우울해하는 걸 보니 마음이 아프네. 혹시… 그녀라면 좋은 방법이 있지 않을까? 돌아오면 꼭 물어봐야겠다.'

그는 이런 생각을 하면서 수아의 손을 꼭 잡아주었다.

"이상한 일이지만 네가 그렇게 말해주니 금방 엄마가 건강해지실 것 같은 기분이 들어. 고마워, 영빈아. 언제나 내게 힘이 되어주는구나? 어쨌든 오늘은 시험이 끝난 날이니 편하게 쉬고 모레쯤부터 우리 집에서 다시 공부하자. 알겠지?"

"그래!"

언제까지나 수아 손을 잡은 채 함께 있고 싶었지만 두 사람은 어느덧 헤어질 시간이 되었다. 하지만 영빈은 실망하지 않았다. 모의고사가 끝났지만 곧바로 중간고사가 있을 예정이고 그 뒤로는 또 모의고사와 기말고사가 줄줄이 남아 있었기 때문이다. 그는 자신이 설마 시험을 이처럼 기다리게 될 줄은 정말 상상조차 해본 적이 없었다.

어쨌든 그는 요즘 모든 것이 마냥 행복했다.

그러나 인간이 너무 행복하면 신마저도 질투를 한다던가?

수아와 헤어진 그가 룰루랄라 하며 집으로 가고 있을 때, 멀리서 그런 그를 은밀하게 관찰하는 눈길이 있었다. 그 누구도 알 수 없을 만큼 조용하면서도 음산한 기운을 품은 그런 눈길이…….

2

탁타탁…….

"후욱… 후욱……."

비록 세레나는 없지만 영빈은 오늘도 훈련을 게을리하지 않았다. 그는 아무도 없는 어두운 관악산 길을 열심히 달리고 있었다. 처음에는 달리는 자체가 고통이었지만 이제는 오히려 큰 즐거움이었다. 예전에는 전혀 몰랐던 재미가 느껴졌다.

'어째서 세레나가 그렇게 날 괴롭혔는지 이제 조금 알 것 같네. 육체가 강건해질수록 정령력도 활발해 지는 것 같아.'

그는 지금 달리면서도 온몸을 휘감고 있는 그 흐름을 음미하고 있었다. 정령력을 느끼기 시작한 지 얼마 되지 않은 사람치고는 상당히 빠른 진전이었다.

그래서인지 그는 지금 자신이 깃털처럼 가벼운 것 같은 기분에 사로잡혀 더욱 달리는 속도를 올리기 시작했다.

그런데 이때, 갑자기 멀리서 예상치 못한 소리가 들려왔다.

타닥타닥…….

'응? 이 시간에 나 말고 뛰는 사람이 또 있다니……. 그것참 신기하네.'

지금 시간은 11시 20분. 수아와 함께 공부를 시작한 이후로 훈련시간을 약간 늦춘지라 영빈은 이 시간까지 뛰고 있었다. 그 덕분에 잠을 더 줄일 수밖에 없었지만 정령력을 느낀 이후부터는 잠을 덜 자도 전혀 피곤함을 모르는 그였다. 어쨌든 이렇게 늦은 시간에 달리는 사람이 또 있다는 사실만으로도 영빈은 괜히 기분이 좋아졌다. 일종의 동료 의식 비슷한 것이 느껴진 모양이다.

'기왕이면 속도를 좀 늦춰서 같이 뛰어볼까?'

영빈은 일부러 달리는 속도를 늦추다가 가만히 멈추어 섰다. 그러자 뒤에서 따라오던 소리는 더욱 명확해졌고 그에 따라 누군가의 모습도 보이기 시작했다.

군데군데 아직 켜 있는 가로등의 불빛에 비춰진 그 사람은 키가 약 1미터 75 정도에 매우 다부진 몸매를 가진 남자였다. 비록 나이를 구별할 만큼 잘 보이는 것은 아니지만 일정한 보폭으로 꽤 빠르게 달려오는 그의 기세로 보아 절대 나이가 많은 사람은 아니었다.

탁탁탁……. 우뚝.

영빈이 그냥 멈추어 있었기 때문에 달려오던 남자는 그를 그냥 지나쳐야 맞는 상황이었다. 그의 달리기 속도는 상당했으며 무척이나 규칙적이었다. 그렇기에 그가 자신의 바로 앞에서 갑자기 서버리자 영빈은 놀라지 않을 수 없었다. 의외였기 때문이다.

"네 이름이 민영빈인가?"

"헉! 어, 어떻게 내 이름을……. 당신은 누구십니까?"

이런 늦은 시간에 캄캄한 산속에서 우연히 만난 낯선 사람이 갑자기 자신의 이름을 부른다면 놀라지 않을 사람이 아무도 없을 것이다. 그것도 성까지 정확하게 부른다면 더더욱…….

"그렇다면 일단 맞자!"

슈욱~ 빠악!

"케엑!"

쿵!

그야말로 마른하늘에 날벼락도 이런 날벼락이 없었다. 영빈이 아무리 훈련을 열심히 하고 또 신기한 정령의 힘까지 연마하고 있었다 해도 아무런 방비는 물론 예측조차 하지 못한 상황에서 날아든 선방을 피할 방법이 전혀 없었다. 무협지에나 등장하는 전설의 고수가 아니고서는 누구라도 이런 기습에는 당하는 게 정상일 것이다.

"당, 당신 뭐야!"

주르륵…….

단 한 방의 주먹질로 인해 영빈의 코에서는 코피가 쏟아져 내렸다. 이는 공격자가 의도적으로 그의 인중을 노렸기에 벌어진 일이었다. 인중은 중요한 급소인 데다가 혹시 빗맞아도 이처럼 코피가 터질 확률이 높았다. 그리고 얻어맞아서 코피가 터지는 경우 당사자는 잠시 동안 현기증을 느끼게 마련이다.

영빈이 이런 것은 역시 마찬가지였다. 그는 소리를 치면서 곧바로 일어서려 했지만 잠깐 어지럼증을 느껴 멈칫하고 말았다. 그리고 그런 멍청한 행동은 즉각 응징을 받았다.

퍼억!

"컥! 이, 이런 개자식……. 끄억!"

퍽퍽!

사내는 절대 보통 사람이 아니었다. 어찌나 냉정하고 빈틈이 없었는지 도무지 영빈이로 하여금 빠져나갈 틈을 주지 않았다. 게다가 더욱 무서운 것은 그가 일절 말을 하지 않는다는 점이었다. 아니, 말뿐 아니라 하다못해 가쁜 숨소리조차 흘리지 않고 있었다. 보통은 사람을 때릴 때도 어느 정도 흥분하는 것이 인간이다. 그러나 그는 지금 인간의 본성을 철저하게 억제하고 있었다.

'크윽……. 제기랄……! 대체 이자는 누구지? 이대로 당하

다가는 죽을 지도 모른다. 하필 세레나가 없을 때 이런 황당한 경우를 당하…….'

"끄악!"

생각의 끝은 참을 수 없는 고통의 비명 소리였다. 그만큼 사내의 손속은 잔혹했으며 무지막지했다. 영빈은 필사적으로 이 위기를 벗어나기 위해 틈을 노렸지만 워낙 상대가 노련해 도무지 그의 공격을 피할 수가 없었다.

그가 만일 세레나를 만나서 훈련을 하지 않았다면 벌써 기절하고 말았을 것이다.

'가만……. 그래! 보통은 이쯤에서 기절을 하는 게 맞잖아. 설마 기절한 사람까지 때리지는 않겠지.'

심하게 맞는 가운데서도 영빈은 이런 생각을 해낼 수 있었다. 아직 이자가 어째서 자신을 이렇게 때리는지는 몰라도 지금은 이런 치졸한 방법 외에는 그의 손길을 피할 방법이 없다는 판단이 들었다.

"이… 이 나쁜……. 으으… 으……."

털썩!

그렇게 그가 기절한 것처럼 보이자 그제야 사내의 주먹질이 멈추었다.

"어린놈이 질기군. 무려 십 분 이상이나 내 주먹을 견디다니……. 일단 더 조용한 곳으로 옮겨야겠네. 끙차!"

약간의 기합과 함께 힘을 쓰자 그는 곧 영빈을 어깨에 둘러

멜 수 있었다. 그러더니 곧 숲 안쪽으로 들어갔다. 영빈이 몸
무게는 많이 나가는 편이 아니지만 키는 사내보다 조금 더 큰
179센티미터였다. 그런데도 사내는 가뿐하게 움직였다. 실로
대단한 체력이 아닐 수 없었다.

　'예상대로군. 이자는 처음부터 내 기를 꺾어 놓고 용건을
말하려 했던 게 분명하다. 대체 이런 괴물 같은 놈이 나에게
무슨 원한을 졌다고……. 이쯤에서 세레나를 부를까? 아니
야. 이자의 태도로 보아 날 죽일 생각은 아직 없는 것 같아.
최후라는 판단이 들기 전에는 그녀를 부르지 말고 버텨보자.
이건 인간인 나의 마지막 자존심이야.'

　일단 구타에서 벗어나자 영빈은 약간 여유가 생겼다. 그래
서인지 그제야 세레나가 떠올랐다. 그녀는 시공간을 초월한
존재인지라 만일 부르기만 하면 순식간에 나타날 가능성이
높았다.

　하지만 그는 차마 그녀를 부를 수 없었다. 그의 알량한 자
존심이 그것을 허락하지 않았던 것이다.

　그렇기에 그는 사내가 자신을 떨어뜨려 놓을 때까지는 일
부러 꼼짝도 하지 않았다. 괜히 자칫 조금이라도 움직였다가
이 괴물 같은 사내가 눈치라도 채는 날엔 또다시 극심한 구타
를 당할 것이라 판단했기 때문이다. 대신 그는 기적적으로 자
신의 주머니 안에 스위스제 군용 칼이 있다는 것을 떠올렸다.

　그러다가 사내가 그를 나무 아래쪽에 내려놓을 때 그가 눈

치채지 못하게 그 칼을 얼른 운동화 속으로 감추었다.

사실 이 칼은 작년 그의 생일에 친구 윤현이 선물로 준 칼이었다. 일명 맥가이버 칼이라고도 하는 이것은 평소에는 별로 쓸 일이 없어서 그냥 책상 서랍 안에 방치해 두었다. 그랬다가 최근 세레나와 관악산에서 훈련을 하게 되면서 다시 가지고 다니게 된 터였다. 원래 야외 활동에 쓸모가 많은 칼이기 때문이다.

그렇게 그가 나름 은밀하게 뭔가를 꾸미고 있는 사이 사내는 주머니 속에서 꽤나 질겨 보이는 노끈을 꺼내더니 그것으로 영빈을 앉혀 놓은 채 나무에 묶기 시작했다.

그가 워낙 가까운 거리에서 작업(?)에 열중하고 있는지라 영빈은 일단 숨을 죽였다. 그리고 전에 세레나가 그로 하여금 정령력을 느끼게 할 때 외우게 했던 주문을 열심히 외우기 시작했다. 여기서 호흡이 흐트러지게 되면 자신이 깨어 있다는 것을 상대가 눈치챌 수도 있다고 판단한 것이다.

'바 하라문 덴시야 쿠튼 메헤시아 리아문토 가르고 미하인드 게르타포일레…… 젠장, 빌어먹을…… 두탐카라!'

3

톡톡……

"어이~ 이봐. 일어나."

영빈을 묶어 놓고 나자 어느 정도 여유를 찾았는지 사내는 영빈의 뺨을 슬쩍 치며 그를 깨웠다. 그러나 영빈은 여전히 꼼짝도 하지 않은 채 쥐죽은 듯 가만히 있었다.

"아까는 제법 버티더니, 쯧……."

몇 번 불러도 영빈이 눈을 뜨지 않자 사내는 일어나 가볍게 몸을 풀며 잠시 주변을 왔다 갔다 했다. 뭔가 생각하는 모양이었다.

그가 그렇게 느긋하게 생각하는 동안 영빈은 모든 신경을 맥가이버 칼을 잡기 위해 집중하고 있었다.

'그래도 손목까지 묶지 않아 다행이다. 조금만 더 하면 잡을 수 있겠군……. 끙…….'

그는 여전히 기절한 척하면서 칼을 손에 쥐어야 했기 때문에 진땀을 빼고 있었다. 칼은 지금 그가 앉아 있는 자리 바로 뒤쪽에 있었지만 묶여 있는 상태인지라 쉽게 손에 잡히지 않았다. 그로 인해 그의 애간장은 더욱 새까맣게 타고 있었다.

어느 정도까지는 자신의 연기가 먹히겠지만 사내의 능숙한 움직임으로 보아 그것도 결국 들통이 나고 말 것이다. 그전에 어떻게 해서든 칼을 손에 넣고 묶인 팔을 풀어야 했다.

"중요한 급소를 때리지는 않았으니 곧 깨어나긴 하겠지. 그사이 볼일이나 봐야겠군."

사내는 영빈을 다시 힐끗 쳐다보다가 그가 여전히 고개를 숙인 채 꼼짝을 하지 않자 이렇게 중얼거리며 숲 안쪽으로 조금 더 들어갔다. 그러더니 곧 시원한 물소리가 들려왔다.

그리고 그와 동시에 영빈의 움직임이 조금 더 과감해졌다. 그가 볼일을 보는 동안을 최대한 활용하려는 것이다.

"정신 차려!"

찰싹~!

"컥!"

다시 나타난 사내는 한쪽 무릎을 세우고 영빈의 앞에 앉더니 다짜고짜 그의 뺨을 세차게 때렸다. 어찌나 아팠던지 영빈은 그만 자신도 모르게 신음성을 토해내고 말았다.

"이제 정신을 차린 모양이군. 어때? 내 말이 들리나?"

"으으……. 대체 나에게 뭘 원하는 거냐?"

찰싹찰싹!

"악!"

"요 쪼끄만 자식이 감히 어따 대고 반말이야?"

사내는 천성이 그런 것인지 아니면 후천적으로 그렇게 변해간 것인지 말보다는 행동이 먼저인 사람 같았다. 그는 일단 폭력부터 행사하고 이후 말을 했다.

"야이~ 씨발놈아! 너 같으면 이 상황에서 존댓말을 하겠냐? 병신 같은 새끼야!"

영빈은 마치 죽일 테면 죽이라는 심정으로 이렇게 소리를 질렀다. 과거의 그 같으면 상상도 하지 못할 행동이었지만 이

제는 더 이상 자존심을 죽이고 살고 싶지 않았기에 일부러 더
소리를 지른 것이다.

"뭐라? 병신새끼? 이게 진짜 확~!"

질끈…….

이제 또 죽기 직전까지 맞겠구나 싶었는데 아무리 기다려
도 소식이 없자 영빈은 살며시 눈을 떠 보았다.

"성질 같으면 이대로 목을 따서 묻어버리고 싶다만 전할
말이 있으니 우선은 참겠다. 네 이름이 영빈인 건 맞지? 서경
고등학교 3학년 2반 민영빈 말이야."

"당신 대체 누구야? 누군데 그 사실을 아는 거지?"

이런 일은 절대 실수가 있으면 안 된다. 그렇기에 사내는
다시 한 번 영빈의 신분을 확인한 것이다.

"잘 들어라, 꼬마야. 너 같은 놈이 어떻게 수아 양과 친해
졌는지는 모르겠다만 당장 떨어져라. 그녀는 너처럼 별 볼일
없는 놈이 노릴 수 있는 사람이 아니다."

"수아? 윤수아를 말하는 것이냐? 당신이 수아는 또 어떻
게……."

말을 하던 영빈은 순간, 사내의 위아래를 빠르게 훑어보았
다. 그가 혹시 수아와 뭔가 관계가 있을지도 모른다는 생각이
문득 스쳤기 때문이다. 과거에 사귀던 남자 친구 같은…….

그는 속이 쓰렸지만 그녀 정도의 여자라면 그 정도 과거는
애초부터 있지 않을까 생각하고 있었기에 충격은 의외로 크

지 않았다. 게다가 그는 지금 39세의 성숙한 사고방식을 가지고 있지 않은가.

하지만 그가 지금 매우 심각한 오해를 하고 있는 것은 분명했다.

"그런 건 알 거 없고 다시 말하지만 앞으로 더 이상 그녀에게 접근하지 마라. 다시 접근하게 되면 그때는… 최소한 병신이 되거나 아니면… 죽.는.다."

보통 사람이 이렇게 협박했으면 농담이거나 그저 말뿐이라 여겨졌겠지만 사내의 입을 통해 나오자 그야말로 섬뜩했다. 그라면 정말로 죽일지도 모른다는 생각이 든 것이다.

"정말 한심스럽군. 나이도 나보다 많은 것 같은데 아직도 여자의 마음을 그렇게 모르다니……. 여자는 쉽게 돌아서지 않지만 한번 돌아서면 그걸로 끝이요. 그래서 있을 때 잘하라는 말이 있는 거요. 다 끝난 문제를 가지고 이런 식으로 자꾸 끼어들면 결국 당신만 더 비참해질걸. 그러니 그만하시죠. 이대로 돌아가면 나도 이 일을 수아에게 말하지 않을 테니까."

"이 새끼가 정말 말귀를 못 알아듣는군. 헛소리하지 말고 접근하지 말라면 말란 말이다!"

슈욱~ 빠각!

"커흑!"

앉아 있던 자세에서 곧장 일어서며 사내는 구둣발로 영빈의 턱을 그대로 내갈겼다. 또다시 예측하지 못하고 있다가 기습을 당한 것이다. 그러자 영빈은 아픈 것은 둘째 치고 정말로 화가 났다.

하지만 그가 화가 나든 말든 사내는 주먹을 서서히 말아 쥐었다. 또다시 주먹으로 구타할 모양이었다. 비록 영빈이 최근 훈련을 통해서 꽤나 튼튼해졌다지만 이런 식으로 계속 맞는다면 골병이 들 것은 자명했다.

"네놈이 결국 나를 화나게 했다. 나는 원래 화가 나면 앞뒤를 가리지 못하지. 하긴 조금 더 때린다고 그분이 알 리도 없으니 상관없겠지. 지금부터 느끼는 고통은 모두 네가 자초한 것이니 날 원망 마라!"

아직 영빈은 묶여 있다 생각하고 있기에 사내는 방어는 아예 생각지도 않고 오로지 상대를 두들겨 팰 생각만으로 주먹을 휘둘렀다. 그러다 보니 자세가 커졌고 그의 품이 활짝 열렸는데 바로 그때, 묶인 채 앉아 있다고 생각했던 영빈이 갑자기 자세를 푹 낮추며 그의 열린 품 안으로 달려들었다.

그러더니 그 자세 그대로 벌떡 일어나며 어느새 들고 있던 맥가이버 칼로 그의 목젖 바로 위를 힘껏 찔렀다. 물론 칼집은 접힌 상태였다.

그는 어느새 포박을 풀고 기회를 노리고 있었던 것이다.

"끄엑! 컥! 컥! 네, 네노이… 그르륵……"

전혀 예상치 못한 상태에서 당한 공격인데다가 급소에 가까운 부분을 심하게 당했기에 사내는 일순 숨이 막혔는지 알아듣기 힘든 말로 중얼거리며 비틀댔다. 그러나 영빈의 움직임은 그게 끝이 아니었다.

"기습만 노리는 비겁한 새끼! 내 두 배 이상으로 돌려주마!"

휘리릭~ 빠각!

"우욱!"

털썩……

목을 부여잡은 채 비틀거리는 그의 머리통을 향해 영빈은 그대로 뒤돌려차기를 작렬시켰다. 데미지를 더 크게 주기 위하여 오래전 배웠던 태권도를 응용한 공격이었다. 그러자 사내는 그 자리에서 한 바퀴 돌더니 힘없이 주저앉고 말았다.

예전의 영빈 같으면 이쯤에서 멈추고 또다시 이야기를 나누려 했을 것이다. 하지만 미래로부터 다시 돌아온 그는 달라져도 완전히 달라졌다.

이제 절대 멍청하게 당하고 살지 않겠다는 그의 맹세를 확인이라도 하듯 이때부터 그는 쉬지 않고 사내를 두들겨 패기 시작했다. 자신이 당한 것 이상으로 갚아주겠다는 보복성 폭력이었다.

"크억!"

"켁!"

하지만 그렇게 심한 구타 속에서도 사내는 신음 외에 그 어떤 말도 하지 않았다. 하다못해 그만두라든지 살려달라든지 하는 그 흔한 말조차 일절 하지 않은 채 그저 묵묵히 맞기만 했다. 만일 이때 영빈이 예전처럼 불쌍한 마음에 그에게 약간 이라도 틈을 주었다면 상황은 완전히 달라졌을지도 모른다.

'지, 지독한 새끼였구나. 조사 내용으로 볼 땐 평범한 학생 들 보다 못한 못난이라더니 이건 우리들보다 더 지독한 놈일 세. 빌어먹… 끄윽……! 어, 어디 두고 보… 자…….'

통상 모든 일에는 끝이 있게 마련이다. 지금 사내는 심하게 당하면서도 바로 그 끝을 기다리고 있었다. 이건 알고 보면 고도의 심리전이기도 했다.

사람은 누군가를 때릴 때 그가 비명을 지르거나 반항을 하 려고 버둥대면 더욱 잔인해지는 악마의 본성이 내재되어 있 다. 하지만 그 반대로 맞는 상대가 아무 소리도 내지 않게 되 면 은근히 겁도 나고 또 계속 때리기가 찜찜해진다. 그러다 보면 때리는 강도가 약해질 것이고 결국 멈추게 되는데 놀랍 게도 사내는 꾹 참으며 바로 이때를 기다리고 있었다.

그리고 마침내 그가 그렇게 기다리던 때가 다가왔다.

"후우……. 후우… 이거 때리기도 힘드네."

"……."

사내는 영빈이 주먹을 멈추고 이렇게 중얼거리자 슬며시 손을 품 안으로 밀어 넣었다. 품속엔 그가 늘 가지고 다니는 군용 칼이 들어 있었다, 새파랗게 날이 선 그런 칼이.

그런데…….

"근데 말이야. 바로 얼마 전에 깨달은 게 한 가지 있어. 폭력이 꼭 주먹만으로 하는 것은 아니더라고. 특히, 숲속처럼 보조 수단이 많은 곳에서는 더더욱. 게다가 네놈이 지금 잔머리 굴리는 소리가 다 들린다, 이 새끼야! 내가 이쯤에서 멈출 줄 알았지? 어림없어! 이야압!"

생전 처음으로 사내는 큰 판단 착오를 하고 말았다. 당연한 것이 그가 알고 있는 영빈과 실제는 달라도 너무 달랐다. 이놈은 자신을 때리면서 점점 더 심하게 흥분했는지 갑자기 이렇게 소리를 질렀다. 아니, 소리만 지르는 것이 아니라 옆에 굴러다니던 나무 막대기를 집어 들더니 닥치는 대로 휘두르기 시작했다.

퍽퍽퍽! 빠각!

"으악!"

시간은 점점 더 깊어가고 그에 따라 산은 더욱 조용해졌지만 비명 소리는 갈수록 커져 갔다. 그리고… 마침내 사내의 입에서 무엇인가 한마디 말이 새어 나왔다.

"…주……."

"응? 뭐라고?"

"살… 려… 주……."

4

콰앙!

"뭣이! 또 실패했다고? 그게 말이 되는가!"

"죄, 죄송합니다. 각하!"

정갈하면서도 왠지 엄청난 위엄이 풍기는 실내.

콧수염을 기른 중후한 인상의 중년의 남자가 자신의 책상을 내려치며 대뜸 소리를 질렀다.

그러자 그의 앞에 조심스러운 태도로 서 있던 선글라스의 사내가 잔뜩 위축이 된 목소리로 이렇게 말했다.

중년인은 바로 수아의 아버지였고 선글라스의 사내는 안 팀장이었다.

지금 안 팀장이라는 사람이 수아 아버지를 각하로 부르고 있었는데 이는 사령관급 이상의 지휘관에게나 붙일 수 있는 호칭이다. 즉, 그는 놀랍게도 어느 군대의 사령관이었다.

어쨌든 이들은 지난번과 달리 수아 아버지의 집무실에서 만나고 있었다.

"이게 지금 죄송으로 끝날 문제야? 아무리 사적인 일에 투입했다 하나 그들은 대한민국 최고임을 자랑하는 우리 부대의 정예 요원들이야. 김일성 모가지도 따올 수 있는 그런 놈들 아니냐고! 그런 요원들이 고작 고등학생 꼬맹이에게 한 놈도 아니고 두 놈이나 당하고 왔다니! 이게 무슨 망신이란 말이냐!"

“…….”

평상시에는 늘 조용하고 차분한 사령관이다. 하지만 한번 화가 났다 하면 그야말로 불같이 무서운 사람이라 안 팀장은 그저 침묵을 지킬 수밖에 없었다. 이럴 때 자꾸 토를 달았다가는 재떨이가 날아들지도 몰랐다.

“그래, 그놈들은 어떻게 당했다더냐? 처음 보고할 때는 싸움도 별로 못하고 운동도 별로라더니 혹시 다른 동조자라도 있는 것 아닌가?”

“그… 그게 아직 당한 요원들이 일절 입을 열지 않고 있어서 도무지 알 수 없습니다. 하지만 군의관의 말에 의하면 몸에 당한 흔적을 보아서 한 사람 이상이 개입된 것은 아니랍니다.”

보고를 들을수록 수아 아버지는 어이가 없었다. 이 부대의 사령관을 맡은 지도 벌써 일 년이 넘었지만 자신의 정예 부대원들이 이렇게 일방적으로 당한 적은 단 한 번도 없었다.

얼마 전 두 명의 요원이 북한의 정보를 수집하기 위해 중국으로 건너갔다가 그쪽 공안(公安)들과 시비가 붙었던 적이 있었다. 하지만 그때는 단둘이서 무려 열세 명의 공안을 모조리 쓰러뜨리고 탈출했다. 그것도 흔적 하나 남기지 않고 말이다.

만일 조금이라도 흔적이 남았다면 덩치가 거대한 중국에게 꼬투리 잡혀 무엇이 되었든 외교상 착취를 당했을지도 모를 일이었다. 이런저런 이유로 언제나 그의 부대원들은 무지막지한 훈련을 하고 있었으며 그만큼 그들의 능력은 날이 갈수록 향상 중이었다.

'으음……. 이걸 과연 믿어야 하나? 그가 어릴 때부터 특수한 무예를 연마해 오지 않고서는 이런 일은 불가능할 거 같은데. 하지만 우리 요원들의 조사 내용에 따르면 그는 그저 평범한 아이였어. 대체 어디서 착오가 발생한 거지?

수아의 아버지는 이런 생각을 하면서 인상을 썼다. 그의 생각이 얼굴에 나타나는 것이다. 그러자 그의 생각을 대충 짐작한 안 팀장이 조심스럽게 한마디를 꺼냈다.

"저기… 각하. 혹시 그 학생이 북한의 특수부대와 연관되어 있는 것은 아닐까요? 아까 말씀하셨다시피 현재 우리 부대원들의 개인 능력은 전 세계 최강입니다. 그나마 비슷한 능력자라면 역시 북한의 요원들 말고는 없을 듯싶습니다만……."

"이 사람아! 아무리 북한이 최근 들어 핵 문제를 일으키는 바람에 갈수록 국제사회에서 고립되어 간다지만 꼴랑 고등학생 하나에 남파 공작원을 붙일 정도로 한가하다고 생각해? 대가리가 있는 거야, 뭐야!"

"그, 그건 아니겠군요. 죄송합니다."

안 팀장의 어처구니없는 발상에 수아 아버지는 골이 지끈거렸다. 하지만 그렇다고 안 팀장만 너무 몰아세울 수도 없었다. 결과가 어찌 되었든 어쨌든 자신의 개인적인 일로 요원을 움직인 것이니 그리 떳떳한 입장은 아니었기 때문이다.

"됐으니 그만 돌아가게."

"다른 명령은 없으신지요? 노련한 고참 요원 한 명을 대기
시켜 놓았습니다만……."

"아니, 됐네. 아무래도 내가 직접 만나보는 것이 좋겠어.
그러니 그 문제는 당분간 신경을 끄고 가서 당한 요원들이나
살펴보게."

"알겠습니다, 그럼……. 충성!"

안 팀장이 인사와 함께 나가자 수아 아버지는 다시 자신의
의자에 깊숙이 몸을 묻으며 양손을 배 위에 올렸다.

"요원을 두 명이나 작살내 버린 녀석이라……. 일단 흥미
가 가는군. 어쩌면 꽤나 쓸모가 많은 녀석인지도……."

그는 그 자세로 이렇게 중얼거리더니 곧 눈을 지그시 감았
다. 생각할 일이 많은 모양이다.

한편, 사령관실에서 나온 안 팀장은 곧바로 의무실로 향했
다.

"어서 오십시오, 안 팀장님."

"박 대위, 수고가 많소. 우리 아이들을 보러 왔소만……."

"3호실에 둘 다 있습니다. 지시받은 대로 그들이 다친 경위
는 대충 알아서 작성했습니다."

박 대위는 이곳 의무실의 책임자였다. 하지만 그는 계급장
조차 없는 안 팀장에게 깍듯했다. 이로 보아 안 팀장도 생각

보다 파워가 있는 모양이었다.

"고맙소. 각하께서 곧 치하하실 게요. 그런데 두 놈은 상태가 좀 어떻소?"

"사실 워낙 강도 높은 체력 훈련을 해온 자들이라 외상은 큰 문제가 되지 않습니다. 하지만 정신적인 충격은 꽤 심하더군요. 대체 무슨 일을 하다가 당한 것인지 제가 다 궁금해질 정도입니다."

"이것 보시오, 박 대위."

"네……."

"당신도 잘 알다시피 우리 일은 모를수록 좋소. 자꾸 알려고 하다가는 괜한 화를 당할 수 있으니 그냥 모르는 척하시오."

"그, 그냥 한번 해본 말입니다. 신경 쓰지 마십시오. 아하하……."

들어올 때와 달리 안 팀장이 매서운 어조로 이렇게 말하자 박 대위는 섬뜩했다. 그 역시 이들의 정체를 대충은 안다. 그런 만큼 이들이 그렇다면 그런 것이다. 괜히 하지 말라는 짓을 했다가는 목숨도 장담할 수 없을 정도로 안 팀장이 소속되어 있는 부대는 두려운 곳이었다. 그렇기에 자존심이고 뭐고 박 대위는 곧바로 꼬리를 내렸다.

똑똑…….

"……."

“나다. 들어가도 되겠나?”

“…열려 있습니다, 팀장님.”

혼자 3호 병실 앞에 도착한 안 팀장이 노크를 하자 안에서는 침묵을 지켰다. 하지만 그가 말을 꺼내자 곧 누군가가 대꾸했다. 무척이나 조심스러운 행동이었다.

“각하께 보고하고 오는 길이다. 다행히 각하께서는 이 문제로 크게 문책하시지는 않더군. 아무래도 사적인 임무인 것이 걸리신 모양이야.”

“크윽……. 죄송합니다. 충성을 다해야 하는 저희들이 각하께 누를 끼쳤습니다.”

“그걸 아는 놈들이 그래? 이제 사건은 적당한 선에서 마무리되었으니 어디 이야기나 들어보자. 대체 그 꼬맹이에게 당한 이유가 뭔가? 그놈 뒤에 깡패들이라도 개입되어 있던가?”

안 팀장이 이렇게 말하자 침대 위에 누워 있다가 일어난 사내 둘의 표정이 확 우그러졌다. 뭔가 못마땅하다는 표정이다.

사내들 가운데 한 명은 얼마 전 관악산에서 영빈을 공격했던 사람이었고 또 한 명은 그와 비슷한 분위기를 풍기고 있는 낯선 사내였다. 상황으로 보아 그 역시 최근에 영빈을 공격했던 모양이다.

“팀장님! 저희가 아무려면 겨우 깡패들에게 당했겠습니까? 그런 놈들이야 수십 명이 달려들어도 자신 있습니다.”

"그럼 대체 누구한테 당한 건가?"
"악마요!"
"악마입니다!"
안 팀장이 다시 묻자 두 사람이 동시에 같은 대답을 했다.

Chapter 08
만남

1

과거의 영빈이 지난 이틀 동안 동안 괴한들에게 습격을 받았다면 아마 모르긴 몰라도 난리가 났을 것이다. 그때였다면 행여 운이 좋아 괴한을 물리쳤다 해도 곧 앞뒤 생각 없이 경찰서부터 달려갔을 터였다.

그뿐 아니라 당장 수아를 나오게 해서 그들이 누구인지 정체를 캐기 위해 호들갑을 떨었을 게 분명했다.

하지만 현재의 그는 침착했으며 또한 현명했다. 단지 몰골만큼은 말이 아니었다. 눈언저리는 퉁퉁 부었으며 입가에도 여기저기 찢어진 흔적이 보였다. 이는 그가 지난 이틀 동안 얼마나 험하게 싸웠는지를 보여주는 증거라 할 수 있었다.

찌지직… 돌돌…….

오늘은 일요일이라 가족들은 모두 교회에 갔다. 그것이 영빈에게는 큰 다행이었다. 만일 어머니나 동생 누구라도 있었다면 그의 처참한 모습에 집 안이 발칵 뒤집혔을 터였다.

그제와 어제는 일을 당했어도 워낙 밤에 돌아와서 들키지 않을 수 있었다. 물론 그 이틀 동안은 학교에서도 아프다는 핑계로 일찍 조퇴를 했다. 그가 병식을 눕힌 뒤로 선생들까지도 그를 두려워했기에 조퇴는 생각보다 쉬웠다.

'그나저나 이틀 동안은 어찌어찌 피했지만 결국 내일은 수아를 만나야 할 텐데 어쩐다……. 이런 식으로 몰래 치료해 봤자 하루 사이에 상처가 아물 리도 없고……. 휴우……. 그럴싸한 핑계거리를 연구해야겠구나. 으윽……. 그런데 정말 더럽게 아프네. 끄응…….'

그는 지금 여기저기 찢어진 상처에는 약을 바랐고 붕대를 찢어서 어깨에 감으며 혼자 치료에 열중하고 있었다. 비록 그들을 물리칠 수는 있었지만 그러기 위해 그가 치룬 대가는 그리 가벼운 것이 아니었다.

온몸 어느 곳 하나 성한 곳이 없을 정도였던 것이다. 하지만 만일 그가 괴한들의 정체를 알았다면 이 정도로 끝난 것도 기적이라고 여겼을지 모른다.

영빈은 고민에 빠졌다. 첫날만 하더라도 분명 수아의 스토커이거나 과거의 남자일 거라 생각했던 그다. 하지만 단순하게 생각하기엔 이상한 점이 너무 많았다. 어젯밤과 그제 자신을 공격했던 자들은 닮은 점이 너무 많았다.

'분위기며… 공격 패턴……. 특히 말투가 정말 닮았어. 그런 이들이 수아를 스토킹한다 보기엔 미심쩍은 부분이 너무 많아. 대체… 누구지?

아무리 심하게 두들겨 패도 그들은 자신들의 정체에 대해서는 입도 벙긋하지 않았다.

결국 영빈은 쓰러진 그들의 품을 뒤져서 신분증이라도 확인하려 했다. 그러나 기가 막히게도 그들은 신분증은 물론 하다못해 백 원짜리 동전 하나 없는 완벽한 빈털터리였다. 먼지 말고는 아무것도 없었던 것이다.

대체 어디서 왔기에 차비조차 없이 돌아다니는 것일까? 그것도 두 사람 다 말이다. 그들에 관한 부분은 모든 것이 다 수수께끼였다.

'차라리 경찰에 넘길 걸 그랬나? 아니지……. 증인도 없는데 경찰서에 끌고 가봤자 괜히 내가 더 불리했을 수도 있을 거야. 어쨌든 상처는 그들이 더 심했으니까. 휴우… 도무지 알 수가 없네. 천상 수아에게 물어봐야 하나?

그는 수아를 떠올렸지만 곧 고개를 절레절레 흔들었다. 예전 같으면 몰라도 사내가 이런 문제로 시시콜콜 여자에게 말한다는 것이 왠지 마음에 들지 않았다.

'이럴 때는 정보가 정말 아쉽군. 2012년만 같았어도 인터

넷을 뒤적이면 작은 단서라도 찾을 것도 같은데 말이지. 큭
큭……. 하긴 그런 게 뭐 그리 대수인가. 이 자체가 행운인데.
수아를 만나다보면 언젠가 알게 되겠지. 그리고 나에게는 세
상에서 가장 든든한 우군 세레나가 있잖아. 그녀만 돌아오면
이까짓 상처쯤은 아무것도 아닐 터. 얼마든지 상대해 줄 자신
이 있다 이거야.'

그가 원래 있던 2012년과 1992년은 불과 20년 차이였지만
컴퓨터의 발달로 인해 삶의 방식은 그야말로 하늘과 땅 차이
가 난다 할 수 있었다. 하지만 아무리 2012년이 살기 좋아졌
다 해도 영빈은 되돌아가고 싶지 않았다. 물론 이 상태로 이
십 년이 흐르면 결국 다시 그때를 맞이하겠지만 전과는 완전
히 다른 2012년이 될 것은 확실했다.

"휴우……. 일단 기본 응급 처치는 다 된 것 같군. 좀 엉성
하긴 하지만 이 상태로 산에 올라가 몸을 풀어주면 훨씬 낫겠
지."

붕대 감기까지 모두 끝나자 그는 곧 추리닝을 챙겨 입고 관
악산에 올랐다. 따뜻한 봄인 데다가 일요일이라 그런지 입구
에서부터 사람들이 상당히 많았다. 그렇기에 영빈은 빠르게
산에 오르더니 곧 능선을 타고 사당동 방향으로 움직였다.

이쪽으로 가다 보면 전에 그가 봐두었던 작은 동굴이 나오
는데 워낙 입구가 비탈지고 위험해서 조용히 혼자 있기에는
안성맞춤이었다.

그는 작은 굴 안에 가부좌를 틀고 앉아 명상을 시작했다.

주변을 감도는 물소리, 바람 소리, 대지의 흙냄새, 빛나는 햇살……. 점점 명상에 빠져들수록 세상을 이루고 있는 정령들의 기운이 자신을 바라보는 기분을 받았다. 세레나는 이 세상을 이루고 있는 힘을 정령력이라 했고 또 우리네 선조는 기라 불렀다 했으며 어떤 세계에서는 마나라고 한다고 했다.

그렇게 세레나의 말을 떠올리며 영빈은 자신의 주위로 정령의 기운을 끌어모으려 애썼다.

파르르…….

그러던 와중 파르르 몸이 떨리기 시작하고 영빈을 감싸듯 희미한 작은 물방울들이 휘돌았다. 이는 그의 곁으로 점차 정령들이 모여들고 있음을 알리는 징조이기도 했다. 그러기 시작하자 그의 가슴 한가운데로 서늘하면서도, 알 수 없는 기운이 몰려들기 시작했다. 분명 서늘한 기운이었지만 이를 접하는 영빈은 뜨겁게만 느꼈다.

'몸에서 점점 열이 난다. 거기에 맞춰 아픈 부위들이 상쾌하게 느껴져.'

신기한 느낌에 영빈이 상처 난 부위들에 정신을 집중하다 뜨겁게 느껴지는 그 기운들이 상처를 중심으로 휘돌았고, 여기에 맞추어 심장어림이 뜨겁게 느껴졌다. 그러고 보면 세레나가 이러한 현상에 대한 이야기를 언급한 것이 있음이 문득 떠올랐다.

─명상하며 느끼는 서늘하고 상쾌한 기운이 언젠가 뜨겁게 느껴진다면 그 기운을 심장으로 모아. 사실 정령의 힘이라는 것은 인간이 다룰 수 있는 기운이 아냐. 세계를 이루는 초월적 힘은 자신의 의지로 약동하거든. 그걸 다루기 위한 신체가 되기 위해선 이를 받아들일 그릇이 필요해.

'그릇이라고?'

─내가 널 치유할 때 느꼈던 네 안의 기운이 바로 정령력이야. 모든 인간이 기본적으로 가지고 있는 것 이상의 그것을 가지고 있어야 이를 쓸 수 있는데 이를 위하여 심장에 그릇을 만들어 이를 담아두거든. 심장이 뜨거워진다면 그때가 기회야. 단지 초월하는 힘을 강제하려 하는 게 아니라 그것이 스스로 좋아서 네게 오도록 만들어야 해. 그걸 위한 건 네 의지이고. 그게 된다면 정령사로서 발을 힘차게 내딛게 되는 거야. 이 왕의 말을 믿으라고.

세레나의 말을 떠올린 영빈은 자신을 감싸고 있는 모든 기운을 향해 자신의 의지를 보였다.

그런데 문제는 이때 벌어졌다. 영빈은 싸움 과정에서 탈골에 가까운 상처를 어깨에 입었는데 그런 상처가 불에 타버릴 듯 아파온 것이다. 이는 그 외 몸의 자잘한 상처들 모두에서 벌어지는 현상이었고, 이는 점차 상처를 파고들어 심장을 향해 가고 있음이 분명했다.

'크윽! 괴로워! 하지만… 이겨낼 수 있다! 받아들일 것이

다! 더 이상 칠뜨기가 아냐! 내 주인은 나다!'

고통이 뇌리까지 한가득 몰려들었지만 영빈은 이를 악물고 참아냈다. 죽기 아니면 까무러치기! 그렇게 생각하는 순간 거대한 물의 소용돌이가 자신을 한 차례 휘돌았다.

그리고 영빈은 의식을 잃었다.

2

"영빈아! 여기야!"

"그래, 수아야!"

오늘따라 날씨가 정말 화창했다. 그래서 그랬는지 수아의 모습은 다른 날보다도 눈부시게 느껴졌다.

그런데 한 가지 이상한 일이 있었다. 영빈은 어젯밤 분명 그 외떨어진 동굴 안에서 의식을 잃었다. 그런데 오늘 그의 모습은 너무나도 멀쩡했다. 아니 오히려 다른 날보다 더 활기차 보일 정도였다.

이게 어떻게 된 일일까?

상황은 이랬다. 어제 죽은 듯이 쓰러져 있던 영빈이 깨어난 것은 주위가 어둠으로 가득 찬 시각이었다.

"끄응……. 내가 정신을 잃었었던 모양이군. 하긴 정말 생각하기도 싫을 정도로 끔찍한 고통이었어. 죽는 줄 알았네.

가만, 그런데 몸이 뭔가 이상한데?"

영빈은 혼자 중얼거리다가 손을 들어 어깨를 만져 보았다. 그런데 희한한 것이 아침에 그가 붕대를 감을 때만 해도 그렇게 아팠던 어깨가 이제는 전혀 아프지 않았다. 손으로 눌러 보고 팔을 위아래로 움직여 보아도 확실히 어깨는 아프지 않았다. 그런데 놀라운 점은 그뿐만이 아니었다.

"얼마나 잔 건지 밖이 캄캄해지기 시작했네. 몇 시지?"

그는 먼저 손목시계를 들여다보며 시간을 확인했다. 시계는 정확히 1시 58분을 가리키고 있었다.

"어라⋯⋯? 주변이 어두컴컴해서 저녁쯤 된 줄 알았더니 이제 겨우 2시? 비가 살짝 내려서 그런가?"

그가 지금 주변을 인지하기로는 확실히 저녁이었다. 동굴 안은 사물이 겨우 구분될 정도로 어두웠지만 동굴 밖은 이제 막 어둠이 깔리기 시작한지라 지금 시간이 최소한 저녁 일곱 시 무렵은 된 듯한 영빈이었다.

그런데 동굴 밖을 벗어난 그는 더욱 이상한 감정에 사로 잡혔다.

처음에는 워낙 사람이 없는 쪽으로 왔기 때문에 주변이 조용한 것이 당연하다고 생각했다. 그러나 관악산 입구까지 내려왔는데도 그가 만난 사람은 단 한 명도 없었다. 사람들이 아무리 빨리 하산한다 해도 말이 안 되는 일이었다.

그는 걸음을 더욱 빨리해서 이번에는 버스 정류장으로 가

보았다. 그런데 정류장에조차 버스를 기다리는 사람은 단 한 사람도 보이지 않는 것이다.

"이, 이게 어떻게 된 일이지? 왜 이리 주변이 적막해?"

그 순간 택시 한 대와 승용차가 영빈의 눈앞을 지나갔다. 강렬하게 눈을 자극하는 강렬한 헤드라이트 불빛에 영빈은 순간 눈을 질끈 감아야 했다.

"초저녁부터 뭘 저렇게 헤드라이트를 저렇게 강하게 튼담. 비가 와서 그런가?"

그는 약간 얼빠진 목소리로 중얼거리며 주변을 두리번거렸다. 수도 없이 와보았던 서울대 입구인 게 분명했지만 뭔가 달랐다. 익숙한 풍경임에도 어딘지 모르게 어색했다.

그는 아무래도 자신이 오늘 무리하게 취한 명상으로 인하여 이런 현상이 일어나는 것이라 생각하고는 서둘러 집으로 향했다.

그런데 더 이상한 것은 집으로 가는 길에서도 사람을 만나보기 힘들었다는 점이다. 그래서인지 그는 다시 시계를 쳐다보았다.

2시 37분.

"아버지가 물려주신 시계라 그런지 결국 맞이 간 모양이네, 젠장……."

그는 이렇게 투덜거리면서도 발걸음을 더욱 빨리했다.

"근데 정말 이상하다. 집에 가서 자세히 살펴봐야겠지만 아픈 곳이 하나도 없는 것 같아. 퉁퉁 부었던 얼굴도 멀쩡해진 기분이고……."

얼굴을 쓰다듬어 보아도 확실히 손에 걸리는 상처는 없었다. 기이한 일이 연속으로 일어나고 있었다. 도무지 현실감각이 돌아오지 않는 상황이었다.

딩동, 딩동…….

"오빠야?"

"응!"

"오빠! 진짜 미쳤어? 지금 시간이 몇 시인데 이제 들어와? 엄마가 얼마나 찾았다고!"

철컹!

문을 열어 주면서 윤아가 이렇게 투덜거리자 영빈은 멍청한 얼굴로 되물었다.

"이제 겨우 초저녁인데 뭘 그렇게 난리야?"

"초저녁? 세상에! 오빠는 새벽 세 시가 초저녁이야? 기가 막혀서. 어서 엄마에게 가봐. 오빠 기다린다고 저녁도 못 드셨어."

갈수록 태산이었다. 비록 어둡긴 해도 주변 풍경이 보이는 감각으로 볼 때 아직은 저녁이 분명했건만 윤아는 저 호들갑이다. 그런데 그가 더욱 미궁에 빠진 것은 엄마의 목소리를 듣고 난 이후부터였다.

"아이고 이 녀석! 요즘 많이 착해졌다 했더니 대체 어딜 가서 뭘 하다가 이제 와? 윤현이한테 전화해도 모르던데?"

"그, 그게… 산에 올라가서 운동하다가 깜박 잠이 들었던 모양이에요. 일어나 보니 저… 이 시간이더라고요."

영빈은 또다시 저녁이라고 하려다가 뭔가 이상해서 이렇게 대꾸했다. 그리고는 슬며시 다시 시계를 바라보았다.

3시 3분.

그리고 이제야 깨달았다, 시계는 고장 난 것이 아니라 정상적으로 작동되고 있음을. 만일 고장 났다면 이처럼 시간이 제대로 갈 리가 없었다. 그렇다면 대체 이게 무슨 일이라는 말인가. 혼란스러운 그는 뭔가 떠오르는 것이 있어서 마음이 조급해졌지만 식사도 거른 채 자신을 기다리신 어머니 때문에 그럴 수도 없었다.

"감기 걸리겠다. 어서 씻고 가서 자라. 늦었다."

"네, 어머니. 걱정을 끼쳐 드려서 죄송해요. 안녕히 주무세요."

뭔가 한참을 이야기하시던 어머니는 결국 이렇게 조용히 말씀하시고는 그를 보내주었다. 다른 어머니 같았으면 난리가 났을 텐데 확실히 그의 어머니는 남달랐다.

어쨌든 그는 얼른 인사를 하고 자신의 방으로 가더니 방문을 살며시 걸어 잠갔다.

그리고는 거울 앞에 섰을 때 퉁퉁 부었던 얼굴이 아주 말짱해진 것을 발견했고 웃통을 훌렁 벗은 채 다시 자리에 섰다.

"이, 이럴 수가……. 정말 멀쩡해졌잖아? 어디, 어깨는……?"

일단 얼굴이 완전히 정상으로 돌아온 것을 보고 놀란 영빈은 곧바로 어깨에 메어둔 붕대를 풀었다.

그리고…….

"어깨도 멀쩡하다. 그렇다면 한 가지 더……."

딸깍…….

그는 다시 방 불을 껐다. 그리고 곧 시계를 바라보았다.

3시 36분.

딸깍.

이번에는 켜보고…….

"이럴 수가……. 시간이 이상한 게 아냐. 내 눈이 이상해진 거였어. 어둠 속에서도 사물이 보인다니……. 지금 이 시간에 불이 꺼지면 아무것도 보이지 않던 방인데 지금은 불을 꺼도 시계가 보일 정도라니……. 설마 이건……?"

그리고 그제야 영빈은 깨달았다. 이 모든 일들은 정령의 힘에서 부터 비롯된 것이 확실함을 말이다.

"영빈아! 무슨 생각을 그렇게 골똘히 해? 우리 같이 분식집
에 가자니까……? 싫어?"

"아하하하, 싫을 리가 있겠어? 나야 수아가 하자는 일이라
면 무조건 오케이지! 가자!"

여기까지 생각을 마친 영빈은 아름다운 수아의 목소리에
퍼뜩 정신을 차렸다. 오늘 새벽까지 벌어졌던 일이지만 그는
그새 몸 적응을 하고 있었다. 그렇기에 지금 그의 기분은 더
욱 상쾌했다.

어쨌든 이제 그 괴물 같은 녀석들이 나타난다 해도 걱정을
안 해도 될 것 같았다. 자신은 이제 다쳐도 스스로 치료가 가
능한 것이다. 물론 아직 완전히 검증된 것은 아니었지만.

3

수아의 집은 사당역 근처인 남현동에 있었다. 그의 집에서
남현동까지는 전철로 불과 네 정거장. 그렇기에 영빈은 이미
그녀를 집 근처까지 몇 차례 데려다 준 적이 있었다. 그래서
이제 이 동네가 그리 낯설지 않았다.

딩동딩동…….

"누구세요?"

“저예요, 아줌마!”

딸칵, 문이 열렸다.

그녀의 집은 밖에서만 볼 때 그저 약간 커 보이는 단독 주택일 뿐이었다. 단지, 다른 집에 비해 한 가지 남다른 특징이 있다면 담이 상당히 높다는 정도?

하지만 집 안으로 들어서자마자 영빈의 입은 떡 벌어지고 말았다.

“우와…… 연못도 집 안에 있다니…… 이런 집은 처음 봐. 진짜 넓구나!”

“호호, 그게 그렇게 놀랍니?”

담이 워낙 높고 대문이 평범해서 설마 내부가 이 정도로 넓고 멋있을 줄은 상상도 하지 못했다.

“넌 매일 이런 집에서 살아서 잘 모르겠지만 나 같은 사람들에게는 이건 그야말로 동화 속에서나 존재하는 집이라구. 마당에 연못이 있는 집이 몇 채나 있겠니?”

“그런가? 하긴 우리 집에 오셨던 손님들 중에 연못을 보고 다들 감탄하지 않는 사람은 별로 없긴 하더라.”

“이제 오는 거니?”

두 사람이 이런 대화를 나누고 있을 때, 저택 뒤쪽에서 누군가가 다가오며 수아에게 가벼운 인사를 건넸다. 그는 중년쯤 된 남자였는데 집에서 입는 편안한 복장에 손에는 정원을 손질할 때 쓰는 정원 가위가 들려 있었다. 그것을 보는 순간 영빈은 잽싸게 인사부터 했다.

"안녕하세요. 아버님! 전 수아 친구 영빈이라 합니다."

"풋! 영빈아, 오버하지 마. 그분은 우리 아빠가 아니야. 정원을 돌봐주는 분이시지."

"아… 이런……. 죄송합니다. 아저씨. 제가 실수했네요. 어쩐지 너무 젊어 보이신다 했어요. 헤헤……."

가끔 친구들끼리 농담으로 우리 집은 너무 가난해서 쌀이 없는 바람에 정원사도 밥 대신 고기를 먹어라는 농담은 해보았어도 진짜로 정원사가 있는 집은 처음 보았다. 그렇기에 그를 보자마자 수아 아버지로 착각했던 것이다.

"허허……. 괜찮다. 그럴 수도 있지. 그런데 놀랍구나. 우리 수아 양이 남자 친구를 데려올 때도 다 있고……. 내 기억으로는 이런 경우는 처음인 것 같은데?"

"아이 참, 아저씨도……. 영빈이는 그냥 함께 공부하려고 온 친구예요. 절대 이상한 관계가 아니라고요!"

"누가 뭐래? 왜 그렇게 강조를 하지? 그렇게 말을 하니 더 수상한데?"

정원사라 해도 오래 알고 지내서 그런지 수아는 스스럼없이 그를 대했다. 영빈은 수아를 알게 될수록 그녀가 더욱 사랑스럽기만 했다.

그녀는 텔런트 뺨치는 외모에 늘 전교 일등을 놓치지 않는 뛰어난 두뇌를 가지고 있었으며 알고 보니 집도 이렇게 부자였다. 그런데도 그녀는 교만하거나 그 어떤 사람도 함부로 대하지 않았다.

영빈이 39년을 살아본 경험에 의하면 이런 여자를 만나기란 생각처럼 그렇게 쉬운 일이 아니었다. 아니, 어쩌면 하늘의 별을 따는 것만큼이나 어려운 건지도 몰랐다.

"호호…… 마음대로 생각하세요. 저희는 시험 준비 때문에 얼른 공부를 해야 하니 이따 다시 뵐게요. 수고하세요."

"그래, 수아 양도 열심히 해!"

정원사의 이런 소리를 뒤로 한 채 두 사람은 마침내 집 안으로 들어갔다.

의외로 저택—이 집은 저택이라고 불러도 전혀 손색이 없었다—의 내부는 고급스러운 느낌보다는 정갈하고 고풍스럽다는 느낌이 더 강했다. 넓은 실내를 대부분 고전적인 가구들이 차지하고 있어서 그런 것 같았다.

"요양 중이신 엄마를 대신해서 집안일을 돌봐주는 아주머니가 계신데 그분은 지금 시장에 간 것 같아. 나중에 오시면 소개해 줄게. 일단 내 방으로 올라가자."

"으응……."

영빈은 거실 한쪽에 걸려 있는 근엄한 표정의 아저씨 초상화를 반쯤 넋을 잃고 바라보다가 수아의 말에 건성으로 대답했다. 그만큼 초상화의 남자는 시선을 떼지 못하게 만드는 묘한 흡입력을 가지고 있었다.

"그분이 바로 우리 아빠야. 초상화는 예전에 아빠가 데리고 있던 병사가 제대한 후 직접 그려서 선물로 가져온 거야."

"병사? 너의 아버지께서 군인이셔?"

"응."

병사라는 단어가 나오자 영빈은 갑자기 기이한 느낌에 사로잡혔다.

"혹시 어느 부대에서 근무하시는지 알아?"

"난 잘 몰라. 아빠는 집에서는 일절 일에 관한 이야기를 하지 않으셔. 단지 가끔 집에 놀러 오는 예전 부대원들의 이야기를 살짝 엿들은 적이 있었는데 그에 따르면 굉장히 무서운 부대에 계신 것 같아."

영빈의 질문에 수아는 목소리를 바짝 낮추더니 이렇게 이야기했다. 그 덕분에 영빈의 호기심은 더욱 커졌다. 뿐만 아니라 수아와 대화하는 동안 문득 이틀 연속으로 자신을 공격했던 자들이 일반인은 아니라는 생각이 들기 시작했다. 동시에 딸을 너무 사랑해서 딸이 만나는 남자를 혼내주던 막장 드라마가 떠올랐다.

"그것 참 궁금해지네. 집에 아버지 앨범 같은 거 없을까? 사진이라도 보면 뭔가 단서가 나올 텐데……."

"찾아보면 있기야 있겠지만 꼭 그렇게까지 해야겠어? 정 궁금하면 이따가 만나 뵙고 직접 물어보는 게 어때? 오늘은 어디 들르시거나 특별한 일이 있다는 말씀이 없으셨으니 아마 늦지 않게 퇴근하실 거야. 어쨌든 지금은 그런 것보다 중간고사 준비가 더 중요할 것 같은데?"

영빈이 미련을 버리지 못하고 또다시 질문을 하자 수아는 그런 그가 왠지 귀엽다는 생각을 하며 상냥한 말투로 이렇게 말했다.

"미안. 별다른 뜻은 없고 그냥 단순한 호기심 때문에 그랬던 거니 신경 쓰지 마. 그리고 이렇게 좋은 저택에 살 정도면 보나마나 대단한 직책을 가지고 계시겠지. 뭐……."

"호호……. 너도 참 끈질기구나. 사실 이 집은 아빠가 벌어서 산 집이 아니야. 난 얼굴도 모르지만 우리 할아버지께서 엄청난 부자셨나 봐. 그분이 물려준 재산이 많아서 그 돈으로 공기 좋고 교통도 좋은 이곳에 집을 지으셨대. 이제 됐지?"

장성급 군인이라 해도 수입이 그렇게 대단한 것은 아니다. 물론 먹고사는 데 지장을 받을 정도는 아니지만 땅값이 엄청나게 비싼 이런 동네에 연못까지 딸린 저택을 소유할 정도는 절대 아니었다.

사실 그는 이 저택에 들어서는 순간, 수아 아빠가 엄청나게 큰 사업을 하는 분이라고 생각했다.

그런데 그가 군인이라는 말을 듣는 순간 속으로 못마땅한 감정이 일어났다. 군인이 이런 집에 살려면 엄청난 비리를 저질렀을 것이라는 선입견이 있기 때문이다. 하지만 수아의 이런 이야기를 듣게 되자 그런 감정은 자연스럽게 사라져갔다.

“그랬구나. 자, 이제 대충 궁금한 것도 풀렸으니 공부나 하자.”

“그래.”

가장 중요한 내용을 확인할 수는 없었지만 일단 영빈은 그녀의 아버지에 대한 궁금중을 덮어두었다. 그녀 말대로 저녁에 온다면 어느 정도 단서를 찾을 수 있으리라 생각했기 때문이다.

그리고…….

“수아야~! 어르신 오셨다.”

“네, 아줌마. 내려가요!”

영빈과 수아가 한참 공부에 빠져 있는 동안 돌아온 것인지 집안일을 돌봐주는 아줌마가 수아를 불렀다.

“이거 은근히 떨리는데?”

“호호……. 우리 아빠가 처음 볼 때 좀 무서워 보이기는 해도 알고 보면 정말 정도 많으시고 좋은 분이셔. 그러니 걱정 말고 내려가자. 어서…….”

수아가 이렇게 말하며 그의 팔을 이끌자 그는 못이기는 척하며 그녀의 뒤를 따라갔다.

“아빠!”

“허허……. 녀석……. 오늘도 잘 지냈니?”

“네! 참 아빠 오늘은 친구가 왔어요. 왜 제가 전에 함께 공부하는 친구가 올 거라고 했었죠? 바로 그 친구예요. 영빈아 인사드려. 우리 아빠야.”

“안녕하세요. 민영빈입니다!”

마침내 영빈은… 수아 아버지를 만났다.

4

거실 한쪽에서 아버지의 방을 바라보며 수아가 어쩐 일인
지 발을 동동 구르고 있었다.

“아아……. 어째서 아빠는 영빈이만 부르신 걸까요? 알 수
가 없네.”

“호호, 수아가 이렇게 안절부절하는 모습은 유치원에 다닐
때 이후로는 처음 보는 것 같네. 그때도 어떤 남자아이를 데
리고 왔다가 지금처럼 아빠가 부르는 바람에 그랬지, 아마?”

알고 보니 수아 아빠가 영빈이만 데리고 방으로 들어간 모
양이었다. 그것만으로도 괜히 초조해하고 있는데 아줌마가
옆에서 심상치 않은 이야기를 꺼냈다.

“어머! 제가 그런 적이 있었어요?”

“그렇다니까. 그 아이는 어르신 방에서 나오자마자 엉엉
울면서 도망가듯 가버렸잖아. 하긴 내가 그 아이 입장이었어
도 마찬가지였을 거야. 우리 어르신께서 좀 무서워야지. 나
도 이 집에서만 근 이십 년을 넘게 일하고 있지만 요즘도 어
르신이 부르면 깜짝 깜짝 놀랄 정도이니 다른 사람들은 오죽

하겠어?"

결국 염장을 지르는 이야기가 맞았다. 그렇지 않아도 영빈이 걱정되서 애가 타 죽겠는데 기껏 한다는 게 아빠 무섭다는 이야기만 하고 있으니 얼마나 얄밉겠는가.

"아이 참, 아줌마! 그런 이야기는 하지 마세요. 우리 아빠가 보기에는 무서워 보여도 알고 보면 얼마나 마음이 약하신데요. 힝~"

"호호호…… 수아는 너무 순진해서 놀리는 재미가 있다니까. 거봐, 본인 입으로도 말하잖아, 어르신이 마음이 약하다고. 그러니 너무 걱정하지 마. 어르신께서는 워낙 수아를 사랑하다 보니 걱정이 되서 그런 걸 거야. 설마 처음 본 학생을 겁주기야 하겠어?"

"그렇겠죠?"

두 사람이 그럴 리가 없다며 이렇게 이야기하고 있었지만 실제로 방 안에서는 지금 수아 아버지가 영빈을 앞에 앉혀 놓고 잔뜩 겁을 주고 있었다.

"……."

"……."

수아의 아버지는 영빈을 방으로 들어오라 해 놓고 벌써 10분째 그를 세워둔 채 노려보기만 했다. 그것도 말 한마디 없이 말이다.

게다가 만일 영빈이 지금 서른아홉 살의 영혼을 가지고 있지 않았다면 진작 눈을 깔고 겁에 질릴 만큼 그의 눈빛은 매섭고 살벌했다.

'호오……. 이 녀석 보고로만 들을 때는 그저 싸움이나 잘하는 깡패 같은 녀석이라 생각했는데 의외로군. 인상도 선해 보이고 무엇보다 눈빛이 마음에 들어. 묘하게 상대방을 끌어들이는 눈빛이야.'

그는 속으로 약간 감탄을 하면서 마침내 지루한 눈싸움을 멈추었다.

"거기 앉게."

"감사합니다."

영빈이 앞에 있는 소파에 앉자 수아 아버지는 갑자기 툭 던지듯 한마디 했다.

"자네는 사내인가?"

"물론입니다."

"우리 수아를 좋아하나?"

"네!"

수아 아버지의 질문은 간단명료했다. 그 안에는 함축적인 의미가 담겨 있는 것 같았지만 영빈은 조금도 망설이지 않고 대답했다.

"좋아하는 여자를 위해서라면 목숨도 내던질 수 있는 게 사내다. 다시 묻겠다. 자넨 사내로서 우리 수아를 좋아하는 가?"

"그렇습니다. 전 수아를 좋아합니다."

이런 질문은 사실 너무 황당했다. 두 사람은 아직 연인이라 할 수도 없는 관계인데 수아 아버지는 영빈을 마치 결혼 허락을 위해서 온 사람 취급을 하고 있는 것이다. 심각한 오버가 아닐 수 없었지만 영빈은 별로 망설이지 않고 또렷하게 대답했다.

"자네… 정말로 수아를 위해서라면 목숨을 던질 수 있나?"

"저는 이미 며칠 전에 목숨의 위협을 받아보았습니다. 하지만 그렇다고 수아를 포기하진 않았습니다. 이는 아버님께서도 알고 계시리라 생각합니다만……."

"……."

영빈이 전혀 예상치 못했던 이야기를 하자 수아 아버지는 입을 꾹 다문 채 다시 영빈을 노려보았다. 그렇게 또다시 침묵의 시간이 이어졌다.

"어떻게 알았나?"

"처음에는 상상도 못했었습니다. 그런데 수아에게 아버님께서 군인이라는 말을 듣고 혹시나 했었죠. 그런데 직접 만나 뵙는 순간, 확신했습니다. 그들은 절대 일반 민간인이 아니었습니다. 그리고 그렇게 무서운 자들을 부릴 수 있는 사람은 흔치 않겠지요."

"내가 왜 그랬다고 생각하는가?"

"세상에는 왕왕 딸바보가 있다고 들었습니다. 딸을 너무

사랑하다 보니 딸에게 접근하는 모든 남자를 적으로 간주하는 그런 바보 말입니다. 하지만 저는 그것을 나쁘다고 생각하지 않습니다. 누가 아버지이든 수아처럼 예쁘고 착한 딸을 가지게 되면 다 바보가 될 테니까요."

"감히 나에게 바보라고 하는 녀석이 다 있다니……. 간이 부었군."

수아 아버지의 몸에서 말로 형언하기 힘들 만큼 무시무시한 기세가 피어올랐다. 만인을 억눌러본 경험이 있는 사람만이 가질 수 있는 숨 막히는 기세. 누구라도 이런 기세 앞에서는 꼬리를 내릴 수밖에 없을 것이다.

"할 말은 하고 살 수 있는 나라, 그것이 진정한 민주주의 국가 아닐까요? 저는 자랑스러운 민주주의 국가인 대한민국의 떳떳한 국민이라고 생각합니다만……."

"푸하하하! 대한민국 국민이라고? 자네 정말 마음에 드는군. 맞아. 자네나 나나 우린 모두 대한민국의 국민이지. 나 윤대웅이네. 앞으로 잘 부탁 하네."

그가 자신의 이름을 밝혔다는 것은 영빈을 그저 딸의 친구가 아니라 한 명의 남자로 인정한다는 뜻이었다.

그리고 이제야 영빈은 수아 아버지의 정체를 어느 정도 알 수 있었다. 윤대웅이라는 이름은 미래의 어느 날인가 그가 신문에서 본 적이 있었기 때문이다. 그 기사에는 분명 이렇게 적혀 있었다. '전 국군 정보부 사령관 윤대웅' 이라고.

그런 생각이 떠오르자 영빈은 다시 한 번 자신이 과거로 돌아와 있음을 실감했다.

그리고 앞으로 벌어질 일들 사이에 자신이 끼게 되면 그것으로 미래가 바뀔 수도 있다는 것도 자각했다.

'내가 살던 2012년에도 수아는 물론 수아 아버지도 살고 있을 것이다. 미래의 그들은 나라는 존재를 모른다. 수아도 동창 중에 한 명이라고 겨우 기억할지는 몰라도 그 외에는 아는 것이 없을 터. 하지만 이제부터는 많이 달라질 것이다. 이미 그녀의 인생 속에 과거에는 없던 나와의 새로운 경험들이 쌓이고 있을 테니까. 이렇게 미래를 바꾸어 가도 괜찮을까? 으음……. 이 문제는 나중에 세레나와 이야기해 보고 심각하게 연구해 봐야겠구나.'

그는 생각을 이어가고 싶었지만 자리가 자리인만큼 일단 이렇게 정리했다.

"별말씀을요……. 저야말로 아버님께 꼭 드리고 싶은 부탁이 있습니다."

"그게 뭔가?"

"지난번 그분들 있잖습니까?"

"지난번… 그분들?"

"저를 공격하게 하셨던……."

"아, 그놈들. 알았네. 앞으로 절대 또 그런 일은 없을 것이네. 그때는 자넬 시험해 보고 싶어서 그랬던 거니 마음에 담지 말게."

영빈이 조심스럽게 이야기하자 대웅은 영빈이 겁을 먹었다고 생각했다. 하긴 아무리 그때 어찌어찌 그들의 공격을 물리쳤다 해도 또 보고 싶은 마음이 들 리가 없었다.

그런데…….

"그게 아닙니다. 그분들을…… 가끔씩 저에게 보내주십시오. 물론 공격을 하게 말입니다."

"뭐라고? 자네 그거 진심인가?"

영빈의 말은 대웅의 예상을 완전히 벗어나 있었다.

"네, 앞으로 더욱 단련하고 싶습니다. 그분들의 정체를 모를 때는 저 역시도 두려웠었지만 이제는 오히려 좋은 훈련 상대가 될 거라는 생각이 들거든요."

"그들은 연습이라는 것이 없다. 일단 나가면 무조건 실전이다. 그래도 괜찮겠나?"

"오히려 그래주기를 바랍니다."

"그렇게까지 살벌한 일을 부탁하는 이유가 뭔가?"

결국 호기심에 사로잡힌 대웅은 눈을 가늘게 뜨며 이렇게 물었다.

"수아를 지켜주려면 힘이 있어야 한다는 생각을 했을 뿐입니다."

영빈의 이 한마디를 듣자 그는 아무 말도 하지 않은 채 천천히 자리에서 일어났다.

“아줌마 말이 오늘 저녁 메인요리는 장어구이라 하더군. 수아는 징그럽다고 잘 먹지 않는 음식이지. 어때? 우리 남자들끼리 맛나게 먹어보는 것은? 설마 싫어하는 건 아니겠지?”

“없어서 못 먹습니다.”

“껄껄껄……. 그럼 어서 나가세.”

그는 이렇게 권하면서 자연스럽게 영빈의 어깨에 팔을 둘렀다.

그는 영빈의 부탁에 대해 명확한 대답을 하지는 않았다. 하지만 영빈은 이미 그가 부탁을 들어주리라는 것을 확신하고 있었다. 만난 지는 겨우 한 시간도 채 되지 않았지만 두 사람은 뭔가 묘하게 통했다.

Chapter 09
변화는 작은 것에서부터……

1

영빈아… 영빈아… 자?

'으음… 세레나?'

한참 자고 있던 영빈의 뇌리로 세레나가 부르는 소리가 울렸다. 그러자 그는 잠결인데도 곧바로 대답했다. 무의식중에도 그녀를 기다렸던 모양이다.

─응. 너무 늦게 불러 깨워서 미안해. 워낙 정신없이 바쁘다 보니 이제야 시간이 나네.

'나도 이제 막 잠들려던 참이었어. 그런데 벌써 돌아온 거야?'

영빈은 일어난 김에 아예 벌떡 일어나서 주변을 둘러보며 이렇게 대꾸했다. 그녀가 돌아왔다고 생각한 것이다.

―아니, 아직 정령들의 도피처에 있어. 그런데 여기 상황이 생각보다 더 심각해. 그래서 영빈이에게 한 가지 부탁이 있어서 부른 거야.

'아, 무슨 부탁인지 묻기 전에 내가 먼저 물어볼게. 거기가 여기서 가까운가? 바로 옆에 있는 것처럼 목소리가 또렷이 들려.'

영빈이 무엇보다 이것이 궁금했다.

―아니. 여기는 인간들이 느끼는 거리 개념과는 다른 곳이야. 하지만 가까운 거리는 아니지. 그래서 대화를 길게 할 수는 없어. 난 아직 너의 정기를 흡수할 수 없기 때문에 힘이 약하거든. 내 부탁은 다른 게 아니라 원래 예정보다 더 있게 해달라는 거야. 보름 정도는 더 있어야 여기 일이 일단은 해결될 것 같거든.

'그렇구나. 어쩔 수 없지 뭐. 그럼 그때는 꼭 오는 거지?'

그녀가 돌아오기를 은연중 기다리고 있던 영빈은 김이 빠지는 기분이 들었다. 사실 그녀가 오면 지금 자신이 정령력을 더욱 강하게 느낄 수 있고 그로 인해 여러 가지 신체적 능력도 좋아졌다고 자랑하고 싶었다. 이런 이야기는 그녀 말고 할 사람이 없었다.

만일 이런 사실을 다른 사람에게 이야기한다면 정신 병원부터 가자고 난리를 칠 것이다.

　어떤 면에서 보면 영빈은 지금 심한 외로움을 느끼고 있었다. 과거로 돌아와서 유리한 면도 많고 또 특별한 기회를 얻기도 했지만 실제의 그를 아는 이는 세레나가 유일했다.

　─당연하지. 그런데 영빈아.

　'응.'

　─내가 늦는다고 훈련을 게을리하면 안 된다. 네가 어서 튼튼해져야 내가 이 세계에서 오래 버틸 수 있어. 만일 내가 정기를 흡수하지 못해 소멸하게 되면 너 또한 도로 미래로 되돌아가게 될 거야. 이 점을 꼭 기억해 줬으면 좋겠어.

　어쨌든 둘은 계약 관계이다. 이것은 어느 한쪽이 잘못되면 다른 한쪽도 문제가 생긴다는 말도 되었다. 정령과 인간의 계약 관계는 원래 그랬다. 세레나는 구체적으로 이 점을 상기시키고 있었다.

　'바보……. 세레나가 옆에 있을 때보다 더 열심히 하고 있어. 그러니 아무 걱정하지 말고 거기 일이나 잘 처리하고 와.'

　─그래. 고마워……. 이젠 정말 그만 말해야… 겠다……. 기운이 빠지고 있어……. 그럼 보름 뒤… 에…….

　그녀의 말대로 기운이 딸려서 그런지 세레나의 마지막 말은 거의 들릴 듯 말 듯했다.

　'왠지 아쉽네. 가만, 그런데 지금 대체 몇 시지? 이런. 벌써 4시 반이네. 지금 자봤자 한 시간도 안돼서 또 일어나야 하잖

아. 에잇, 차라리 일찍 나가서 운동이나 하자. 요즘 갈수록 몸이 가벼워져서 운동하는 재미가 쏠쏠한데 잘됐네.'

예전의 영빈과 비교하여 지금의 그가 달라진 점은 또 있었다. 예전에 이런 경우를 당했다면 잔뜩 인상을 쓰며 투덜거리다가 시간을 보냈을 것이다. 남의 탓만 하면서 말이다. 하지만 지금의 영빈은 무척이나 낙천적이었다. 어차피 일어난 일을 가지고 인상 구겨봤자 자기 자신만 손해라는 것을 충분히 알기 때문이다.

그는 결국 꼭두새벽부터 또다시 관악산을 달렸다. 이제는 달린다기보다 거의 나는 것처럼 보일 정도로 그의 발걸음은 가벼웠다. 게다가 호흡도 별로 가쁘지 않아 보였다.

다른 것은 몰라도 영빈은 이제 기초체력으로는 그 누구에게도 뒤지지 않을 만큼 강인해졌다.

"다녀왔습니다."

"벌써 운동을 하고 오니?"

"네, 어머니. 일찍 잠이 깨는 바람에 그냥 바람 쐬러 갔다 왔어요."

한참 열심히 뛰고 돌아온 영빈은 주방에서 아침 준비를 하고 계신 어머니에게 인사를 했다. 그러자 그의 어머니는 놀랍다는 얼굴로 이렇게 반응했다.

"호호……. 잘했다. 요즘 이 엄마는 우리 아들이 많이 부지런해진 것 같아서 괜히 기분이 좋구나. 윤아랑 현아도 네 이야기만 나오면 입에 침을 바르고 칭찬이다. 특히, 널 그렇게 못마땅하게 생각했던 현아는 내가 조금만 네 흉을 보기라도 하면 아주 난리를 치더라. 대체 어떻게 한 거니? 나에게도 그 비법을 좀 알려줄래?"

"에이, 그런 비법이 어디 있겠어요. 그냥 현아도 이제 철이 들어서 그런 거겠죠. 하하!"

"오빠! 내가 언제는 철이 없었어? 오빠보다는 더 빨리 철든 거 같은데?"

영빈이 어머니의 말에 어영부영 둘러대려다가 막 주방으로 오던 현아에게 한 소리 듣고 말았다. 하지만 그래도 그는 유쾌했다. 현아의 말속에 늘 있던 가시가 전혀 없었기 때문이다. 그리고 그것을 증명이라도 하듯 그녀는 쪼르륵 영빈에게 다가오더니 덥석 끌어안았다,

"헤헤……. 잘 잤어, 오빠?"

"하하……. 그래. 너도 잘 잤냐?"

"그야 당연하지."

현아가 달려와서 영빈에게 안기더니 애교를 부렸다. 그녀가 그에게 이러던 것이 언제였는지 기억도 안 나는 영빈이었지만 그녀의 이런 행동이 마냥 즐겁기만 했다.

"엄마 안녕히 주무셨어요? 현아야! 넌 나이가 몇 살인데 오빠를 못살게 굴고 있니? 네가 아직도 애야?"

"핏! 부러우면 언니도 안든지. 동생이 오빠를 안는 게 잘못인가? 괜히 난리야."

"애들아. 싸우지 말고 어서 씻고 와라. 아침 먹어야지."

윤아가 째려보며 한마디 하자 현아는 목을 슬쩍 움츠리면서도 할 말은 다 했다. 그 모습을 보고 살며시 웃던 어머니가 참견을 했다. 더 두었다가는 또 언니에게 현아가 정말로 혼날지도 몰랐기 때문이다. 어쨌든 현아가 막내인지라 확실히 특혜를 받는 모양이다.

그렇게 오늘 아침도 영빈이네 가족은 즐겁게 모여 앉아 식사를 하기 시작했다. 그런데…….

"엄마."

"응? 왜?"

"죄송한 말씀인데요. 앞으로 음식을 조금 싱겁게 해서 먹도록 해요. 제가 어제 도서실에 갔다가 유명한 한의사가 저술한 고혈압에 관한 책을 읽었거든요. 거기 보니까 염분이 고혈압에 아주 나쁘다네요. 아빠도 고혈압으로 고생하셨지만 엄마도 혈압이 높으시잖아요. 그러니 식생활을 바꾸는 게 어떨까 싶어요."

"그래? 그게 정말이니?"

어머니는 영빈의 뜬금없는 말에 고개를 갸웃거리며 이렇게 되물었다. 이 당시만 해도 고혈압에 대한 인식이 부족할 때라 반신반의할 수밖에 없었던 것이다. 하지만 영빈은 심각

했다. 그는 어머니가 어째서 돌아가셨는지 잘 알고 있기 때문
에 그것을 바꿀 계획을 세웠고 지금부터 그것을 실행에 옮기
려는 것이다.

"네, 제 말을 믿고 한 번 식단을 바꿔보세요. 염분을 줄이
고 야채나 과일을 많이 드시면 약을 먹지 않아도 혈압을 낮출
수 있데요, 그리고 한 가지 더……."

"또 뭔데?"

"저와 함께 아침 운동을 다니기로 해요. 바쁘신 것은 알지
만 대신 제가 아침 준비를 도와드리면 시간은 충분할 거예
요."

"네가 아침을?"

"오빠가?"

엄마는 물론 동생들까지 놀라서 소리를 질렀다. 물 한 잔도
시켜서 마시던 게으름뱅이 오빠가 아침 준비를 돕겠다니. 그
야말로 고양이가 수중발레를 한다는 것만큼이나 믿기 힘든
이야기였다.

2

3학년 2반…….

시끌시끌…….

언제나처럼 아침 등교 시간의 교실은 소란스러웠다. 마치

밤새 살아 있는 것을 축복이라도 하는 것처럼 학생들은 누가 교실 안으로 들어올 때마다 큰소리로 반겨주며 인사했다.

"영철아 어서 와!"

"응, 그래. 근데 민수야. 오늘 날씨가 무지 좋더라. 이런 날은 애인 한 명 만들어서 놀러가야 하는 건데."

"그러게 말이다. 고삼이라고 이 컴컴한 교실 아니면 집구석 처박혀서 공부나 해야 하는 우리 팔자도 참 불쌍하지. 젠장~!"

영철이 자리에 앉으며 이렇게 푸념을 하자 민수가 맞장구를 쳤다. 바야흐로 계절은 봄이었고 오늘따라 날씨도 화창해서 이들의 마음을 싱숭생숭하게 했던 모양이다.

아니, 사실은 이들 뿐만 아니라 지금 이 교실 안에 있는 모든 학생들은 같은 심정일 게 분명했다.

그래서인지 학생들은 삼삼오오 짝을 지어 앉아 이런저런 잡담을 늘어놓기 시작했다.

그런데 그때,

드르륵~

저벅 저벅……

교실 문이 박력있게 열리며 누군가가 들어오자 교실 안에 있던 학생들의 표정이 굳어지며 갑자기 조용해졌다. 바로 병식이가 들어 온 것이다.

그는 무서운 얼굴로 여기저기를 힐끔 힐끔 쳐다보면서 자신의 자리로 걸어갔다.

"병식아, 어서와."

스윽…….

"새끼…… 그래도 아직 날 아는 체 하는 놈이 있긴 있구
나."

"당, 당연하지. 그런데 며칠 동안 왜 학교에 안 온 거야? 걱
정했잖아."

병식이가 나타나자 한때 그의 똘마니를 자처하며 아부를
떨었던 인기가 다가와 그에게 인사를 했다.

"진짜 걱정하긴 한 거냐? 나 없는 동안 영빈이에게 알랑방
귀 뀌고 있었던 것은 아니고?"

"에이, 그, 그게 무슨 소리야. 난 며칠 내내 병식이 네가 오
기만을 기다렸다고!"

인기는 억울하다는 듯 손사래까지 치며 이렇게 말했지만
병식이는 그런 인기가 별로 믿음이 안 가는지 갑자기 책상을
주먹으로 내려치며 대뜸 소리를 질렀다.

쾅!

"야! 재수없으니 꺼져. 귀찮게 굴지 말고!"

"아, 알았어. 갈게."

후다닥…….

그렇게 인기가 도망치듯 자신의 자리로 돌아갔지만 이미
학생들은 잔뜩 겁먹은 얼굴로 그런 병식의 눈치를 살폈다. 그

가 비록 영빈에게 져서 짱의 자리는 내주었다 하지만 그렇다고 그의 주먹이 약해진 것은 아닌지라 겁을 먹은 것이다.

"뭘 쳐다봐, 이 새끼들아! 어디 구경났어?"

"……."

순식간에 교실 분위기가 싸늘해졌다. 이럴 때 재수없게 잘못 걸리면 괜히 얻어터질 수도 있었기에 학생들은 모두 그와 시선이 마주치지 않도록 고개를 돌린 채 제대로 움직이지도 못했다.

그런데 그때,

"여어~! 모두 안녕! 좋은 아침."

언제나처럼 영빈이 활짝 웃는 얼굴로 들어섰다. 그러자 아이들은 모두 숨을 크게 쉬며 동시에 외쳤다.

"영빈아! 어서와! 좋은 아침!"

깜짝… 주춤주춤…….

"너, 너희 왜 그래? 무슨 일 있는 거야?"

그 소리가 어찌나 컸던지 교실 안으로 들어서던 영빈이 주춤거리며 뒷걸음질을 칠 정도였다.

"그냥 오늘따라 영빈이가 더 반가워서 그래. 호호호…….”

"맞아. 날씨가 좋잖아."

학생들은 그런 영빈이를 보며 너도 나도 한마디 던지면서 눈을 찡긋거렸다. 그러면서 자꾸만 한쪽을 바라보자 그제야 영빈이는 병식을 발견하곤 다들 왜 그러는 것인지 감을 잡았다.

그러자 그는 성큼성큼 걸어서 곧 병식이 앞으로 갔다.

"오랜만이다. 그동안 어디 아팠냐?"

"네가 신경 쓸 일이 아니니 가서 네 볼일이나 봐라."

병식은 영빈이 다가오자 은근히 떨렸지만 일부러 더 뻗대며 이렇게 말했다.

"가기 싫다면?"

"이……."

"왜? 또 한 번 해보자고?"

얼마 전만 같았어도 영빈은 병식이 앞에서 절대로 이런 태도를 보이지 못했을 것이다, 특히, 지금은 세레나도 없는 상황 아니던가. 하지만 한 달 전의 영빈과 지금의 그는 하늘과 땅 차이라고 할 만큼 달라져 있었다.

그는 그 짧은 시간동안에 생사를 넘나드는 싸움을 승리로 이끌었다. 그것도 그 누구의 도움도 없이 혼자만의 힘으로 말이다. 그런 그의 앞에 병식은 과거처럼 겁을 먹게 만드는 존재가 아니라 그야말로 귀엽게 까불거리는 녀석일 뿐이었다.

그랬기에 병식이 벌떡 일어나 자신을 위협적으로 노려보아도 위축되기는커녕 오히려 그를 도발했다.

"그래. 네놈에게 한 번 더 도전하겠…… 컥!"

"놈? 내가 아직도 그렇게 만만하디?"

슈욱~ 퍽!

"크억!"

그가 병식을 도발한 이유는 두 가지였다. 하나는 세레나 없이도 자신이 얼마나 강해졌는지를 확인하고 싶었고 또 하나는 이런 놈은 언젠가 반드시 복수를 한답시고 또 달려들게 뻔했기에 아예 그 싹을 잘라 버리려는 것이다.

하지만 무슨 이유인지 그는 주먹에 모든 힘을 싣지 않았다. 그럼에도 병식은 아팠지만 그렇다고 기절할 정도는 아니었다.

"곧 수아가 올 것 같으니 이쯤에서 끝내겠다. 앞으로 조심하자……?"

그리고 어느 정도 때려주다가 그는 이렇게 말을 하고는 자신의 자리로 돌아가기 위해 몸을 돌렸다. 그런데 바로 그 순간,

"이 개새끼야! 뒈져라!"

쉬이익~!

"아악! 위험해!"

이리저리 터지면서도 악착같이 신음을 참던 병식은 영빈이 돌아서는 순간 품속에서 나이프를 꺼내들더니 괴성과 함께 그 칼로 영빈이의 등을 있는 힘껏 찔러갔다. 그러자 그것을 발견한 몇 명의 학생들이 경악했는데…….

"끄아아아악~!"

“…….”

엄청난 비명과 함께 곧 침묵이 찾아왔다. 교실 안에는 꽤 많은 학생들이 있었건만 그야말로 바늘 하나 떨어지는 소리도 들릴 만큼 주위는 고요했다.

쿡… 털썩…….

“이, 이런 개… 같은 경우가…….”

“바보 같은 녀석. 멍청한 짓을 저지르다니…….”

놀랍게도 비명을 지른 사람은 영빈이 아니라 병식이었다. 그가 영빈의 등을 찌르려던 순간, 기습을 눈치챈 영빈이 공격을 피하다가 앞에 있는 의자 쪽으로 넘어졌다. 하지만 넘어짐과 동시에 재빨리 구르듯 의자를 넘어갔고 미처 이를 보지 못한 병식은 그대로 부딪치면서 넘어지게 되었다.

그런데 문제는 그의 손에 날카로운 비수가 쥐어져 있다는 점이었다. 워낙 몸무게가 무거운 병식이다 보니 찌르던 힘에 가속도까지 실렸고 그런 상태에서 의자에 걸려 나뒹굴게 되었는데 그때 하필 들고 있던 칼이 그 힘 그대로 자신의 정강이를 찌르게 된 것이다.

이런 일련의 사태는 누가 봐도 그야말로 병식이 혼자 설치다가 혼자 다친 꼴이었다.

“저놈, 정말 나쁜 놈이네. 아무리 그래도 친구를 칼로 찌르려고 하다니……. 영빈아 괜찮아? 다치지 않았어?”

“응, 난 괜찮아. 일단 누구 이 녀석 좀 내게 업혀라. 병원으로 데리고 가야겠다.”

“어, 그래. 우리가 업혀 줄게. 끙차……..”

모든 것이 즉흥적으로 일어난 사고 같지만 사실 알고 보면 일련의 사태는 모두 영빈이 치밀하고 교묘하게 만든 일종의 쇼였다.

그는 요즘 보이지 않던 병식이 갑자기 나타난 것을 볼 때부터 예감이 좋지 않았다. 그렇기에 일부러 다가가서 인사를 했던 것인데 그때 고개를 숙이고 있던 병식의 옷 틈으로 칼자루가 보이는 게 아닌가.

‘내 예상대로 나에게 보복하기 위해 온 것이 분명하군. 역시 이놈은 그냥 두기에 너무 위험해. 나에게만 덤비는 것은 괜찮지만 그냥 두면 언젠가 우리 윤아나 현아 아니면 수아에게 해를 끼칠게 분명하다. 그렇다면…….’

그 짧은 시간동안 영빈의 두뇌는 빠른 속도로 회전했다. 그는 그저 단순한 열아홉 살 소년이 아니었다. 만에 하나 자신의 감정대로만 병식을 심하게 패면 보나마나 자신도 폭행죄로 걸려 들어간다는 것을 이미 알고 있었다. 그런 일이 절대 일어나서는 안 된다. 그렇기에 쇼를 연출하기로 결심했던 것이다.

병식이 먼저 칼을 휘두르게끔 한 다음 그를 반병신으로 만든다. 하지만 그것은 병식이 스스로 저지른 사고였기에 자신에게는 전혀 죄가 없다. 이게 그의 시나리오였고 그것은 한 치의 오차도 없이 성공했다.

사실 알고 보면 병식이 넘어지는 순간, 먼저 넘어진 영빈이 발로 그의 정강이를 슬쩍 밀어 넣었고 그 때문에 칼이 찌르게 된 것이지만 그것을 본 사람은 아무도 없었다. 그러기에는 자세나 각도가 교묘했고 영빈의 발이 너무 자연스럽고도 빠르게 움직였기 때문이다.

그렇게 해서 아이들은 오히려 그를 걱정했다. 그들은 모두 자신의 편임과 동시에 중요한 목격자였다.

그는 이렇게 우환덩어리 하나를 깔끔하게 제거해 버렸다.

과거의 칠뜨기 영빈은 이처럼 날이 갈수록 치밀하고 영리하게 진화하고 있었다.

3

퐁… 퐁퐁… 퐁…….

사방에서 물방울들이 터지고 있었다. 그 물방울들은 부드러운 바람에 의해 이리저리 날아다니며 터졌는데 그 모습이 그렇게 멋지고 아름다울 수가 없었다.

그뿐만 아니라 그 아래쪽에서는 작은 불길들이 여기저기로 뛰어다니고 있었다. 그 불길들은 위험해 보이는 것이 아니라 마치 넓게 펼쳐 있는 대지와 천진난만하게 노닐고 있는 것처럼 보였다.

그런데 이처럼 신기한 장면이 펼쳐지고 있는 아득한 공간

안에는 이런 존재들 외에 인간의 형상을 한 존재들도 보이고
있었다.

바로 세레나가 이 신비한 공간의 중심에 앉아 두 눈을 감은
채 무엇인가 알 수 없는 주문을 외우고 있었던 것이다. 그리
고 그런 그녀의 주변에는 네 명의 지극히 아름다운 소년 소녀
들이 각기 동서남북의 네 방위를 점한 채 서 있었다.

중요한 의식을 치르듯 그들은 그 상태로 꼼짝을 하지 않았
다.

그렇게 시간은 지루하게 흘러갔다. 그런데 그러던 어느 순
간, 마침내 세레나가 주문을 멈추고 소년 소녀들을 향해 이렇
게 말했다.

"각 방위별로 보고하라."

"동! 바람의 중급 정령 실피아가 물의 정령왕이신 엘라임
님께 아직 이상없음을 보고드립니다."

실피아는 소녀의 모습에 초롱초롱한 눈을 가지고 있었다.
그녀는 무척이나 경건한 태도로 말문을 열었다.

"서! 물의 중급 정령 운다인 역시 이상없음을 알립니다."

운다인은 지난번에 영빈의 앞에도 잠깐 등장했던 소녀였
다.

"남! 불의 중급 정령 샐러맨더 이상없습니다."

샐러맨더는 머리카락이 불길로 곤두선 짓궂은 소년의 모
습이었다. 하지만 그 역시 무척이나 공손했다.

"북! 대지의 중급 정령 노이아나 이상없습니다."

노이아나는 키가 작지만 다부진 몸매를 가진 소년이었다. 그는 꽤나 고집이 센 듯 보고를 끝내자마자 곧바로 다시 입을 꾹 다물었다.

알고 보니 이 안에 있던 존재들은 모두 정령들이었는데 한 가지 놀라운 것은 이곳에는 물의 정령만 있는 것이 아니라 물질세계를 이루는 4대원소의 모든 정령이 존재하고 있다는 점이었다.

성질이 다른 정령들이 한꺼번에 모이기란 그리 쉬운 일이 아니었다. 때문에 이 안에는 뭔가 알 수 없는 이유가 있을 게 분명했다.

"좋아. 그럼 지금부터 이 공간 안에 새로운 정령력을 불어 넣겠다. 너희가 비록 모두 다른 속성을 가지고 있다만 이곳은 앞으로도 우리 모두에게 중요한 도피처가 될 것이니 최선을 다해 힘을 보태도록 하여라."

"네! 엘라임님! 혼이 소멸되는 한이 있더라도 모든 힘을 다하겠나이다."

"다하겠나이다."

불의 중급 정령 샐러맨더가 이렇게 외치자 다른 정령들도 따라 외쳤다. 사실 세레나의 원래 이름은 엘라임이다. 이것은 물의 정령왕이 지니는 고유 이름이기 때문에 다른 정령들도 그녀를 엘라임이라 칭했다.

하지만 영빈과 그녀는 계약으로 인해 맺어진 관계인지라 그에게만큼은 아무도 모르는 세속에서의 이름을 알려준 것이다.

어쨌든 세레나는 정령들의 외침이 끝나자 중심에 앉아 있던 자세 그대로 점차 높이 떠올랐다.

"다 가르텐 마우히 돈느…… 기피엘라인 투탄카…… 가으일레…… 카르텔라 아하라 미누임!"

"카르텔라 아하라 미누임!"

그러다가 어느 일정 높이에서 멈추더니 곧 다시 입을 열어 처음과는 또 다른 주문을 외웠다. 그러자 다른 정령들도 그녀의 주문 마지막 부분을 따라서 외쳤다.

위이이잉~!

우웅 우웅…….

그렇게 주문이 끝나자 공간에 변화가 생기기 시작했다. 그저 물방울이 터지는 것과 작은 불꽃들이 뛰어다니는 것 외엔 큰 문제가 없어 보였던 공간의 사방이 우그러지더니 점점 정령들의 모여 있는 쪽으로 압축되기 시작한 것이다.

그 속도가 그리 빠른 것은 아니었지만 결국 이대로 간다면 세레나를 포함한 모든 정령들이 압축되고 있는 공간과 함께 영영 사라져 버릴 지도 몰랐다.

그런데 바로 그때!

"우리의 염원이 곧 힘이 되어 이 공간을 지배하리라! 움 바사하라 마후에야!"

펑! 퍼퍼펑! 퍼엉!

"꺄아아아아~!"

"끼르~끼요오오오~!"

날카로운 세레나의 주문과 함께 공간에서 어마어마한 빛의 폭발이 일어났다.

그러자 도저히 생명체의 소리라고 할 수 없는 괴이한 비명성이 터져 나왔다. 그렇지만 듣는 이로 하여금 처절하고 구슬픈 느낌을 주기에는 충분했다. 그리고 그 비명성이 끝나고 나자 곧바로 무거운 침묵이 내려앉았다.

"……."

"……."

"성, 성공인 것 같습니다. 엘라임님!"

누군가가 정신을 차린 듯 조용한 어조로 한마디 했다.

"그… 렇구나……. 다행이… 다……."

풀썩…….

그러자 그 뒤를 이어 세레나가 대꾸했는데 그녀의 목소리에는 그야말로 기운이 하나도 느껴지지 않았다. 그리고 그것을 증명하듯 그녀는 말이 끝나기가 무섭게 정신을 잃었는지 허공에서부터 서서히 떨어져 내렸다.

"앗! 엘라임님!"

"엘라임님!"

스르르르…….

물의 중급 정령 운다인과 바람의 중급 정령 실피아가 그 모습을 보고 동시에 날아갔다. 그리고는 곧바로 그녀를 안아서 바닥에 깔리기 시작한 초록식물의 융단 위로 살며시 내려놓았다.

"하아… 하아… 이 세계는 너무 오염이 되어서 그런지 조, 조금만 정령력을 소모해도 힘이 부치는구나……. 하아……."

"엘라임님, 기운 내세요."

"기운 내세요!"

모든 정령들은 그녀가 위험해 보이자 안타깝게 그녀를 불렀다. 하지만 이제 겨우 중급 정령인 그들이 정령왕인 엘라임에게 도움을 줄 수 있는 일은 거의 없었다.

"운, 운다인……."

"네! 엘라임님!"

"너 지난번에 보았던 나, 나의 계약자 기억하느냐? 하아……. 하아……."

말 몇 마디 하는데도 세레나의 숨결은 가쁘기만 했다. 그만큼 많은 힘을 소모했으리라.

"물론입니다. 왕의 계약자는 곧 저의 계약자 아닙니까?"

"그, 그렇지……. 나를 그에게 데려다주어라. 그만이 나를 구할 수 있단다. 물론 그것도 쉽지만은 않겠지만……."

영빈이 자신이 있던 차원의 다른 계약자들처럼 강하다면

걱정할 필요가 없겠지만 그는 이제 겨우 정령력을 느끼기 시작한 생초보 아니던가. 사실 알고 보면 세레나는 애초 이곳 정령들의 도피처를 제대로 되살리기 위해 자신의 생명을 걸었던 것이라 할 수 있었다.

문경의 운달계곡에 고여 있는 맑은 물의 정기로도 그녀의 정령력을 모두 채워넣을 수는 없었다. 그저 어느 정도 생기만 되찾은 수준이랄까?

그것으로도 특별한 일이 없는 이상 영빈이 강해질 때까지는 버틸 수 있었지만 이처럼 정령력이 심하게 소모되는 일을 하게 되면 이후 계약자의 정기를 흡수하지 못할 시 소멸될 수밖에 없었던 것이다.

"그에게… 마지막 인사나 해야겠다……. 아무리 그래도 내가 살기 위해 계약자를 죽일 수는 없는 노릇. 정력력만 어느 정도 있어도 그를 위험에 빠뜨리게 할 일은 없겠지. 하지만 만에 하나 정령력을 느끼기만 할 뿐 모아져 있지 않다면 순수한 그의 정기만이 날 살릴 수 있다. 그리고 그렇게 되면 그가 죽거나 혹 운이 좋아도 불구로 살게 될 터. 절대 그런 일을 만들 수는… 없다."

"걱정 마십시오, 엘라임이시여. 제가 곧 다른 정령들과 힘을 합쳐 그곳으로 최대한 빨리 모시겠습니다!"

그녀가 속으로 이런 생각을 하는 줄도 모르고 운다인과 실피아 그리고 샐러맨더와 노이아나는 모든 힘을 합쳐서 세레나를 영빈이 있는 인간들의 세계로 이동시키기 시작했다.

4

딩동 뎅동~

수업이 끝나는 종이 울리고 난 후 조금 지나자 영빈의 담임 선생님이 종례를 하기 위해 들어왔다. 그런데 오늘따라 선생님의 얼굴은 다른 그 어느 때보다 밝아 보였다.

"차렷! 선생님께 경례!"

"안녕하세요."

"쉬어……. 오늘은 며칠 전 보았던 중간고사 성적이 나왔다."

"우우… 오늘 또 기분 꽝이겠구나."

"이번에는 성적이 좀 올라야 할 텐데……."

담임선생님의 말에 학생들은 모두 각기 다른 반응을 보여주었다. 아마도 시험을 못 본 학생과 잘 본 학생의 차이이리라.

"다들 조용~! 이번 중간고사에서도 전교 일등은 여전히 수아가 차지했다."

"와아~! 역시 우리 수아가 최고야! 대단해!"

"그런데… 이번 중간고사에서는 특이한 이변이 하나 발생했다."

"이변이요?"

선생님이 아리송한 이야기를 꺼내자 학생들은 호기심이 가득한 얼굴로 고개를 갸웃거렸다.

"민영빈, 일어나라."

"네? 아… 네……."

갑자기 선생님이 자신을 지목하자 영빈은 괜히 불안해졌다. 행여 며칠 전에 있었던 병식이 사건 때문에 그런 것이 아닌지 지레 걱정이 된 것이다.

그런데…….

"우리 반의 민영빈이 이번 중간고사에서 가장 성적이 많이 올라간 학생이 되었다. 지난번 모의고사 때부터 달라진다 싶었더니 이번에는 눈에 확 띌 만큼 좋아졌더구나. 그래서 난 행여 커닝을 한 게 아닌가 싶었는데 이게 모두 수아와 함께 공부를 해서라 한다. 그러니 정말 축하해줄 만하다. 영빈의 이번 성적은 반에서 11등이다. 모두 영빈이를 위해 박수!"

"와아아아!"

짝짝짝!

"이, 이런……. 감사합니다. 모두 고맙다. 헤헤……."

긁적긁적…….

놀랍게도 그를 부른 이유가 바로 이것이었다. 그는 학교생활을 하면서 공부 잘했다고 칭찬받은 것은 오늘이 처음이었다. 물론 그렇다고 엄청 잘한 것은 아니었다. 워낙 포기 단계까지 갔던 그가 달라져서 받은 박수인 것이다.

"그럼 이것으로 종례는 끝내겠다. 참, 다들 알겠지만 성적표는 며칠 이내에 우편으로 너희 부모님들께 갈 것이다. 이상!"

"네! 선생님!"

그렇게 선생님이 나가시자 반은 또 난리가 났다. 모두가 영빈이를 빙 둘러싸고 축하의 말을 전했다. 그러던 어느 순간, 인의 장막을 치던 한쪽이 쫙 갈라졌다. 수아가 다가왔기 때문이다.

이제 반에서 영빈과 수아의 관계를 모르는 친구들은 없었다. 선생님들 사이에도 이미 소문이 나 있었는데 학생들이 그들의 관계를 충분히 이해하고 있는 것과 달리 선생님들 사이에서는 두 사람의 교제가 그야말로 불가사의였다.

어쨌든 수아가 다가오자 모세가 홍해를 가르듯 친구들 사이에는 한 줄로 길이 생겼고 그 사이로 수아가 영빈에게 다가갔다.

"수아야······."

"영빈아. 고생했어. 난 네가 정말 자랑스러워."

"고맙다. 이 모든게 다 네 덕분이다."

"아니야. 네가 그만큼 노력했다는 증거지. 내가 아무리 잘 가르쳤다 해도 본인이 노력을 안했다면 이런 성적은 나올 수가 없거든."

수아가 이렇게 말하고 돌아서자 영빈은 그녀를 잡을까 말까 고민을 했다. 뭔가 아쉬웠기 때문이다. 그런데 바로 그때 수아가 갑자기 휙 돌아서더니 급히 그에게 다가갔다. 그리고……

"참… 그리고 이건 선물……."

쪼옥!

지이잉…….

"호호… 그럼 내일 보자. 오늘은 아빠가 일찍 오라고 하셔서……. 먼저 갈게~!"

그렇게 수아는 바람처럼 사라져갔다. 하지만 그녀가 남겨 놓은 파장은 그야말로 심각했다.

"…어버버……."

"꺄아악~ 멋지다!"

"영빈아! 부럽다!"

우당탕 쿵탕~!

한 순간에 교실이 발칵 뒤집혔기 때문이다. 당연한 것이 방금 전 수아가 영빈의 볼에 뽀뽀를 했던 것이다. 모든 남학생들의 우상인 그녀. 서경고등학교뿐만 아니라 주변 일대 학생들 사이에서는 절대 여신으로 군림하던 그녀가 영빈에게 먼저 뽀뽀를 했으니 난리가 나지 않으면 그게 더 이상할 터였다.

"야! 민영빈! 수아는 갔는데 넌 뭐하냐? 꼭 정신 나간 사람처럼?"

"으응? 가, 가, 갔어? 헤에… 그럼 나도 가야지……."

비틀비틀…….

사실 이때의 영빈은 이미 여자 경험을 충분히 해본 상태였다. 그는 실제로는 서른아홉 살이니 당연하지 않겠는가. 그러나 그의 인생 경험을 죄다 통틀어도 이렇게 신선하면서도 충격적인 경험은 맹세코 처음이었다.

'정신 차리자, 영빈아. 넌 지금 서른아홉 살 아저씨다. 그런 아저씨가 겨우 열아홉 살짜리 꼬맹이 여자애 때문에 넋이 빠지다니……. 그게 말이 되냐?'

부르르…….

그는 고개를 세차게 저으면서 정신을 차리기 위해 안간힘을 썼지만 아무리 그래도 자신도 모르는 사이에 입가로 흐르는 침을 막을 수는 없었다. 어쨌든 좋은 게 좋은 것 아니겠는가.

그런 일이 있고 며칠이 지났다.

그는 몇 번이나 수아를 만나서 단둘이 그날의 일을 이야기하고 싶었지만 그럴 겨를이 없었다. 집안일을 돌봐주시는 아줌마가 아픈 바람에 그녀가 집안일을 임시로 대신해야 했던 것이다.

그렇다고 애들이 다 보고 있는데서 그런 이야기를 할 수도 없는 지라 영빈은 애만 태우고 있었다.

그러던 어느 날······.

"영빈아. 오늘 날씨도 좋은데 우리 남산에 케이블카나 타러 갈까? 바람도 쐴 겸 어때?"

"나야 당연히 좋지!"

"호호, 그럼 가는 걸로 결정 난 거다. 이따 수업 끝나면 바로 가자. 오늘은 토요일이라 사람이 많을지도 모르니 서둘러야 할 것 같아."

"그래!"

마침내 아줌마가 나은 것인지 수아가 다가와서 이렇게 말했다. 그러자 며칠 동안 기운이 하나도 없었던 영빈의 얼굴에 생기가 돌기 시작했다.

덜커덕!

"엄마야~! 어릴 때는 잘 탔었는데 오늘은 왜 이렇게 무섭지?"

"하하······. 무섭긴 뭐가 무서워. 내가 옆에 있는데······."

사람이 많지는 않았다. 그래서인지 케이블카 안은 생각보다 넓었고 영빈과 수아는 가장 앞쪽에서 서서 남산은 물론 서울 일대의 전경을 한눈에 바라볼 수 있었다.

하지만 조용히 운행하던 케이블카가 갑자기 덜컹거리자 수아는 본능적으로 영빈의 팔을 얼른 끌어안았다. 그 모습이 어찌나 사랑스러운지 영빈은 그녀를 살며시 자신의 품 안으로 끌어당기며 이렇게 큰소리를 쳤다.

“그날… 놀랐지?”

“응? 뭐, 뭐가?”

케이블카에서 내린 영빈과 수아는 국립극장이 있는 방향으로 오붓하게 걷기 시작했다. 한동안 아무 말 없이 걷던 수아가 갑자기 이렇게 입을 열었다. 하지만 수아의 말뜻이 무엇인지 알면서도 영빈은 시치미를 뗐다.

“바보……. 사실은 그날 나도 모르게 그런 짓을 해놓고도 얼마나 창피했는지 며칠 동안 널 피할 수밖에 없었어. 네가 혹시라도 날 가벼운 여자라고 생각할까봐 겁이 났거든.”

“그럴 리가! 너처럼 현숙하고 얌전한 여자를 누가 가볍다고 생각할까……. 그건 말도 안 돼.”

죽음의 사신보다 무서운 아빠가 지키고 있는 여자다. 설혹 날라리처럼 이 남자 저 남자를 만나고 싶어 해도 그게 불가능함을 영빈은 누구보다도 잘 알고 있었다. 자신 역시 단지 수아를 만난다는 이유 하나만으로도 하마터면 골로 갈 뻔하지 않았던가.

그로 미루어 보아 모르긴 몰라도 아마 수아는 지금까지 성처녀보다 성스럽게? 살아온 것이 분명했다. 아니, 그럴 수밖에 없었을 것이다.

“나는 어릴 때부터 지금까지 남학생 손도 잡아본 적이 없어. 그런데 그날은 내가 갑자기 미쳤는지 어떻게 그런 용기를 낼 수 있었는지 모르겠어.”

“수아야.”

“응?”

“네가 무엇을 하든, 설혹 세상 사람들이 모두 손가락질할 만한 일을 저질렀다 해도 나는 무조건 네 편이야. 그러니 아무 걱정도 하지 마. 언제나 나만은 네 편일 테니까.”

스윽…….

말을 하면서 영빈의 얼굴은 점점 수아에게 다가갔다. 그러자 그녀의 심장은 그야말로 터져 나갈 것처럼 뛰기 시작했다. 그리고…….

쪽!

“이건 내가 너의 순결을 인정한다는 뜻이야. 그리고 이건…….”

쪼옥!

“내가 언제나 너를 지켜주겠다는 맹세의 뜻이야. 훗…….”

영빈은 잔뜩 떨고 있는 그녀의 입술 위에 뽀뽀를 했다. 그는 충분히 키스를 할 수도 있었지만 그러지 않았다. 아직은 그녀의 순수함을 지켜주고 싶었기 때문이다.

하지만 그 단순해 보이는 단 두 번의 뽀뽀로도 이미 수아의 마음은 모두 영빈에게 넘어가고 있었다.

“영빈아…….”

“응?”

“나는… 네가 너무 좋아.”

와락!
신선한 봄바람이 부는 남산의 산책로.
그곳에서 마치 한 폭의 그림처럼 두 사람은 서로를 꽉 끌어
안았다.
그리고… 그렇게 시간은 멈추는 듯했다.

Chapter 10
정령사

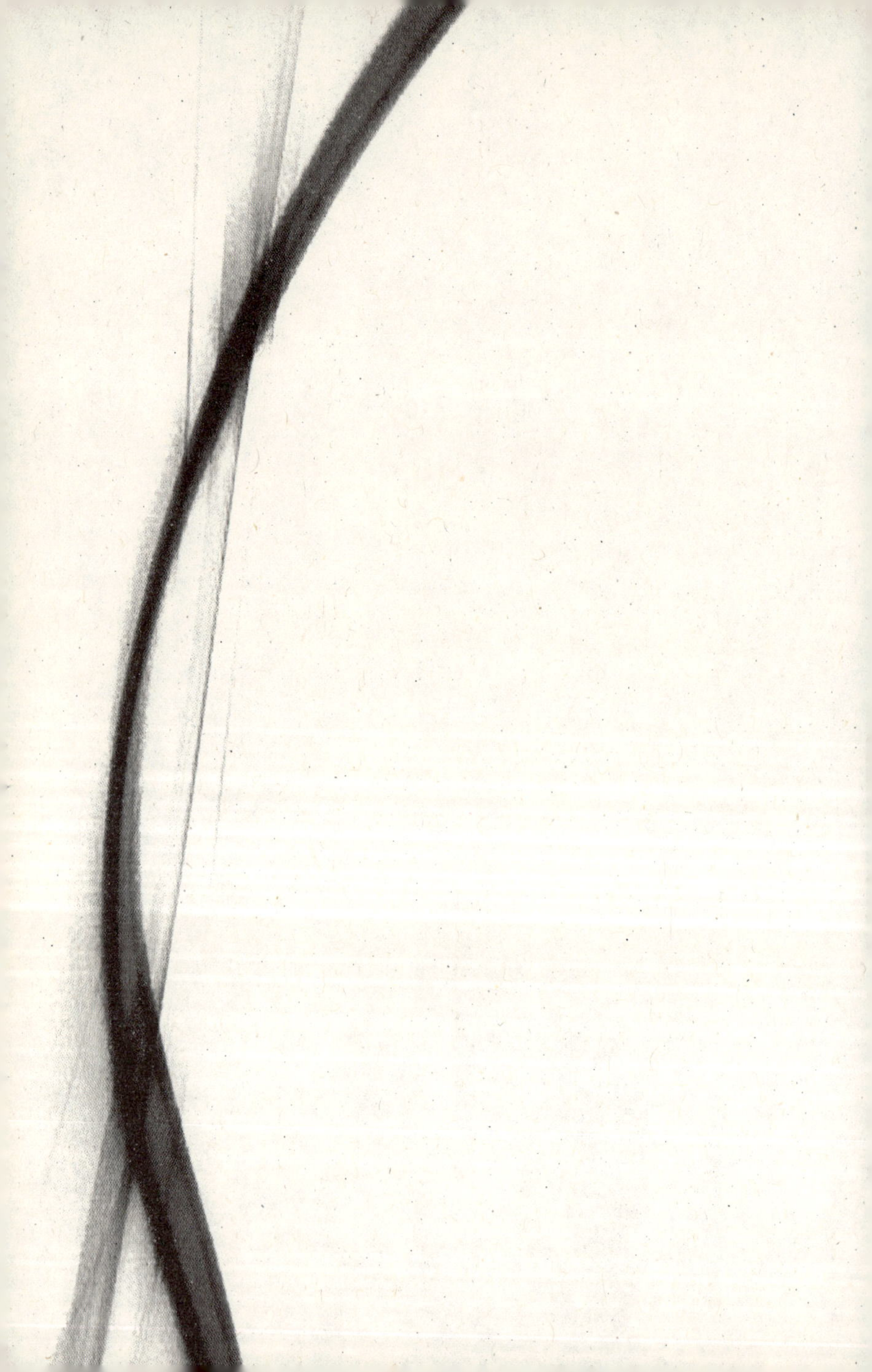

1

자리에 누워서도 영빈은 잠이 잘 오지 않았다. 아까 수아와의 일이 자꾸 떠올라 잠을 잘 수가 없었던 것이다.

그녀의 그 촉촉했던 입술의 감촉은 그야말로 달콤하면서도 황홀했다. 그저 입술만 접촉한 뽀뽀였을 뿐인데도 이 정도이니 만일 키스를 한다면 어떨까?

"아우우우… 그만 생각하자. 이러다가 큰일 나겠다."

그는 베개를 끌어안고 온몸을 비틀며 혼자 신이 났다. 그런데 바로 그때…….

―영… 빈… 아…….

매우 희미하긴 했지만 세레나가 그를 불렀다.

'세레나? 어디인데 이렇게 소리가 작은 거야?'

─미… 안…… . 내가 지금… 힘… 힘이 없어서 그래…… .

벌떡!

영빈이 자리에서 급히 일어났다. 뭔지는 아직 모르겠지만 상황이 심상치 않음을 느낀 것이다.

'세레나. 괜찮아? 거기 어디야? 도피처고 나발이고 그냥 어서 돌아와. 거기 마음에 안 들어.'

─하아…… . 그렇지 않아도 지금… 너에게 가고 있는…데…… . 더 이상은… 네가… 와줘야 할 것 같… 아…… .

세레나의 말이 다 끝나기도 전에 이미 영빈은 옷부터 입고 있었다. 비록 그녀를 알게 된 시간이 그리 긴 것은 아니었지만 그녀가 이토록 힘겨워할 정도면 위급한 상황에 처한 것이 분명했다.

'거기 어디야? 지금 당장 갈게.'

─잠시만…… . 아… 여기는 북한산에 있는 밤골계곡 근처래. 응? 아… 색시폭포가 있다는데…… . 올 수… 있겠어?

'어딘지 알 것 같아. 지금 바로 갈 테니 제발 입 다물고 쉬고 있어. 알겠지?'

'응…… . 고마… 워…… .

영빈은 가슴이 터질 것 같았다. 북한산이 비록 깊고 산세가 수려하지만 그렇다고 계곡물이 그렇게 맑은 곳은 아니다. 워낙 사람들이 많이 오가는 데다가 원체 화강암으로 이루어진 산이기 때문에 물이 흔치 않은 산이기 때문이다. 그녀가 밤골 계곡 근처까지 간 것도 알고 보면 그쪽이 그나마 수량이 많고 맑은 물이 흐른다고 생각했기에 그랬을 것이다.

하지만 그곳 역시 세레나가 정령력을 보충할 수 있을 만큼 맑은 물은 없을 터였다.

거기까지 생각하자 그녀가 실망감이 느껴지는 듯해 영빈 은 더욱 초조감이 들었다.

똑똑…….

"엄마. 엄마 주무세요?"

그래서인지 그는 급한 마음에 대문을 박차고 바로 뛰어나 갔다가 아차 하는 기분으로 도로 집에 들어와서는 다짜고짜 엄마의 방문을 두드렸다.

"으응? 영빈이니? 갑자기 자다 말고 무슨 일이니?"

찰칵…….

"저기 엄마. 친구가 지금 좋지 않은 상황에 처해서 그런데 요 죄송하지만 2만 원만 주세요. 아무래도 걱정이 되서 가봐 야 할 것 같아요."

"아니, 아닌 밤중에 홍두깨라더니 그게 갑자기 무슨 소리 냐? 이 시간에 어딜 간다고?"

새벽 2시에 불쑥 나타나서 나가겠다고 돈을 달라니……. 어머니의 입장에서도 황당하지 않을 수가 없었다.

물론 영빈도 이러고 싶지는 않았다. 하지만 여기서 북한산까지 뛰어갈 수는 없는 노릇. 일단 택시비는 있어야 하지 않겠는가. 택시 기본요금이 900원이던 시절인지라 영빈은 왕복 택시비를 2만 원으로 계산했던 것이다.

"삼 학년 올라가서 사귄 친구가 있는데요, 지금 그 친구가 빨리 와달래요. 이유는 저도 정확히 모르겠지만 전화 목소리를 들어보니 진짜 급한 거 같긴 해요. 그러니 부탁드려요. 어머니."

"친구가 그렇게 찾는다면 가봐야겠구나. 알았다. 여기 받아라."

"헉! 5만 원씩이나 필요없어요. 2만 원이면 충분해요. 엄마 돈도 없으시면서……."

"괜찮으니 받아둬. 너 이번에 성적 오른 거 보고 선물을 해주고 싶었는데 바빠서 준비를 못했다. 그러니 그냥 넣어둬라."

예전 같으면 아무리 마음이 좋은 어머니라고 해도 돈은커녕 나가지도 못하게 말렸을 것이다. 워낙 말썽쟁이인지라 또 사고 치러 간다고 오해할 게 뻔했기 때문이다.

하지만 최근 영빈은 달라져도 너무 많이 달라졌다. 어머니를 도와주려는 것은 물론 새벽마다 함께 약수를 뜨러 다닐 정도로 부지런해진 데다가 성적마저 쑥쑥 오르지 않았는가. 그런 만큼 이제는 충분히 믿음이 갔던 모양이다.

"감사해요, 엄마. 내가 어서 졸업하고 돈을 벌어서 엄마 편안하게 해드릴게요."

"녀석……. 그냥 공부나 열심히 해라. 쓸데없는데 신경 쓰지 말고. 어서 가봐라, 급하다며……."

"네, 언제 올지 모르니 기다리지 말고 주무세요."

"알았다. 조심해서 다녀야 한다."

어릴 때는 몰랐지만 이제는 엄마가 얼마나 힘들게 자신들을 키우는지 충분히 아는 영빈이었다. 그렇기에 이번 여름 방학부터는 아르바이트를 시작해서 조금이라도 살림에 보탬이 되리라 결심하고 있는 중이었다.

미래를 알고 있다는 것. 그에게는 그 누구도 가질 수 없는 어마어마한 자본을 이미 가지고 있지 않은가.

그래서 그런지 그는 이제 돈을 버는 일도 그리 어렵게 여겨지지 않았다. 물론 학생 신분인만큼 아직은 여러 가지 제약이 많긴 하지만 말이다. 어쨌든 그런 문제는 모두 차후의 일이었고 지금은 그 무엇보다 세레나를 만나는 것이 우선이었다.

"택시~!"

끼이익!

"북한산 밤골 입구로 가주세요."

"북한산 밤골 입구요? 이 시간에 거길 가신다는 말입니까?"

"왜요? 가면 안 되나요? 그냥 내릴까요?"

"허어참, 손님도 급하시긴……. 손님이 가자면 가겠지만 아시다시피 요금은 조금 더 내셔야 합니다."

이 시절만 해도 택시들이 배짱을 부리던 시절이었다. 2012년이야 택시가 넘쳐나서 빈 택시가 너무 많아 어딜 가든 바가지요금은 거의 안 물지만 이때는 시내를 조금만 벗어나도 이처럼 요금을 더 받으려 했었다. 다른 때 같으면 요금가지고도 한창 실랑이를 벌이겠지만 영빈은 지금 워낙 급해서 그럴 시간도 아까웠다.

어쨌든 지금은 어머니께 거금 5만 원을 받아 왔으니 아무리 더 달라고 해도 요금 때문에 곤란을 겪을 일은 없을 터였다.

"알았으니 최대한 빨리 가주세요."

"알았습니다. 그럼 갑니다."

부우웅~!

기사 아저씨는 욕심이 많아서인지 아니면 영빈의 마음을 알아서인지 그야말로 총알처럼 내달렸다. 신림동을 금방 출발한 것 같았는데 어느새 구파발 근처를 지나 밤골 마을에 있는 등산로 입구 근처까지 순식간에 도착하고 만 것이다. 그로 인해 요금은 15,000원이나 나왔지만 영빈은 조금도 아깝다는 생각이 들지 않았다. 아깝기는커녕 오히려 그 아저씨가 고마울 지경이었다.

1992년 4월 20일 월요일 새벽 3시 8분.

영빈은 마침내 북한산 밤골계곡 입구에 도착했다.

2

만일 영빈이 정령력을 전혀 가지고 있지 않았다면 그는 절대로 계곡 안으로 올라갈 수가 없었을 것이다.

오늘은 지난번 운달계곡에 갈 때처럼 달이 떠 있는 것도 아니고 그렇다고 근처에 절이 있는 것도 아니라서 아예 빛이 없었기 때문이다.

타닥타닥!

"후우……. 후우……. 거의 다 와가는 것 같으니 이쯤에서 부르면 되겠구나."

영빈은 택시에서 내리자마자 미친 듯이 달렸다. 세레나가 너무 걱정이 되어서 걷는 것으로는 성이 차지 않았던 모양이다. 하긴 그동안 그렇게 관악산을 달리며 훈련을 한 데다가 아무리 어두운 밤이라 해도 그의 눈에는 길이 훤히 보이는 실정이니 달리는 것도 그리 이상한 일은 아니었다.

하지만 밤골계곡에 접어드는 순간, 그는 달리는 것을 멈추었다.

'세레나! 나야. 지금 어디 있어?'

―아… 와줬네? 희미하긴 해도… 영빈의 기운이 느껴져……. 하아……. 나 색시폭포 안에 있어.

여전히 세레나의 음성에는 힘이 하나도 없었다. 비록 정신 감응으로 나누는 대화였지만 영빈은 지금 세레나의 상태를 어느 정도 짐작할 수 있었다.

'바로 간다.'

파팟!

ㅡ위험하니… 조심해서 올라와……. 오늘은 달이 뜨질 않아서…….

세레나는 영빈이 급하게 오고 있음을 느끼고 있는지 이렇게 주의를 주었다. 하긴 정상적인 인간이 뛴다면 넘어지기 십상인 날씨였다. 원래 달빛이 없으면 산속은 더욱 어두운 법이다. 그나마 달빛이 조금이라도 있으면 계곡물에 반사가 되어 약간이라도 볼 수가 있겠지만 지금은 말 그대로 칠흑 같은 밤이었다.

그런데…….

'세레나!'

ㅡ아… 영, 영빈아…….

세레나는 색시폭포가 떨어져 고여 있는 연못 중앙에 반듯이 누운 채로 둥둥 떠 있었다. 그런데 그 모습이 그렇게 처량해 보일 수가 없었다. 그래서인지 영빈은 그녀를 발견하자마자 곧바로 물속으로 뛰어들었다.

첨벙 첨벙~

'거기 가만히 있어, 세레나. 내가 갈게.'

그런데 그렇게 그가 연못 중앙으로 다가가는 순간, 갑자기 눈이 멀어 버릴 것만 같은 강렬한 빛이 번쩍이더니 무엇인가가 영빈을 향해 쏜살같이 날아왔다.

"감히 엘라임님께 접근하다니! 죽고 싶어 환장했구나! 인간!"

퍼펑~ 쎄엑~!

"웃… 이런……."

"멈춰라 샐러맨더! 우욱……."

멈칫!

아무리 같은 정령이라 해도 영빈과 세레나가 의사소통하는 내용을 들을 수는 없다. 물론 불의 중급 정령 샐러맨더도 영빈이 세레나의 계약자라는 것은 대충 짐작하고 있었지만 막상 그가 정령왕 엘라임에게 급히 접근하자 본능적으로 공격을 했던 것이다.

만일 아픈 세레나가 필사적으로 멈추라는 말을 하지 않았다면 영빈은 이때 크게 다쳤을 지도 몰랐다. 그가 아무리 정령력을 느끼고 있고 강도 높은 훈련을 해왔다지만 아직 중급 정령에게 대항하기는 무리였다.

"샐러맨더! 이분은 엘라임님의 계약자셔. 왕의 계약자는 왕에 준하는 신분이라 할 수 있어. 그것도 모르니?"

"미, 미안……. 엘라임님이 위협받는 줄 알고 나도 모르게 그랬어."

세레나가 남은 정령력을 쥐어짜서 소리를 지르는 바람에 더욱 상태가 악화되자 숨어 있던 물의 중급 정령 운다인이 나타나 샐러맨더를 나무랐다. 뿐만 아니라 바람의 중급 정령과 땅의 중급 정령들까지 나타나 안타까움에 안절 부절을 하지 못했다.

지금 이들에게 있어서 엘라임은 단순히 물의 정령왕이라는 의미만이 전부가 아니었다. 그녀는 이 세계에서 유일하게 남아 있는 정령왕인 것이다. 만일 여기서 세레나가 소멸되기라도 한다면 결국 그들도 하나둘씩 사라지고 말 것이었다. 그런 이유로 이처럼 더 안타까워하는 것이다.

"미안하지만 모두 비켜. 내가 좀 살펴봐야겠어!"

―모두 비켜라.

스르르…….

아무리 4월이라 해도 계곡물은 소름끼칠 만큼 차가웠다. 하지만 지금 영빈은 그런 차가움조차 의식하지 못할 만큼 걱정에 휩싸여 있었다. 그래서인지 그는 천천히 세레나에게 다가갔다.

'세레나, 괜찮아?

―하아… 하아……. 그래도 영빈일 다시 보게 되니 좋네.

'바보……. 이 꼴이 뭐야? 얼굴이 아주 창백하네. 쯧…….'

영빈은 그저 진심으로 걱정이 되기에 아무 생각 없이 던진 말이었다. 그러나 그의 이야기를 듣던 세레나에게는 그야말로 충격적인 이야기가 아닐 수 없었다.

　―영빈아! 헉헉… 너… 너 방금 뭐라고 했지? 내, 내 얼굴이 보여? 내가 창백한 것이 보이냐구…….

　'으응……. 왜?'

　―다시 물어볼게. 하아… 하아… 솔직히 말해줘야 해……. 너… 정말 내가 보여?

　도대체 세레나가 왜 이렇게 흥분을 하는지 영빈은 알 수가 없었지만 지금 상황이 상황인지라 그는 또다시 빠르게 대답했다.

　'그래, 네 얼굴이 지금 하얗게 질린 모습이 생생하게 보이고 있어. 뭐가 잘못된 거야?'

　―이런 바보! 잘못되기는……. 흑흑… 이제 최후라 생각했거늘. 나의 신 카미안투시여, 감사합니다.

　"대체 무슨 일이야? 세레나 너, 너무 아파서 헛소리를 하는 건 아니겠지?"

　여전히 영문을 모르는 영빈은 그녀가 너무 아파서 지금 이상한 소리를 지껄인다고 여겼는지 자신도 모르게 소리를 지르고 말았다.

　―쉿. 지금 설명할 시간이 없어……. 하악… 하악… 너의 팔을… 너의 팔을 나에게… 줘볼래?

　불쑥…….

　"자……!"

영빈이 갑자기 소리를 지르자 다른 정령들은 모두 깜짝 놀란 표정을 지었지만 그렇다고 아까처럼 나서거나 하지는 않았다. 둘이 뭔가 심각한 대화를 나누고 있음을 알기 때문이다.

어쨌든 영빈은 세레나의 말에 두말 않고 우선 팔부터 내밀었다. 그러자 세레나는 그의 손을 힘겹게 잡더니 곧 주문을 외우기 시작했다.

─물의 근원에서 부터 나를 부른 이여……. 부디 나만의 계약자가 성스러운 속성의 힘으로 정령력을 사용할 수 있게 도와주소서. 마히야 타리 만디라… …카오스… 만디오…….

세레나의 주문이 이어지자 영빈은 마치 구름 위로 떨어진 것 같은 편안함을 느끼기 시작했다. 그녀의 음성은 감미로웠으며 아늑했고 또한 기분이 좋아지게 하고 있었다.

하지만 그러던 어느 순간,

"앗 따가!"

─미안……. 조금 아팠을 거야. 하지만 덕분에 나는 일단 편안하게 이야기할 수 있게 되었으니 좀 참아. 호호…….'

"아… 세레나! 이제 괜찮은 거야?"

또다시 영빈이 육성으로 크게 말하자 정령들은 그렇지 않아도 큰 눈을 깜박거리며 일제히 세레나를 바라보았다. 그런 그들의 모습은 그렇게 귀엽고 깜찍할 수가 없었다.

─아니, 완전히 괜찮아진 것은 아니야. 그나마 극적인 순간

에 영빈이 정령력을 지니고 있어서 이만큼이라도 된 것이지만 원천적인 힘을 회복하려면 아직 멀었거든. 대신 네가 조금만 더 아프면 먼저만큼은 아니더라도 휴양을 하면서 네가 더 강해질 때까지 기다릴 수는 있을 거야. 어때? 아파도 나를 위해 참을 수 있겠어?

"바보 같기는! 네가 소멸되면 나도 사라진다면서? 게다가 우린 운명의 계약 관계이잖아. 그런데 그깟 아픈 게 대수겠어? 난 괜찮으니 얼마든지 아프게 해봐. 그래서 너만 나아진다면 무조건 참을 테니…….'

알고 보니 세레나는 영빈의 의사를 좀 더 분명히 확인하기 위해서 겨우 말할 만큼만 힘을 회복한 모양이었다. 사실 그녀가 본래의 능력을 되찾으려면 영빈이 지금보다 훨씬 강해져야 한다. 사실 지금 그가 지닌 힘만으로는 그녀가 도피처를 되살리기 위해 쏟아부은 정령력도 되찾을 수 없었다.

하지만 그럼에도 세레나는 그저 영빈이 고맙기만 했다. 그가 노력하지 않았다면 그나마 이렇게 되살아나지도 못했을 것이기 때문이다.

─고마워. 나는 참 좋은 계약자를 만난 거 같아. 그리고 이제부터 너는 이 지구에 마지막으로 남은 유일한 정령사야. 물의 정령왕이자 유일무이한 정령왕인 나 세레나를 부를 수 있는 그런 정령사…….

정령력을 과하게 세레나에게 넘겨주게 된 원인 탓일까. 영빈은 이런 세레나의 말을 들으면서 서서히 정신을 잃어갔다. 하지만 그런 와중에도 그는 뭔가를 중얼거렸다.

'나는… 정령사… 다……. 정령사…….'

3

5월 중순이 되자 벌써 날씨가 점점 뜨거워지기 시작했다.

'후욱… 후욱……. 이거 정말 덥네. 오늘은 여름 날씨나 마찬가지인 것 같아. 안 그래, 운다인?'

오늘은 일요일인지라 영빈은 애초부터 운동 코스를 과천 방향으로 내려가는 능선으로 잡았다. 이쪽이 그나마 사람이 별로 없었다. 운동을 시작한 지 불과 두 달이 조금 넘었을 뿐이지만 이제 그는 관악산 전체를 뛰어다닌다 해도 지치지 않을 만큼 강인한 체력을 가지게 되었다.

모두 정력력을 얻게 되면서 몸 안의 속성의 기운이 감돈 덕분이기도 하지만 알고 보면 그의 피땀 어린 노력의 힘이 더 크다 할 수 있었다. 그는 정령력이 아니라 해도 과거와는 비교도 되지 않을 만큼 철인 같은 지구력을 지니게 된 것이다.

하지만 아무리 그래도 더운 것은 똑같았는지 영빈은 달리다 말고 이렇게 투덜거리며 갑자기 운다인을 찾았다.

―호호… 벌써부터 그렇게 더위를 타시면 어떻게 해요? 아

직은 봄인데……. 아무래도 영빈님께서 너무 심하게 뛰어서 더 그런가 봐요.

'이 정도 가지고 뭘 심하게 뛴다고 그래? 이제 겨우 몸이 풀리는 느낌이고만……. 후욱… 후욱…….'

그런데 놀랍게도 그의 부름에 운다인이 대꾸를 하고 있었다. 대체 세레나는 어디로 가고 운다인이 그를 따라다니는 것일까.

이 일의 전말은 이렇다. 세레나는 아직 힘이 제대로 회복된 것이 아니라서 당분간 '정령들의 도피처'에 머물며 요양을 해야 했다. 그곳에서 정령력을 조금씩 늘리면서 영빈이 더욱 강해지기를 기다리기로 한 것이다.

'내 걱정은 하지 말고 어서 편안하게 쉬었다가 와. 그때까지 더욱 강해지도록 노력할 테니. 알겠지?'

―고마워, 영빈아. 그리고 참… 네가 이제 정식으로 정령사가 되었으니 꼭 알아야 할 이야기가 하나 있단다.

'알아야 할 이야기? 그게 뭔데?'

세레나가 다시 정령들의 도피처로 돌아가기 직전, 둘은 잠시 이런 대화를 나누었다.

―원래 정령과 계약을 하게 되면 그 계약자는 자신과 계약을 맺은 정령의 신분을 따라가게 되어 있어. 예를 들어 중급 정령과 계약을 맺으면 계약자 역시 중급 정령의 지위를 갖게

되어 그보다 하위 정령인 하급 정령을 소환할 수 있는 권한이 생긴단다. 물론 그때는 자신과 계약을 맺은 중급 정령이 동의를 해야 하지.

'갑자기 그런 이야기는 왜 하는데?'

영빈이 이상하다는 듯 이렇게 묻자 세레나가 살포시 미소를 지으며 다시 입을 열었다. 어쩐지 뭔가 아쉽다는 뉘앙스를 풍기는 미소였다.

—오늘 너는 나 이외에 다른 정령들도 만났어. 그들은 각각의 원소를 대표하는 중급 정령들이지. 그리고 이젠 모두 나에게 귀속되어 있는 정령들이기도 해. 원래는 운다인만 귀속되는 것이 맞지만 현재 이 지구에는 정령왕이 나 말고는 없어 그렇게 됐네. 다시 말해주자면 너는 이제부터 자동으로 저들의 계약자가 되었다는 말이야.

'대충 무슨 말뜻인지는 알겠는데 글쎄 그 이야기를 왜 하는 거냐고? 나는 세레나 외에 다른 정령들에게는 별로 관심이 없어.'

영빈이 시큰둥한 어투로 이렇게 대꾸하자 세레나가 그에게 더욱 가까이 다가갔다.

—아니, 나의 계약자가 된 순간부터 너는 다른 정령들에게도 관심을 가져야 해. 그리고 무엇보다 내가 너와 얼마나 떨어져 있어야 할지 아직 몰라. 물론 너의 힘이 훨씬 강해지거나 아니면 나의 자가 치료술이 순조롭게 진행된다면 그 시간

이 짧아질 수는 있겠지. 하지만 그게 얼마가 되었든 너와 내가 떨어져 있어야 하는 것은 기정사실이잖아.

'보고 싶겠지만 그 정도는 참을 수 있어.'

―내가 불안해서 그래. 너는 아직 잘 모르겠지만 내가 조사해 본 바로 이 지구라는 곳은 너무 위험해. 이대로 너만 혼자 두었다가 만에 하나라도 너에게 문제라도 생기면… 우리는 둘 다 끝장이야. 그걸 아직도 모르겠어?

'설마 그렇다고 그 사이에 내가 잘못될 일이 있을까?

―충분히 가능하지. 그래서 말인데…….

"사대 중급 정령들을 모두 끌고 다니라고? 그, 그건 안 돼!"

세레나가 작게 속삭이자 영빈의 눈이 점점 커지더니 결국은 이처럼 육성으로 버럭 소리를 지르고 말았다.

그녀는 불, 바람, 대지 등의 중급 정령들을 모두 데리고 다니라고 이야기한 것이다.

정령이 옆에 있으면 분명 편하겠지만 떼거리로(?) 끌고 다니게 되면 오히려 불편한 일이 많을 것 같아 지레 겁을 먹은 것이다.

―바보……. 넷이 언제나 널 지켜본다고 생각한 모양인데 그건 절대 아니야. 저들은 오로지 네가 소환할 때만 나올 수 있거든. 최상급 수준 이상의 정령만이 자신의 의지만으로 인간 앞에 나설 수 있어. 그런데다가 또 한 가지 문제가 있어. 지구의 환경오염이 너무 심해져서 저들은 지금 본래의 힘을

다 발휘할 수가 없다는 거야. 때문에 넷이 힘을 합쳐야 그나마 너에게 도움이 될 수 있을 거야. 그러니 내 말대로 해줘. 응?

'휴우……. 알았어. 대신 진짜 내가 부를 때 외에는 나올 수 없는 거다?'

─그건 그럴 수밖에 없다니까. 정령은 거짓말을 할 줄 모른다고.

결국 이렇게 해서 지금 운다인이 그의 옆에 나타난 것이다. 물론 운다인을 부른 것은 영빈이었고. 그는 지금 너무 더운 데다가 갈증이 심해서 그녀를 불러낸 참이었다.

─그런데 영빈님. 저를 왜 부르셨는지요? 시킬 일이 있으면 말씀하세요.

'운다인, 나에게 물을 좀 뿌려줄 수 있어? 힘들면 그냥 두고…….'

─그런 일은 그리 어렵지 않아요. 파셔핑~!

촤아아아~!

"허푸~ 허푸~ 그, 그만…… 푸우우~!"

말이 떨어지기 무섭게 운다인은 짧은 주문을 외웠고 곧 물줄기가 그의 얼굴을 때렸다. 확실히 운다인은 세레나처럼 섬세하게 주문을 활용할 수 없는 듯했다.

게다가 세레나 같으면 주변부터 살펴본 다음, 누가 있는지 없는지 먼저 체크한 뒤 이런 부탁을 들어주겠지만 운다

인은 막무가내였다. 만일 영빈이 바로 멈출 것을 명하지 않
았다면 방금 나타난 등산객들이 이 황당한 상황을 목격했을
터였다.

"젊은이, 이 근방에 약수터가 있나?"
"약수터는 한참 더 가야 있습니다."
산에서 내려오는 영빈을 향해 산행 중이던 두 노인이 길을
물어왔다. 그들은 두 명이었는데 나이가 많은 노인네들인지
라 영빈은 공손하게 대답했다.
"허어, 그래? 그런데 자네는 대체 어디서 물을 뒤집어쓴 겐
가?"
"아하하! 이건 올라오기 전에 저 아래쪽 계곡에 빠져서 그
런 것입니다. 워낙 푹 젖어서 아직 이 꼴이지 뭡니까?"
영빈은 겨우 이렇게 둘러대서 위기(?)를 모면했다.
'앞으로 아주 필요할 때 외에는 이 녀석들을 불러내면 안
되겠어. 자칫하면 진짜 머리 아픈 일이 벌어지겠군. 휴우.'
그리고는 산을 내려가는 동안 내내 속으로 이런 생각을 했
다. 정령을 부릴 수 있다는 자만심으로 인해 괜히 운다인을
불러냈던 영빈은 뜨끔했던 모양이다. 자신이 정령사라는 사
실은 그 누구도 알아서는 안 되는 특급 비밀이었다. 그가 미
래에서 왔다는 사실만큼이나 말이다.

4

비록 훈련 도중 약간의 실수는 있었지만 영빈은 집에 올 때까지만 해도 무척 기분이 좋았었다. 일단 열심히 뛰고 난 후에 흘린 땀은 개운한 기분을 주었고 그로 인해 아주 약간이나마 정령력의 움직임도 원활해진 것 같아 기분이 좋을 수밖에 없었던 것이다.

최소한 그가 집에 도착해 뭔가를 발견하기 전까지는 그랬다.

딩동, 딩동~

"응? 왜 아무도 대꾸가 없는 거지? 교회 갔다 와서 어디들 갔나?"

그가 집에 도착한 시간은 오후 5시쯤. 오늘은 일요일이기 때문에 이 시간이면 식구들이 집에 있는 것이 정상인지라 그는 약간 의아했다. 그러나 별다른 생각 없이 열쇠로 대문을 열고 집 안으로 들어갔다.

그렇게 현관문까지 열자 현관문 앞에는 쪽지 한 장이 펼쳐져 있었다.

오빠, 우리는 엄마랑 시장에 갔다 올 테니 저녁은 조금 기다려. 오늘 저녁에 엄마가 오빠 좋아하는 백숙 해주신대. 알았지? ─현아

쪽지에는 현아가 예쁜 글씨로 이렇게 적어 놓았다. 보나마나 어머니가 행여 영빈이 산에서 내려오면 배가 고파 먼저 밥을 먹을까봐 시켰을 것이다.

"휴우……. 오늘은 아무래도 혼자 놀아야 하는 날인가 보네. 수아도 아빠랑 엄마가 계신 요양원에 가는 바람에 못보고……. 에라~ 모처럼 TV나 볼까? 인터넷도 없는 세상이니."

집에 사람은 없고 은근히 배는 고프고 해서 영빈은 TV를 보기로 결정했다. 이렇게 상태가 애매할 때는 TV에 집중하는 것도 나쁘지 않은 생각 같았다.

"가만……. 리모컨이 어디에 있지? 여기도 없고… 여기도… 없네. 대체 어디에 두신거지?"

영빈이네 집 TV는 어머니 방에 있었다. 아무래도 다들 공부하는 학생인데다가 영빈이 고3이 되면서 거실에 있던 TV를 일부러 안방으로 옮겨 놓은 것이다. 그렇기에 영빈은 어머니 방의 여기저기를 뒤졌다. 리모컨을 찾으려니 어쩔 수 없었는데…….

"어? 이게… 뭐지? 이건 등기 우편인데?"

그가 원래의 영빈이었다면 아무 생각 없이 지나쳤을 테지만 지금의 영빈은 이런 종류의 우편물에 상당히 익숙했다. 회귀 전 막판에 부도로 인하여 집으로 등기 우편 종류가 수도 없이 날아왔었기 때문이다.

　그래서인지 영빈은 괜히 심장이 두근거리는 느낌을 받으며 조심스럽게 우편물을 내용을 꺼내 보았다. 이미 어머니께서 보셨는지 봉투가 열려 있었던 것이다.

　─채권자:김득구
　주소: 서울시 강남구 서초동 XX ─ XXX 번지. XX 빌딩 1102호
　채무자:최선영
　주소: 서울시 관악구 신림동 XXXX ─ XX 번지
　채무에 대한 이자지급 불이행에 관한 내용증명

　그의 불길한 예감대로 등기로 날아온 우편물은 바로 내용증명이었다. 거기에는 자신의 어머니께서 김득구라는 사람에게 총 일천만 원을 빌렸는데 그 이자가 벌써 석 달째 밀렸으니 어서 갚으라는 내용이 적혀 있었다. 그런데 심각한 문제는 원금 일천만 원에 대한 이자가 월 삼부나 된다는 점이었다.

　월 삼부면 매달 3퍼센트의 이자를 내야 한다는 말인데 그렇게 따져본다면 한 달에 30만 원이나 되며 그것을 석 달 합치면 무려 90만 원이나 된다. 92년 당시의 90만 원이면 결코 적은 돈이 아니었다.

　거기에다가 만에 하나 이번에도 갚지 않으면 집에 가압류

를 거는 것은 물론 경매진행까지 시키겠고도 적혀 있었다. 도대체 김득구가 누구인지는 몰라도 꽤나 매정한 사람이었다.

"이자를 갚으라고 한 마지막 시한이 이달 말일까지구나. 휴우……. 이것 때문이었나."

영빈은 회귀 전 이맘때 어머니께서 보였던 표정을 떠올리고 수긍했다. 이제야 당시 어머니께서 가끔씩 근심 어린 표정을 지으셨는지 이해가 됐다.

"…되짚어보면 어찌어찌 이자는 갚으신 모양이었어. 가압류나 경매를 한다는 이야기를 들었던 기억은 없으니까. 그래도 당신 혼자 마음고생이 심하셨겠지."

아버지께서 돌아가신 후에도 이 집만큼은 절대 죽는 한이 있어도 팔지 않겠다고 악착같이 버텨온 어머니였다. 영빈은 다른 것은 몰라도 이 점만큼은 뼈아프게 알고 있었다. 그가 십사 년 전 어느 날, 사업을 시작한답시고 집을 팔자고 한 적이 있었다.

그렇게 평소 자신을 관대하게 대하시던 어머니께서 당신이 죽기 전에는 절대 안 된다고 노발대발하시던 기억이 생생했기 때문이다.

그리고 그로부터 일 년 후, 결국 어머니께서는 뇌출혈로 쓰러지신 이후 돌아가셨다. 그러나 더 나쁜 것은 돌아가시고 불과 일 년도 채 지나지 않아 결국 이 집을 팔아먹고 말았다는 사실이다. 그때의 윤아는 너무 착하고 현아는 어렸다. 그렇기에 그들은 부모님의 유일한 유산이었던 집이 그의 앞으로 넘어가는 것을 동의하였고 아무렇지도 않게 이 집은 어머니 당신의 마음과 상관없이 처분되었던 것이다.

"애초부터 돈 벌 생각은 하고 있었다. 하지만 그 시기는 고등학교를 졸업한 이후라 해도 늦지 않는다고 생각했다. 그때부터 시작해도 사업거리는 무궁무진하니까. 졸업하기 전까지는 새로운 인생에 적응하는 기간으로 잡았었지."

영빈은 다시 등기 우편을 제자리로 꼼꼼히 돌려놓으며 이렇게 중얼거렸다. 하지만 작게 말하고 있어도 그의 어조에는 뭔가 비장함이 서려 있었다.

"계획을 수정해야겠어. 어머니께서 돌아가신 가장 큰 이유는 고혈압으로 인한 뇌출혈……. 어머니 식습관과 생활양식 탓만 했던 내가 바보였어. 당신 혼자… 이 집을 지키려 애쓰다 가신 거야. 어머니, 당신 혼자……. 큭……."

마침내 그가 눈물을 흘렸다. 죽음을 넘어서고 훈련을 한답시고 피땀을 흘렸어도 눈물만큼은 보이지 않던 영빈이었다. 비록 칠뜨기 인생을 살아왔지만 나름 남자의 눈물은 값지다 여기던 그였다.

그런 그가… 어머니의 아픔을 알게 되자 참을 수 없었다.

"돈을 벌자! 남들이 보기에는 철부지 고3일뿐이겠지만 나한테는 미래의 소중한 경험이 있잖아? 누구보다도 치밀해 질

거고, 부지런해 질 거야. 다신 어머니를 그리 보내드리지 않을 거야. 반드시……."

영빈은 주먹을 불끈 쥐며 이를 악물고 다짐했다. 그는 자신이 과거로 오게 된 첫 번째 의미를 비로소 찾은 기분이 들었다.

딩동~

"누구세요?"

"오빠! 우리 왔어!"

그리고 바로 그럴 때 엄마와 동생들이 시장에서 돌아왔다. 그러자 영빈은 얼른 흐르는 눈물을 닦고 문을 열어주었다.

"우리 착한 아들 배고프지? 조금만 기다려. 엄마가 얼른 맛있는 백숙을 해줄게."

"엄마."

"응?"

집에 들어서자마자 시장바구니를 들고 주방으로 가며 어머니가 이렇게 말하자 영빈은 또다시 뭔가가 울컥했다.

"사랑해!"

와락!

"어머머! 다 큰 녀석이 징그럽게 왜 이래?"

그래서인지 그는 충동적으로 엄마를 덥석 끌어안았다. 그러자 어머니는 놀랐는지 본능적으로 움찔했지만 이내 조용히 영빈을 품에 둔 채 쓰다듬었다. 어느새 키가 훌쩍 커버린 당신 아들의 눈물이 목덜미를 살짝 적셨기 때문이다.
왜 그런 생각이 들었는지는 몰랐지만 어머니는 울고 있는
아들이 이상할 정도로 든든하게만 여겨졌다.
어머니는 조용히 웃었다.

『터닝 포인트』 2권에 계속…

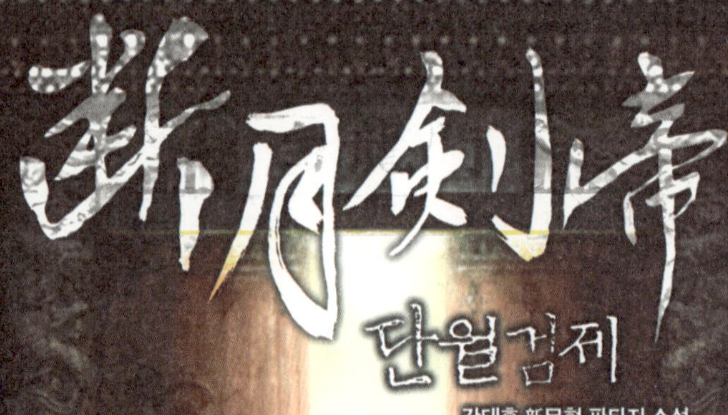

新月劍帝
단월검제
강태훈 新무협 판타지 소설

유행이 아닌 자유추구 -
WWW.chungeoram.com

태클 걸지 마!

무람 장편 소설

우리가 기다려 왔던 신개념 소설!

말년 병장 김성호!
"어이, 김 병장. 놀면 뭐하나?"

떨어지는 낙엽도 피해야 하는 시기에 삽 한 자루 꼬나쥐고
녀석을 캐는 꼬인 군 생활의 참중인!

『태클 걸지 마!』

낡은 서책과 반지의 기적으로 지금껏 모르던 새로운 힘을 깨달아간다!

불운한 삶은 이제 바뀔 것이다. 내 인생에 더 이상 태클은 없다!